imaginist

想象另一种可能

理
想
国
imaginist

木心遗稿

(一)

上海三联书店

图书在版编目（CIP）数据

木心遗稿 / 木心著 . -- 上海：上海三联书店，2022.1（2022.2 重印）

ISBN 978-7-5426-7649-8

Ⅰ.①木… Ⅱ.①木… Ⅲ.①随笔－作品集－中国－
当代 Ⅳ.① I267.1

中国版本图书馆 CIP 数据核字 (2021) 第 256605 号

木心遗稿

木心 著

责任编辑 / 宋寅悦
特约编辑 / 田南山
制　　作 / 马志方　赤　祥　李丹华
监　　制 / 姚　军
责任校对 / 张大伟

出版发行 / 上海三联书店
（200030）上海市漕溪北路331号A座6楼
邮购电话 / 021-22895540
印　　刷 / 山东临沂新华印刷物流集团有限责任公司

版　　次 / 2022 年 1 月第 1 版
印　　次 / 2022 年 2 月第 2 次印刷
开　　本 / 1360mm × 930mm　1/64
字　　数 / 160千字
图　　片 / 18幅
印　　张 / 16
书　　号 / ISBN 978-7-5426-7649-8/I·1753
定　　价 / 158.00元（全三册）

如发现印装质量问题，影响阅读，请与印刷厂联系：0539-2925659

Maxim

目录

出版说明

在木心目前已出版的所有著作之外，尚有相当数量的笔记簿与散稿，从未面世，估计逾百万字。由于木心通常不注明成稿年份，从内容和字迹推测，小部分写于上世纪八十年代，大部分写于九十年代和新世纪，直到他 2011 年离世。

在纽约的最后十年，木心寓所位于他学生黄秋虹的楼栋中。2006 年归来时，这批稿本竟未带回，定居乌镇后，也从未说起。2009 年，黄女士将全部稿本装了两大纸箱，邮寄乌镇，交还了木心。

据照应先生的乌镇员工黄帆、代威、杨绍波介绍，木心暮年几乎每天随手写写，稿本通常散放于餐室或客厅的桌面，并不归置——其间的插曲是：2010 年，木心曾请代威和杨绍波帮忙，在二楼客厅壁炉内烧毁了两三摞手稿散页——2011 年 11 月中旬，木心病危，据代威回忆，10 月间他仍在写作。

木心住院期间，黄帆和代威趁看护先生间隙，清理了凌乱的稿本和大量散页，存入陈向宏及时购置的保险箱。2013 年底，刘瑞琳偕同三位编辑来到乌镇，将所有稿本分类、编号、拍照。2015 年秋，木心美术馆落成，全部遗稿收存档案库。

这批遗稿的内容，宽泛杂多，不分章节，随写随止，殊少完整的篇幅。其中包括人名、账单、书单、目录、信稿，偶尔信手勾画简单的书籍设计，还有他自己的墓园。读者熟悉的俳句、随感、旧体诗、自由诗，约占半数，其余部分，介于杂记、备忘、叙事、忆旧之间，状若自言自语，不同于他已面世的所有作品。

这份遗稿的出版，若干史例可资参照。尼采、卡夫卡、加缪等的遗稿，经亲友整理，最终出版。鲁迅也为亡友整理出版过遗稿，他自己的遗稿又经许广平整理出版——过去数年，我们几度去到乌镇，分批阅读，为遗稿排序，最终委托木心暮年的青年朋友匡文承担录入工作，自 2017 年迄今，历时近五年，完成八十余万字。

今年，是木心逝世十周年，第一批木心遗稿终于能交到读者面前。兹就出版事项说明如下：

1. 本丛书定名《木心遗稿》，目前出版第一辑共三册，今后每年出版若干册。

2. 每册合并了三本至四本的笔记簿内容，并于封面标注数字排序。

3. 每册保持笔记簿的原文顺序，仅根据文意作了排版分隔。

4. 遗稿中少量已出版的内容、前后重复的短句，不再收入。

5. 遗稿中的部分译名，遵从木心原稿，一仍其旧。

6. 遗稿中存在的阙疑，页码下端附编者注，相关符号是如下几种：

（　　）作者付之阙如。

[　　]编者补充的文字。

【　　】漫漶难辨的文字。

为完好留存木心遗稿，黄秋虹女士、陈向宏先生、黄帆女士、代威先生、匡文先生、杨绍波先生，展现了可敬的淳厚与良知，在此谨表谢忱。

木心作品编辑部

2021 年 12 月 2 日

稿本 1

西欧美

英国人在雨中行走，神态自若，像没有下雨时一样。
中国人在雨中行走，慌慌张张，只求身上少淋着些
雨。

从前的中国人在雨中大概也是神态自若从没有下
雨时一样的吧。

忽然记起宋代的画中有什么《风雨驮母图》。那
船上、坡上的人，也慌慌张张，有的遮载斗笠者
草蓑衣，安俭健脚曲背状。

中国会不会有一天，全国下雨，全国的人都走在
路上，都没打伞没穿雨衣，个个神态自若，像
没有下雨一样。那时、到那时，中华大概已经
振兴。画家博物馆年记的《风雨驮母图》。画会
这么说明：

"啊，宋朝的千年，玄错就处在石器荒蛮了，那时的
中国人啊那时的还走下雨，陕州参宋世云古的
意已经有的，也不是多着，总之，那时，
一切都还荒荒。

已是雨困小雨千记也没有了的小草干青青事。老
石也还是困大海涨好

那时、到那时、中华事事已经振兴

读者、受明——读完了，而却又不得感染这经
验……那种� "完没"的辉煌就"階段完成"
的"受完没给为"的文学作品。假如有某种不但
给你感到真诚、受明，各种色彩，正相反，甚至有
这么的晚主样，把传援为"文字"，文字和梦正
相反。我认为不至是这样。世界没法用"完没"
去写"伯受们的"的文学作品，又有这题起展
是女级人的品惯。既到自然，还有接到"階段
的人才有准重显影啊。所以，至于把"階完
没""受完给行的"，当作那种的色面。如果把
"受给""階完没"等回不相关，立么子要受给
"階完没"先等问而准其（少小 那地）正经
读者各明啊。经接这给才接得感读读者各明啊
那些偏心讨厌书和表现"階階合各人"的文字去
去使你"受给"各自讨厌书和表现完了。其实
我觉得，却又求"受给"各的讨厌书和表现只们
有关。而不是，的话、对"受给"各的闷答，有
些是连用的"階完给"一起来的，"階階给先
也受阶，大体上是男受给给的。但都也是
"想"以。如果一部小、"生"以阶给
法，寺暂瘾子（口就以痳子某一人教写）起又
满暂绑上城号给如。挂眯号以。（挂眯满如）
             续完

A 一个艺术家，自为当代所理解，其人其作品皆○
有福了。性不寿，其人或寿，其作品炳焕寿无艺长。

B 一个艺术家，为当代所不理解，其人其作品○
不朽。你尽可就此沉痛沉没。因为天下凡事皆如此，
因为凡天才自始即具世艺术素他竟误，以为
是艺术家，年岁虚数十年浮墨而已。○自信

C 歌明艺术家，为当代所不理解，其人其作○
朽，其人或寿或不寿，其作品共寿或极为长寿，
你与寿即作品寿了。

D 一个艺术家，为当代所不理解，其人其作○
品不朽不寿，其人或寿或不寿，其作品或寿或极为
长寿。——D的命运隔于C。则是其文之力又大。

E 一个艺术家，为当代所理解，长寿富贵
艺术上心智不清楚，是当代对他的误解，
他竟无位了误实，凌秉无隐合他妄诚，也该
给他富贵数十年，勿使贫困而死，他竟以此作品风险
形象似致误了。他是特○为探究作品属○其天才的
"人"的样本了。

F 长寿无寿，巨艺纵又巨艺，最后，微寿，则也
他也是文情趣卒不是富的名流人端

高性号之擦四：
先坐一遍，再失坐一遍，回先坐……
注意该先失坐四次
另任第一次有擦合失坐.   两抗拒
不失坐四次也要后四 回口不能伯持的
回两wP.
每次失坐都石回电里样.（都回原
的样的啦）

闯红灯之所以存在，就是好打闯者色取出来又加到别处
——立案11嫌之三四中下

兰母

不可就不过方便，是往不是方便。——因为知法
先恐惧，而往基于偏见，——不可就强过程成为过度时

如若有高于知识之于道德的驾御者，知
识之往便成束缚力量。
那理有这样的驾御者？
有吗，（吗无了，因失败了吗，失败得便灰心
抱之恐，抱之疾，第因友因二千年，不见再好便因有
难。

最苦失败了的驾御者，也许正是由于知识
若善恶，有着往基于偏见，故终失败了，知知
不可不过道德，不过知知方便，不过往便好不是
是抱诚恳的，多至知道的恨。——终被误解

还有强过之意善恶，道德之基于偏包
是知知知识，倒偏却挑战就是不希奇的，我
胧知知，有其希奇。

闯红灯偿愿下班后，因走往续度取回闯红
相往半修好了，走进十几家使是百货公司
再无有什么值得买的，子多赚笼都也好
好，都一布的经（某是信扎到了毛巾
瓷瓶，玻璃瓶，我一路不有喜欢老的瓷瓶
闯红灯来之学起来，大家识其，都劝劝者
吓再好不过嘿不是无奇的谎言人们

从前的人们，对"潜意识"无所知，继之略有所知而不予承认，这也没有什么好怨的。因为毕竟大家都不明白，犹如当初对人体的血液循环、呼吸、消化、生殖系统，全是糊里糊涂的，怨谁呢。

　　后来"潜意识"的理论成为学说了。其实这个"后来"倒是极早，一千四百多年前就开始缜密探索潜意识，可惜限于东方，限于佛经。那名为"阿赖耶识"的研究没有扩展为世界性的学说，而且就在这样的局限中自生自灭。东方人呆等到"潜意识"论从西方传来，怪新鲜地，普遍认知了（东方人老是扮这种角色，东方智慧的命运都是这样的）。

　　"潜意识"谈了百年，还有得谈。姑且在此节外生枝地谈一点：

纪德、摩里亚克、葛林……在文学作品中写那种无意识行为（由潜意识构成的骤尔难付理性解释的行为），使我感到他们是"幸灾乐祸"，是"巴不得"。

我对于"潜意识"的兴趣淡了，兴趣转于"意识"和"潜意识"的交界处的景观（文学表现"意识"界也还没有表现得充分，而如果"潜意识"界全然脱开"意识"界来表现，可以试试，试试以后就知道是乏味的）。

回到前一小段：热衷于表现"无意识行为"的文学家，不知怎的，我总觉得他们反而浅薄、无聊——言重了，而我又不能减轻这种感觉。那种脱开"意识"，纯就"潜意识"，专写"无意识行为"的文学作品，使我感到浅薄、无聊。诗和梦正相反，梵乐希认为是这样。把"诗"扩为"文学"，文学和梦正相反，我认为大致是这样。然则纯就"意识"，专写"自觉行为"的文学作品，又太戇直（？）[1]。憨厚是古代人的品性，既到近代，只有机智到透顶的人才有望重显憨厚。所以，不必把"潜意识""无意识行为"看作新鲜的东西。如能把"意识""潜意识"等而视之，至少在文学里，"意识""潜意识"是等同的，任其自然，不致浅薄无聊。矫揉造作才越弄越浅薄无聊。那些偏心于探索和表现"潜意识"的文学家是认为"意识"界已探索和表现完了。我觉得，我认为，"意识"界的探索和表现没有完，不过是：以后对"意识"界的开发，当然是连同"潜意识"一起来的。"潜意识"与"意识"大体上是"生"的，细节上是"克"的。如果一部小说专写疯子

1　编者注：此处系原稿字样。

（或以疯子第一人称写），姑不论能不能写得好，总是极难写的（极难读的）。

A 类艺术家，为当代所理解，其人、其作品有福了。其人或寿，其作品不寿。

B 类艺术家，为当代所不理解，其人、其作品不福，就此湮没，应该如此，因为此类人自己误以为是艺术家，数十年浑噩而已。

C 类艺术家，为当代所全然不理解，其人、其作品不福，其人或寿或不寿，其作品长寿或极为长寿，作品长寿即作品有福了。

D 一个艺术家，为当代所稍稍理解，其人、其作品稍稍福，其人或寿或不寿，其作品长寿或极为长寿——D 的命运胜于 C。

E 一个艺术家，为当代所承认，而且有点不大不小的轰动，艺术家心里十分清楚这是当代对他的误解。他忍住了讽笑。他死后，死后数十年、百年，开始了，他留下的作品陆续被理解了，而且转而探究作者的"人"的构成了。

比较起来，E 类艺术家最福、最寿，虽然他活着时并不是富翁、名流、人瑞。

甲与乙斗，丙支持乙，后来甲乙议和，第一条款：杀丙。

丙知甲恶，见乙攻甲，便认定乙善，故助乙——丙临戮亦不明甲与乙是"知音"。

或者，我想，对于文学家，对于艺术家，"禅"，宜作"方法论"，不宜作"目的论"。

不过，由它去吧。

予嗜战，癖溺韬略，乃以兵法入文学。然则读者非我敌，我勾心斗角，在乎读者胜。彼胜，我功成。彼不胜，我术策有误也。

然则战无敌乎？战必有"敌""我"二方。

　　不佞嗜战，素癖韬略，平居无聊，乃以兵法入文学。举凡勾心斗角，但在乎读者胜。胜，功成。不胜，策术有误也。

　　然则何为乎敌？战必有敌。以兵法入文学，期与下愚克"素昧"，与上智破"岑寂"也。

　　也罢，把小说当作历史读，历史呢，当作小说读——反正总是那么些人，做了那么些事，折腾了那么些年代。

爱情是这样：失望一遍，再失望一遍，再失望……

每次失望都异样（都同样的啊）。

知识无善恶，道德基于偏见——知识、道德成为力量时，破坏了生态。

如若有高于知识、高于道德的驾御者，知识、道德可能成为力量。

哪里有这样的驾御者？

有过，失败了，失败得心为之寒，为之灰。寒灰二千年，不见后继有谁。

曩昔失败了的驾御者，也许正是由于不明知识无善恶，道德基于偏见，故而失败了。

然而知识之无善恶，道德之基于偏见，是

宿命。向宿命挑战是不希奇的，战胜宿命，才真稀奇。

　　傍晚下班后，去钟表店取回闹钟，放进拎包里，相信是修好了。走过十几家便是百货公司，看看有什么值得买的。许多顾客都比我好，甚至像找到了花的蜜蜂，我是一只不厌恶花的蜜蜂。闹钟突然响起来，人们都朝我看，唯有我不能向谁看。我低头以最慢的动作迅速（　　　　）[1]，闹钟不肯停，只好打开拎包取出来止制它——在众目睽睽之下。

1　编者注：作者付之阙如。

爱情是画，一次爱情一幅画，画到画不下去了，也就是爱情完了，才配上框子，挂起来。可怜。

　　更可怜的是人，啊，很多人，画也没有，生命墙上挂了几个框子。

　　失恋的人，往往越加觉得所爱者之可爱，因为这时的画已经装上镜框了。

菜馆，堂子，赌台，浴室，戏院，酒家，旅社

上海人把狎妓叫作嫖堂子，约于鸳鸯蝴蝶派兴起之前后，什么"长三""幺二"，生化出纷繁的（　　）[1]，当然（　　）[2]

上海史，不过如此，而上海之为"上海"，畸形的繁华是有一个巅峰时期的，前后仅四年光景，即一九三七年冬到一九四一年底，几乎三百六十行，随便哪一行的经营者都发财。一个小店面，加一只电话，就可贴起那副对联而无愧色："生意兴隆通四海，财源广进达三江。"

1　编者注：作者付之阙如。
2　编者注：同上。

上海租界当局的所谓"中立政策"，使各国各怀各胎的人士自由出入。东方西方都热衷于如何在上海的活动达到高度充分。汇丰银行、麦加利银行、花旗银行，那是英美金融资本捏住上海经济命脉的三只大手。苏联也不会怠慢，轮船相继驶进港来。外商也购了中国的原料、物资，通过上海港水运出口。

那时，米高梅、英狮公司的影片，莫斯科、列宁格勒的影片，比翼双飞，上海人真是见多识广了。穷人拥进上海来发财，而外地有钱人也带足不义之财来上海做寓公。十分精乖者就此站住了脚。多数军阀老粗却被上海的大亨（黑社会教父）榨得只剩回乡的路费才三十六策地溜走。

毕竟那时的上海已是百足之虫，工业与商业已具备配套的系统，至此，资金大大充分了，工厂、商店、旅馆、饭店、娱乐场，宛如雷后雨后的春笋，大厦高楼一直盖到租界边缘。当年租房是讲"条子"的，即用金条作"顶"费，不是买，也非押金，更非房租，而就是开始就要拿出大条来，房子才借你。于是大房东、二房东、三房东，"层次""层面""肌理"，真是"涵盖"得"亮丽""圆融"极了。

那年头，捷克、奥地利、法兰西等国家已被法西斯占领，世界各国都遭派间谍在上海掠取情报。

在艺术上，题材无可无不可。如果在艺术上计较题材，那是在计较艺术以外的东西了。

以绘画来表呈对世界的观点的人，是画家。对绘画的观点，仅系诸观点之一，当然也是以绘画来表呈的——其绘画作品的全部而非某些。

良善得真是窝囊呵

美髯的青年　在支票上　暴风雨签名

以为蜂巢中的十架是甜的　那又糟了

白希腊　金黄罗马　五彩迦太基

紫中国

多半是假寂寞

羚羊脚是狼牙琢磨出来的　杰弗斯太慷慨啊

五只鸟这样斜飞过树梢

南极冰雪之夜的荒淫无耻者啊

劳动中的男人所发散的魅力全浪费了

智士和蠢货相同的特征是：善笑。区别在于智士以各种笑对待各种事物，蠢货以一种笑对待各种事物。这个观察当然是很肤浅的，趣味只在于随时可以看到、听到有人在以一种笑对待各种事物。

　　在视觉艺术上，说起来，"抽象"已过去了，而与"具象"的发展史比，那么"抽象"还可以有一段很长的进程。

　　后来尼采不患精神分裂症而一直无畏地思辨下去，那么他的遗嘱中会说明：以华格纳的

《帕西弗尔》的（　　）[1]作为他的安魂曲。

在与上帝的冲突中，"我"创造了哲学。在与魔鬼的冲突中，"我"创造了爱情。在不再与什么冲突时，"我"创造了艺术——此复诗人叶慈先生阁下。

听得见的是修辞，听不见的是诗——此复思想家密尔先生阁下。

---

1 编者注：作者付之阙如。

文学，如喻作药，也只是供长期内服。那种一时外敷的文学的药，其实是化妆品。

另外，更有某种文学，确实也许真正似乎有使人脱胎换骨之功效，那是必定要先脱了胎、换好骨的人才能读得下去的——事情也只好绝望。

"你把世界看得这样复杂，总是因为年纪还轻的缘故。"一个五十岁的瞎子对另一个六十岁的明眼人如是说。

彼等的所谓品位，全只是庶士的享乐主义。庶士最会在细节上享乐，以模糊大节上的亏损。

昔之君子吃的是草，挤的是奶。今之君子则不然，吃的是奶，挤的是……

都道"平易近人"是好的，其实单是"平易近人"则还不知道是好是不好哩。

平易近人，意味着有个前科，即本来是不平易近人的，后来平易近人了。如果没有这个不平易近人的前科，那有什么平易近人可言呢。

疑问一：他为什么曾经不平易近人的呢？

疑问二：他怎会转变为平易近人的呢？

疑问三：他以前不肯平易近之的人，就是以后平易近之的人吗？

疑问四：这些人是什么人？

平易近人，要看近什么人。

而且，平易近人是非常麻烦的。

最简美的是：平易，不近人。

健康、正直、俊俏的少男少女，在爱情的表现上是很飒爽的——这个观察的结论由哥德提出来，特别有意思。

厌恶体系，免事体系，那是体系性特强者的性情，甚至后来他只葆风度，不留楷范。

人是芦苇

思想使人伟大，去追求真理

真理也是芦苇呀

培根实话实说，说"学问变化气质"，学问可以使气质变好，越变越好。培根没有说如果气质本来就不好，学问就往往恶化气质，变得十分坏。这种例子也是明摆着的，指名道姓也不能使其已经变得十分坏的气质减低为九分，因为彼十分有学问哩。

有口蜜腹剑者，很可怕，但也有口剑腹蜜者。毋绝望，我们活该不绝望。

真理，终将成为一己的隐私。

"乏"的乏味

涉及鲁迅

据说鲁迅惯于以笔伐人，是因为早年的婚姻不如意，把他的脾气弄坏了的缘故。

据说徐志摩身上除了"浪漫主义层面"，还有"鲁迅层面"。

据说中国当代有个女的与另一个男的合写了一本书，外国的一个男的"汉学家"评价那女的为"鲁迅之后第一人"。

据说……

够了。即此三则涉及鲁迅的新闻，已够把鲁迅弄得面目不清。

持此新鲜论调者，因为自己曾在鲁迅笔下现过原形的，心里明白此"原形"。

昔在今在永在，无法用辩论来消除。而且，

倘若旧事全面重提，就要闹得沸沸扬扬，本来不知其详的人，倒要一清二楚了。于是眼看行将盖棺，自己作定论，一切的一切都推在"脾气"上，鲁迅脾气不好，很坏，怎么办呢？应得原谅鲁迅哟，而且坏脾气的根源在于所婚非爱，所以尤其值得同情。在这样的"原谅""同情"之后，清论自然是鲁迅的话、的文章都不能算数，不可当真的，所以"原形"就烟消云散。烟一消，云一散，自然就光风霁月。以此推论，便可反证凡是那些好脾气，即那些善于"原谅""同情"论敌的人，总不外乎婚姻美满的缘故，可见婚姻是多么重要，好婚姻决定好文学家，好文学家决定好政府，等等——但除了人有脾气，历史有历史的脾气。历史可没有好历史、坏历史，历史不过是按实记载的一本老账，谁想要"大事化小，小事化了"的花招，那就在原来已经上定的账下又添了一笔。这样的回马枪【　　　】[1]。呜呼，临去秋波，实在"乏"得乏味。这次第，又岂一个"乏"字了得。

这种糖棍鞭尸的看客，糊涂的看客，只觉得其甜，不觉其恶。

1　编者注：漫漶难辨的文字。

将自己写好的文章读出声来听，可以听出问题来，即佳则留，劣则改——是个方法，在从前是算极高明的，但已经过去了，衰老不堪再用了——现代的文章不再要求【　　】[1]，如果投地作金石声，那无疑是一篇蠻作。测试现代的文章的好坏，只能在心里默念。

1　编者注：漫漶难辨的文字。

畸形繁华的峰谷

上海畸形繁华的巅峰期是四年，整四年，已过去半个世纪了。一九三七年秋末，日军在杭州湾登陆。租界之外的上海地区一沦陷，租界便成为"孤岛"。而"八一三"抗战爆发，不仅苏州河以北的居民仓皇避入租界，上海周围许多城市的中产者，以及外省的富户也纷纷举家投奔租界，人口从一百万猛增到四百万。外国人不仅不走，反而越洋来"孤岛"，利用租界当局采取的所谓中立政策，使冒险家的乐园险了别人，乐了自己。

英美金融资本通过汇丰、麦加利、花旗三大银行，稳稳控制上海的经济枢纽。欧美各国商品充斥上海市场，很多商店就纯卖外国货，而且是一流精品。苏联的大轮船，旗帜招展地泊在港口。中国物资也从上海输出。好莱坞影片、莫斯科影片同时在上海开映，而上海正是国际间谍活动的远东最急剧的漩涡。法西斯德国特派大师级宣传战家专驻上海，美、英、法、意、苏联都在上海精心设置间谍机构，《大美晚报》、《字林西报》、《泰晤士报》、《密勒氏评论》、《二十世纪》、《总汇报》、《时代》、《每日战讯》，这些英文、法文、俄文、中文的报刊布满上海街头。广播电台更是直接发出呼声，美国电台、苏联电台、德国电台用中、英、俄（　　　）[1]

所以，比起来，还是古代的那个卖旧稿的儒生可爱，祝福他很快就卖掉了稿去买书、米，并且后来高中状元，奉旨定婚，不必费心于写情书。而那时候的路人也可爱，甲、乙、丙、丁虽然不一定是作家，那甲乙丙丁者比当代的作家不知要高明多少倍呢，因为在当时是绝不会有什么苏轼诗选苏轼著的。现代人编印古代人的作品，也套用这个程式，真是罪过。

　　"不这样又怎样呢？"

　　他们异口同声地反驳。

　　张三小说集　张三著

　　李四选　————

某日在纽约的中国城作广式饮茶时，同座有资深作家和老牌的出版商，我说："《史记》就难不倒司马迁，司马迁幽禁在蚕室中时，曹雪芹在黄叶村啜粥时，未知有没有人发断言：'我看将要产生伟大的作品了。'"

　　王实甫比关汉卿更懂艺术。

　　虽然《西厢记》算不得悲剧，而王能作为悲剧处理，关却（　　　　）[1]

　　柳敬亭就是自觉的艺术家。

1　编者注：作者付之阙如。

关

马致远

郑光祖（元）

白朴

汤显祖、孔尚任（明）、李笠翁（清）、王实甫（元），都太唯美，一味美声唱法，自己限死了，所以写不深、不切，也不敢直白，总要弯弯曲曲，精精致致。唯美主义是害人的，害人不浅，所以真的大家都不肯自限于唯美。

《老残游记》（刘鹗）、《儒林外史》（吴敬梓）的作者，只能说半自觉，时良时莠，总是不纯粹的。沈复，倒是差不多是自觉的，所以每有修培特的味道。

尤卿自京都返纽约

桃花潭水春来深

风雨归舟海天身

仰古柔情生侠骨

俯今剑胆慰琴心

域外行藏韬晦计

个中况味逍遥津

感君奔波千金诺

拯起蛰龙入云庭

1988.8.8.杭州遭 12 级台风，吹倒树木二万株，其中树龄二三十年以上的大树近万株。苏堤长 2.8 公里，近千株树倒伏（垂柳、悬铃木、七叶树、樱）。白堤长 1 公里，九十九株垂柳，除一株幸存，其余全部连根拔起。

树龄 300 以上的古树名木 108[株][1]，一百年以上的有一千多株（香樟、银杏、枫香），全部度过劫难。

---

1 编者注：编者补充的文字。

某著名剧团准备上演《哈姆雷特》，彩排之日，必恭必敬请来直接领导剧团的长官来观看，叫作"审查"。长官看了，说：

　　"这个戏嘛，基本上还是可以的，不过……鬼魂上台，宣扬迷信，要改一改。"

　　导演说：

　　"首长，这……这个戏是莎士比亚编的呀。"

　　"什么？"

　　"莎士比亚！"

　　"啊，少数民族吗？问题不大，叫他来，车费报销，开个座谈会，大家提提意见，让他改一改，不就行啦。"

我不卖我的身体　请帮助我　（海棠花）

冷气机　那天我喝了酒

口哨　我很抱歉

皮夹　背影

犬吠

　　啊，宋朝以来就是不景气，画家故意这样
变形的，我们中国人哪里就怕一点雨。

欧美人在雨中行走，神态自若，像没有下雨时一样。中国人在雨中行走，耸肩缩颈，只求身上少落着些雨。

从前的中国人在雨中大概也是神态自若，像没有下雨时一样的吧。

忽然记起宋代的画中有什么《风雨归舟图》，那船上、路上的人，也耸肩缩颈，有的还戴笠帽，着蓑衣，亦作 [弯][1] 腰曲背状。

中国会不会有一天，全国下雨，全国的人都走在路上，都没打伞，没穿雨衣，个个神态自若，像没有下雨一样。那时，到那时，中华多半已经振兴。

1　编者注：编者补充的文字。

拟寄书者

夏葆元

陈际春

沈建华

徐永年

乔　乔

嵇【　　】[1]琪

姜华中

王　竞

陈英德

巫　鸿

1　编者注：漫漶难辨的文字。

○散文　△小说

集外新作

都尔耐

永恒了的墙

○今阳秋　　　　　　2000[1]

○寡妇的屋子　　　　1500

○永夜角声　　　　　3000

△雪麼

○法兰西备忘录　　　5000

○浮士德的呵欠　　　5000

○今阳秋　　　　　　3000

○招招舟子　　　　　3000

△南宋母仪

1　编者注：作者统计的文章字数，下同。

○上海赋　　　　　20000

△诛枭记

○良俪　　　　　　3000

14 张时报稿纸　　1.8 元邮费

今阳秋	5000
寡妇的屋子	1500
永夜角声	3000
法兰西备忘录	5000
招招舟子	3000
上海赋	20000
良俪	3000
浮士德的呵欠	5000
	45500
雪鏖	4000
南宋母仪	15000
诛枭记	5000

刊名	稿题	发表日期	稿费	
	西邻子	7.10	$60	
	出猎	7.20	$100	
	从前的上海人	9.8	$120	
	袋中的月光	10.10	$55	
	水面清圆	11.9	$70	
	永恒了的墙	11.24	$30	
中报《东西风》	都尔耐	12.2	20	170
	今阳秋	12.4	40	
	寡妇的屋子	12.1	40	
	永夜角声	12.15	60	
	雪鏖	1.15	100	100
	高速田园诗	12.30	90	100
	法兰西备忘录	2.22—23	120	
	芦苇与蘑菇	5.2	50	
	啊，米沙	3.22	40	
	艾华利好兄弟	4.12	30	
	尤查斯和沙丽	3.2	30	

刊名	稿题	发表日期	稿费	
	第二个滑铁卢		40	#2886
	埃及·拉玛丹	3.28	40	12/1 88
中报《东西风》	托尔斯泰的……	3.16	30	400
	招招舟子	6.3		
	浮士德的呵欠	5.9		
	南宋母仪	6.3 付稿		
	上海赋，良俪	8.1 付稿		
	诛枭记	10.3		

刊名	稿题	发表日期	稿费
联合文学	意大利轶事		

刊名	稿题	发表日期	稿费
联副	水面清圆	九月十七日	$186
	中天月色	二月十二日	$274
	雪鏖	一月十日	$194
	浮士德的呵欠	五月廿七日	$203
	差池其羽	已刊	$258
	南宋母仪	6.3 付稿 8 月 17 日	$673
	良俪	7.24 付稿 九月廿九日	$180
	谜底与谜面	九月十三日	$70

刊名		稿题	发表日期	稿费
中国时报		袋中的月光	10.16	
		永恒角声	12.6	
		法兰西备忘录	5.31	
		高速田园诗	1.8	
	中时晚报 《人间》	上海赋	之① 7.19，之② 8.1	① $85，② $300
		诛枭记		$300
		上海赋（衣、食）	#280，#170	

一件最能解闷的事便是去看帆船归航。过浮桥后，船只们开始逆风行驶，帆篷下到桅杆三分之二的地方，前桅的帆尤其鼓得像个大圆球，一直开到港口泊处，突然抽锚，然后慢慢慢慢靠岸。水手们从船舷扔下百般蹦跳的鲜鱼，车子一部接一部地候着。头戴棉布小帽的女人成群拥上来，手里挽着篮子，嘴唇贴上男人的脸，也有甩掉篮子抱起来的。

天气太热的日子不出门，百叶窗缝缝射进刺眼的阳光，村子悄然无声，只有远处修船工匠铁锤敲在船底板上的钝音，微风吹来柏油的气息。

颜色正如荞麦地里的野菊花

鸟羽毛，雄鸡羽毛

庞大无比的帽子

宽得出奇的腰带

军人都留起胡髭和长须

散步广场上，彼此认不得了

老远一看，只见是亚布吕兹山中的强盗

腰刀、手枪、土耳其弯刀碰碰响

走近一看，原来是收税员贝古拉特

见鬼的是达拉斯贡人都扮成了凶神恶煞

最后弄得你怕我来我怕你

人作的时装模特儿，物作的时装模特儿，感觉上是一样的东西，因为实质上是一样的。

昔有一国，国中文人艺人总水准是：弱智，低能，且是传染性的弱智低能症，使外域去的文人艺人在长期杂处中智也弱起来，能也低下去。当弱智的低能的文人艺人为数众多的时候，就发生了状如强智高能者们之间的勾心斗角。勾心斗角其实不是弱智者、低能者好做的事，然而要做，就形成歇斯底里。幸亏天道有仁，降下了一道"温柔敦厚"的神谕，使歇斯底里的戾气限制在癔症的范畴里，显得祥和了。该国文人艺人津津乐道的"圆融"，即此。

以前对沈从文、徐志摩的作品蓄意的贬斥，这是错的，继之对这类作品人工的湮没，这，也是错。

　　后来，沈从文的作品成了新鲜出土文物，海内外争看，这，似乎对了呗。倘若一九四九年以来，沈从文的作品没有受到恶意的贬斥，没有遭到人工的湮没，而其他的与沈同辈的那些文学家呢，不失节，不变节，不绝笔，不才尽……

稿本 2

院里的响应最差，大家都习惯了大锅饭，吃平均饭，闹起情绪来，要别的报上的差额。所以回应的抵触。一天之内的反应很大，不无反悔对我的。我们年轻的时候把工作总是摆在前面的事又把困难事。也不拿人往高处走。陵上海，往在"大世界"或"新华门"。奴仆没全主即去找他，可不是吗。大家都走远了，他唯。他还好，我的走下来，不也是全靠他的度。

您老说他的句句真，弦比报刊数字。艺术特别粒来的数目张，看来表方。感觉在率论句句真，赞成您回来了。您编辑再怎样精努力择允，也不行了——艺术心为他庭前连续"画画笔记"的好事。我走带某地出编连续久，院在还会先生，这样先编地扶养办事的。

赞文、寄，他好，赞文祝这样，一颗强急。

桑夫，方雍，韩示，罗巡，高丁，杜肯，俞迦，
林赏，柳本，卞秀，唐引，阮韬，费沁，田爽，
嵇游，方纵，尤宾，伍笛，伍赛，李斑

济慈、康德——1米52

贝多汶——1米63

M.X.——1米68

寄《联合报》稿

1. ✓马拉格计划，吉雨	已表 8/26 稿费 10/13 250 元
2. ✓伦敦街声　外四章 8 月底	已表 10/19 稿费 11/30 264 元
3. ✓白马翰如 9/18	已表 2/6 稿费 2/6 228 元
4. ✓一饮一啄 1/17	5/24 ①—90 元 6/3 ②—100 元
5. ✓R 公爵情书集 9/27	已表 12/8 210 元
6. ✓灵智的飨宴	已表 2/26 稿费收讫

寄《中时晚报》

1. 迟来的情歌	已表部分　通知 $60 款讫 $264
2. 我纷纷的情欲 联合 5/30	小信封, 16 页, 2 收据, 1 信纸,　$2/7/15 发
细履平沙 "中央日报" 5/30	大信封, 15 页, 1 信纸, 7/9 发表
从薄伽丘的后园望去 人间 5/30	大信封, 14 页, 7/15 发表, 通知 $290 款讫
海滨故园 联合文学	120 元讫

金——小包杂物

票——古体草书小框　一月七日　　600

小票——红面照相簿底

一个清早，但丁苏醒，敲了七下钟，天亮起来，亮起来，史学家把这回事叫作文艺复兴。

生命是极滑稽的，因为它那样地贴近死。沙漠的多肉类植物，顽强吧，火烧之，全死。癌细胞无法制胜，病者死，该细胞概不活存。世界拳王，一枪立毙。昔海京伯马戏团渡海沉船，虎豹狮象统统灭顶。

无纯粹的独立的"死"。"死"只是"生"灭，否则，唯"死"不死，那么"死"成了"生"了。

虚空之为虚空，就在于"生"是必死的，"死"是无所谓死的，故宗教、神话中的"死神"这样的兴匆匆活泼泼，实在滑稽。文学、艺术上的死神的设想和描绘，倒真是大大丰富了"生"的景观。

可分阳刚、阴柔、豪放、婉约的艺术，还是二流的。一流的艺术分不了——莫扎特、莎士比亚、希腊雕像，阳刚豪放也不是，阴柔婉约也不是，这，就是了。

炉火纯青，即是不再随心所欲了的意思。不再随心所欲，久而久之，心趋于成熟，久而又久之，才臻于所欲随心。凡是神，都接受牺牲，宗教的神如此，艺术的神亦复如此。

艺术的神比宗教的神更严于审判，丰于赐

恩。宗教有特定的福音，艺术则艺术品即福音。如果一宗艺术品未足成为福音，那是因为它不是艺术品的缘故，没有别的缘故。

艺术没有最后审判，而是即时审判，日日夜夜都在进行审判。艺术无净土，无乐园，因为艺术是当时就净了乐了的，没有什么可盼望的。

艺术的上帝曾经与宗教的上帝往来频繁，渐渐地疏阔，神祇之交淡如水，大致是这样的。

爱大，情仅是爱的一部分。爱即道，由情而悟爱，乃得道。

耶稣直接讲爱，不及经由情来讲爱，后世的人却以情奉耶稣，把他比作新郎，等待他来迎亲，娶凡人上天堂。

艺术家、文学家都自知无资格直接讲爱，那么间接讲就只能讲情，似乎是一项严明的律令。艺术、文学不可直接宣扬爱，违此律令，艺术、文学便不是艺术，不是文学了。

爱是明的，情是暗的。愈明的爱，愈伟大。越暗的情，越深切。艺术家、文学家就在暗中看明，看得清楚，又必得克制自己走到明里去。有人走了，例如列夫·托尔斯泰，屠格涅夫苦苦劝阻他别走，托尔斯泰还是走了，毁了。因为唯有上帝的独生子才可以直接讲爱，讲一次，别人就只能自限于艺术、文学中。

艺术、文学是暗的，暗的前头是指向明的。

尼采的苦恼更甚于托尔斯泰。哲学无法用情，故无暗处可守可回旋，他渴望也直接讲爱，甚至更坦率地讲爱（即酒神精神）。

但爱的对象失落了。耶稣所爱的，尼采不爱，所以尼采进无可明，退不能暗，看到马夫鞭打马，觉得他就是马，马夫就是命运，不禁奔上前去抱住马头，放声痛哭。

她贱，他犯贱。

她生而贱，他生而非贱，与她人相处，他

便自贱了。她见他能因她而自贱，她就更贱得不亦乐乎，他也随之自贱得更不亦乐乎。她还是觉得他不够贱，故不断地作贱他。

中国人的"惧内"，是结婚前就惧的。

昔人总喜欢说成大事业得大学问者如何如何。

也无非这样：儿女情短，英雄气长（儿女情，短；英雄气，长）。

那老妇人一身旧，一身史绩，高高瘦瘦地走过来，穷得极有风度。

假如由我立法，凡判五年徒刑者，可去看一场蹩脚电影，就抵销了——每次从剧场出来，总这样想。

几许学者、教授，在窗明几净间写些不明不净的东西，出书时自序道"抛砖引玉"，于是一地的砖，玉在哪里？况且，引出来的玉，未必佳，佳的玉是不引自出的。

他们抛出来的东西其实自信是玉，玉得很，

不过他们说得很客气。其实抛出来的东西，有的连砖也谈不上，所以"抛砖"也太自夸了。

寒泉之食
井渫不食

大杖则走

他有不少优点，也许因而就亦有许多缺点。他的优点之一是想上进，希望得到开导提携，但缺点还真多。要说该说主要的、致命的，那么才好算对症下药。说了，说到要害处。

说到他的缺点时，他便紧紧搂着那缺点，一脸憨厚的笑——缺点是他的宠物，碰不得。而且他的缺点正在怀孕，即将繁殖，一群前程远大的小缺点。

我永远记得这样的一脸笑，几乎就是"苍劲中跃出姿媚"的了。他五十多岁，自称一切尚未开始。

推溯起来　谁都有一个祖先是贵族

弄虚作假的人　聪明得笨透了

夏天的树沉静　像著作已多的诗人

狡兔营三窟　乏犬走四门

请注意浪子策略性的回头

惨无人道的事都是人做出来的

在文化上　本质是败家子　情况是暴发户

感谢罗马的小巷　汽车不能驶入

坟场　密密麻麻的墓碑十架　好死也成了惨死

为什么地下车中男人看报，女人看小说，因为男的参不了政，女的得不到爱情。

逝者的生命延续在存者的身上

写得太长的绝命书啊

在植物和动物看来　人的时装化妆统统失败的

法国戏剧家克毕庸说："大地属于高乃依，天堂属于拉辛，在戏剧的领域中，我属于地狱。"

　　风雨之夜，涅克拉索夫与别林斯基又去访问病中的陀思妥耶夫斯基。其时，《卡拉马佐夫兄弟们》已写到最后，意思是终于无能完成。

　　涅克拉索夫与别林斯基转过小径，望见不远的门口有灯光、人影。是神甫？是医生？他俩停步，又缓缓行近……

　　这在画片上屡屡见过的，身披白袍，手提风灯的耶稣，与画片上一模一样，更相同的是他举手叩门了。

　　来开门的是陀思妥耶夫斯基本人——他双膝跪地，仰面而展臂。

他俯视，徐徐伛下，也跪在地上。

结语：这样的事是不能发生的，发生了，就更糊涂了。

11.6.1991.

我的人生理想有三：1. 不工作；2. 没人管；3. 单身汉。是故到得海外，三者立即如愿以偿，从此其乐无穷。世上极少有人敢宣称"我的理想完全实现"，那是因为他们的理想伟大崇高，至少是很复杂吧，要完全实现是很难的。我的理想其实是一只鸟、一匹兽的境界。自然界的鸟兽从来不工作，也不受其同类的管辖，独飞独奔，随心所欲，所以成为"植物人"未免太沉闷，做了"动物人"，此生志愿毕矣——要创制一些艺术品，也只能这样，何况我是只配只该这样。所以，近十年以来，我的生活真是非常满足，非常哈利路亚，非常感谢上帝的。

音乐上有许多结构，许多效果，是外在的戏剧性，甚至已不在音乐的范畴内了。鼓声大作，号声长鸣，还算什么音乐？浪漫乐派拓展了精神的疆界，常会这样冲过了头，所以后来又回巴赫了，回内在结构、内在效果、内在戏剧性。莫扎特也真纯粹呀，人们把莫扎特比作音乐的太阳，倒不是抬举莫扎特，而是抬举太阳了。在浪漫乐派中，唯独萧邦，始终守住"音乐"，从无狭斜冶游到别的艺术的领域中去，也不贪无当而大的主题和规模。萧邦爱巴赫，爱莫扎特，也就是莫扎特、巴赫为萧邦所爱，也就是我爱萧邦、莫扎特、巴赫，也就是爱音乐的人只爱音乐，其他以音乐的名义而存在的东西，自己会把它们与音乐分开，分开了再爱。

我在童年少年乃至青年这样长长的岁月中，越来越烦躁地不愿忍受以音乐名义而存

在的东西。因为尊重"音乐",爱屋及乌,乌
又真多,黑压压盖住了屋。直到我自己进
入中年,有点明白过来,开始择"屋"了。
凡"乌"多的"屋",我便悄悄走过,再去
找"乌"少的"屋"(我真想把屋上的乌驱
散,但这是宿命的搭配,这种"屋"天生是有
"乌"的)。

　　巴赫、莫扎特、萧邦,"屋"无"乌",自然
还有别的无乌或少乌之屋,不能一一说尽。

近来受一朋一友的夹攻。朋，希望我腾出若干精力来从事专题论著，他憾于我的散文中的顾盼评说的光浮影掠。友，因为正在读《查拉图斯屈拉》，惊喜于尼采的文体，我则不慎流露了对这种文体的厌弃，友责疑了：你曾说过《新约》对你的影响极深长，而且指明是"拉比"的语气使人心软，那么《查拉图斯屈拉》的文体，你怎会不乐意？

朋从正面打来，友自侧面袭来，尤其因为都是电话，朋与友又都比我年轻，使我乏于招架而深感委屈了。

此刻是平安夜的七时四十分，午后——婉谢了各路的招宴。节日，总是一个人过才像个节日。如果天天一个人过，就天天是节日。朋友对我的寄望和质难，并非不能开销，而使我一时语塞的缘由是长话无从短说。

少年时我只写诗，青年时又只写论文。诗、论文，后来都成了梦，意谓都醒而破了。早岁读过的书，再读，就真有书犹如此，人何以堪，或曰人犹如此，书何以堪更贴切。何以我仍会开阅《新约》而不愿重启《查拉图斯屈拉》（以后，《新约》也将尘封，我悽悽地想）[1]

直线比曲线颓废，自然比艺术颓废，灵性比肉欲颓废。

1　编者注：作者付之阙如。

耶稣比尼采聪明，莎士比亚比托尔斯泰聪明。因系当然，故看在眼里，不觉得快乐，亦无所谓悲伤。

尼采比耶稣忠厚，托尔斯泰比莎士比亚忠厚。

当我幼年时，每见跛子，以为是不愿随俗，取了别致的步态。看到耆老举止滞缓，发声沉浊，那是表示庄重威严，使人不敢亵渎。茶壶，一边是嘴，一边是把耳，无疑很好看。两边都是嘴，或两边都是耳，就不好看了（而且学跛子走路，果然很有趣味。学耆老则对着镜子做弄也自叹不如，就越加钦佩。右手叉腰，左手斜举，差堪比拟茶壶，英武慷慨，可见茶壶是对的）。

逐渐悟知跛子是残疾，耆老是衰朽，茶壶是实用器皿——我暗暗感到落寞，不景气。

在别的更大的事物事件事态事理上，由于我，性质同上的愚昧误会，动辄看舛，随时弄糟。例如：宗教——神拯救世界，哲学——真理是可能的，艺术——爱无所不包，历史——人类会改过自新。像模仿跛子、耆老、茶壶那样，我曾经模仿拯救，模仿真理，模仿爱，模仿自新，忙忙眈眈数十年，青春折磨殆尽。种种错觉，次第憬醒。神是病态的幻象，真理到处不可能，艺术最易自暴自弃，人类在作恶的路上一往无前。

跛子有他别的幸运，耆老或多或少受到年轻者尊敬，茶壶可以兼赋装饰性，而宗教、哲学、艺术、历史没有幸运，不受尊敬。爱已失传，人类决难善终。实用价值君临万物，统治各项大关和细节，没有装饰的余地余暇余力余兴。

一个被摧折腿骨而得庆康复的耆老，捧着暖暖的茶壶，兀自回忆宗教、哲学、艺术、历史的前尘旧梦，惊讶于私心的错觉，误会的深痼——就像附在弥留之顷的水手的耳边大声说："老哥，海是没有的，世界上没有海，海早已干涸，你的奇妙经历都是诓骗。"水手已不能言语，心理却想："那么我历尽艰辛，毕生航过的是些什么地方呀。"

那夜，我分明听到莫扎特叹了一口气说：
"作曲真难呀。"

我把自己的文章改了又改，幸亏我不是外科医生，更幸亏我什么也不是。

当我知道俄罗斯有一位诗人，亚历山大·普希金，他已去世百年了。

纪念亚历山大·普希金逝世一百周年，那时我十岁，知道自己这辈子要永远喜欢他的风神和自画像了。不久，又知道要永远喜欢他的诗和小说了。上海西区的某个幽静的交道口，秋天黄叶纷飞（是枫科乔木，因为栽于法租界，便叫作法国梧桐），铜的普希金仰着头，行人都不知道这个非洲青年为什么占着这样的好位置——普希金与上海何涉，正如我在林肯中心树丛里邂逅铜的但丁，但丁与纽约何涉。普希金与俄罗斯，但丁与意大利，也渐渐要无涉了。

俄罗斯怎会忘掉普希金，意大利怎会忘掉但丁。会的，记得一个人的名字，不就是爱这个人。先是记得，但不爱，后来由于不爱，连名字也忘了——生活中是这样，历史中也将是这样。

病弱才敏慧，健康是麻木。

厌世而犹苟活者，从前的智者饮酒服药、调声弄色以安顿自己，这些忘忧的方式，于我是无效的。唯有饮食、行动、睡眠正正常常，气充力沛，健康得好像没有这个身体那样地健康，偶尔抚一下厚实的胸肌，曲腿弹跳，伸个甜酸酥骨的懒腰，觉得自己是这样的蠢货，从悲观论到悲观主义，只有健美先生才挡得起。

生命，即是健康。思想，是非生命的，反生命的，克生命的。生命病了，弱了，思想发端了。这里有一则机密，宇宙对于自身的虚无荒谬讳莫如深。生命的出现，使宇宙预知它（生命）是要评它（宇宙）的。为了免于这场大涉讼，宇宙先下手规定生命十足健康，不健康的就及时死灭。如此则生命健康了，它就麻木了，麻木了就不胜任于评骂宇宙的虚无荒谬。动物们便完全受制于这项律令，它们愈麻木便愈健康，愈健康就愈麻木。而作为生命的人，单个的人，是一时而康健，一时 [而]¹ 病弱的，即一时麻木，一时敏慧。在病弱而敏感期间，他思想，还把思想用文字记录下来，使健康而麻木的人读了这些记录，也认同——这就大出"宇宙"的意料之外。人类有了文化，宇宙也改变对策，这可就变得阴毒了，不再用"健康的麻木"来抑制人的思想，而是让文化畸型来使人类自以为得计，却已被注定将夭亡于日益畸型的文化里。

1　编者注：编者补充的文字。

我病弱过久，厌烦已极，所幸不曾以酒药声色为麻木之法门，尤幸找到了麻木的良方。

择取健康，而生命的最本质的特征是"容易厌烦"，健康也使我厌烦，我便把康健用到思想上去。这是够可笑的，血肉之躯怎足以与宇宙争讼。用胸肌、腿腱、须眉、男性荷尔蒙来思想（　　　　）[1]

其实，希腊雅典人中，早就不乏这种例子，他们都很"健康"，都凭血肉而思想。尼采欠健康，所以可惜了。先得把胃病、神经衰弱治好，然后健健康康、麻麻木木、大大刺刺地与宇宙

1　编者注：作者付之阙如。

较量。

　　先求健康，而后让麻木持续下去，也会不耐烦的。麻木得不耐烦，就开始思想了。先是接住曾在病弱时的论旨论点，接续既远（　　）[1]

1　编者注：作者付之阙如。

☆夜读小批

《傻西门的灾难

以及他的妻玛葛丽的凶恶》

《这是从结婚后的第二天清早起头的》

《从柯克来的

衣服纽扣在背后的爱尔兰人的妙语》

像是《英国汤姆与爱尔兰谛格二人的雅谈》

《附有谛格的教理问答》

以及《为山上水手时的告帮文》

看到这种散文题目

憨然骚然的十八世纪扑面而来

就像闻到节庆人家飘出的酒香腊味

即使与己无关

也染到了一份喜气

西门傻出格调来，玛葛丽凶恶得灵感洋溢

汤姆和谛格精炼于丢粗话

告帮文中的下流词句元阳淋漓

这样十八世纪算是来过了又去了

空中还有皮靴和汗的异味

二十世纪中最骄的几个天之骄子，不过是自己假装要自杀，叫世界殉葬。

与人相处而感到孤单，是恶性的孤单。独自生活而感到孤单，是良性的孤单。

没有见过一个十分奸刁的人后来成为疯子。

牛奶中有牛的力气，羊皮书中有羊的智慧，我不断地喝牛奶，长久不读羊皮书了。智慧，只能指现代智慧，虽然现代并无智者。

　　在希腊雕刻家的心目中，人体就是人体，无裸与不裸可言，人体就是人，无灵与肉可分。袍裾披履是人体旋律的和声，不好说是装饰或实用（和声之于旋律，是装饰、实用吗）。

　　希腊雕像以外，我对其他艺术的爱，近似是同学的情份。希腊雕像是我的教师，因而，不讳言一己对希腊雕像的爱是师生之恋。师长春不老，生渐渐成人。人与艺术，虽然都是人在那里单恋、畸恋，而艺术的魅力，若使不是为了迷人，艺术的魅力又何苦来。

悲观得津津乐道，叔本华很懂得保养身体，乔达摩的饭量也很好，他们都没有绝望，还没有绝望，大概没有什么可绝望，绝望不来，绝望不起，绝望不了——终于要来的是绝望的时期，到了，自由意志、权力意志都是思想者的一厢情愿。

艺术的门外汉，少说有两种：一，前门的门外汉，找门，摸门，敲门；另一，后门的门外汉，闯进之后，匆匆走，忽然又见一门，以为可以登堂入室，推门闪身而入——那是后门。出后，门自动关上，事情也就这样了。

文艺复兴尚知该衣的衣，该裸的裸，再后，就一味盛装、严装、巧装、艳装。现代则无非朝新夕旧的时装竞赛，要么就是恶意暴露。

.

希腊雕像全在于形，屏绝了色，眼珠与眼白只有色的分界，所以雕像上没有眼珠。人体的五官在生活中是以眸子最传神，希腊雕刻家不取由眸子所传的神。这种神是世俗的，功利性的。雕刻家就免去这个细节，纯粹从趾到发的整个肢体的比例上的求完美，没有眼珠的份。耳与额，往往以发遮掩大半（鞋则是几条薄带贴在脚上），因为耳壳的弯曲软骨是人体上最难看的一处，额头全露便有苍老、练达、思想、智慧的感应。希腊雕像要呈现的是青春、纯贞、诗情、韶美，所以始终不多露额头。鬈发笼盖，无法测知额头的阔高。

几乎可说是非常奇怪，即使是最普通的人，都是依赖"永恒感"而生存的，即使是弱智【　　】[1]童，也自以为所唱所为是永恒的。

所以，生命者求永恒。所以，生命是逆宇宙的。所以，生命绝无意义，而且将在宇宙毁灭之前，生命必先毁灭。

1　编者注：漫漶难辨的文字。

每户人家（包括单身汉）日夜旌旗招展，战果辉煌，吝啬胜慷慨，残暴胜仁慈，欺骗胜忠诚。如果有一家，灯暗暗，声寂寂，那是死了人，死了一个慷慨、仁慈、忠诚的人。

所谓明达、气量，不能澄澈、恢宏到了（　　　）[1]。鉴于宇宙会毁灭，又会再生，所以"我们"将有"未来"。

宗教是全凭"神""上帝"而圆其说，抽

1　编者注：作者付之阙如。

掉"神""上帝"，宗教什么也不是，什么也没有。艺术是全凭"人""心灵"，抽掉"人""心灵"，艺术什么也不是，什么也没有——从前的艺术家（思想家），至多是悲观，表陈在他的艺术里——似乎还没有。李耳、庄周，仅仅意味着是这样，并没有真是这样，他们所处的时代（　　　）[1]

现代对宇宙的认知程度，正好达到足以使艺术家全然绝望的程度。

如果弥盖朗琪罗在雕大卫时，知道三天以后这件作品将被粉碎，他一定歇手饮酒去了。

---

[1] 编者注：作者付之阙如。

艺术家以为自己的心智的结晶交给人类世界就永恒了。

一日，与一亿年，反正可计算，就是同性质的。"永恒"的意思是不可计算，不必计算——如此美妙的幻觉迷惑了艺术家，所以献身殉身于艺术。

也有艺术家清醒于永恒之不可能，又把这份清醒（　　）[1]

孔丘以为自己能做到"有教无类"，耶稣大抵是"有教有类"——都很累，到头来依然故类，白教。

1　编者注：作者付之阙如。

还是"有类无教"吧，把所遇见的、接触到的人，分成一类一类，毋施教，或佯装施教，总是让他们去。而分了类之后，把他们写进书里，又务必使读者看不出这个是什么类的，那个是什么类的，只觉得营营然浩浩然，一片大观，唯作者清楚明白谁属于什么类。为什么不让读者也知道类别呢，那是因为一知道类别，就把个人归了档，账就结了，事就了了。而文学要的是个人，个人才奇，而且读者也是个人，个人才能打动个人。人是与个人发生关系的，人与类别发生不了关系。文学，一大半是人的关系学。动物不喜欢看戏，再精彩的马戏团，观众席上没有狮子老虎。人是一种特嗜看戏的动物——文学之诞生。

在耶稣的年代，没有世界概念，就只他生活的那块地方，稍远一点的人，就叫外邦人了。基督教传遍世界，这是耶稣没有料到的。凡耶稣有关而他没有料到的事发生了，就是对耶稣的误解。知名度也是来自误解。

如将人类世界比作一只船，那么从来就未曾有过船长。

大学还是开，学校、图书馆、博物馆，将是精神的墓园，扫墓的人越来越少。

写给五千年后的人类的信，要么是爱因斯坦言不由衷，要么是一厢情愿。

你一参预讨论，你就成为处于隐私之外的第三者。隐私是无第三者可言的，故你已失去。

关于"维特"，哥德的判断和预料都对，维特不是属于某一时代，而是每一时代都各有各的维特。

以后呢，时代继续来，维特不来了，比摩托车更快更响的什么车会来，比电脑更简明好玩的玩意儿会来，比做爱更便于泄欲的法门会来，比摇滚乐更摇得厉害滚得痛快的音响会来——维特不来了。

　　艺术是磊磊落落的隐私。创作艺术的是个人，品赏艺术的是个人。个人与个人间的关系便是隐私。书的著者和读者，在形式上特别显得单对单。而交响乐，看起来有那么多的演奏家，其实是表达作曲者一个人的意思。听众满座满厢，也是各听各的，不能代人听，不能托人听，所以，仍然是作曲的个人与聆曲的个人的关系。个人与个人之间的关系，宿命地只能是隐私。艺术是无法讨论的，人与人的隐私是供讨论的么。

亚徕芬多

以人名作书名，一直那样就一直新鲜。廿世纪后半，大家不愿那样——再用这次，以后没有这种好心情了。

傍晚芬多又回来 7（春，笈美卡）

亚徕对它们说了 7（春暮，哥伦比亚）

园中只有亚徕芬多 8（夏，普林斯顿）

芬多与亚徕叙旧 7（冬，温莎）

亚徕芬多打个呵欠 8（早春，魏玛）

梵高论

定了题，就一笑。假如不是今年，《梵高论》写成，寄出去，心里空空，怕编辑先生收到后要皱眉。全世界正在为梵高而发烧，《梵高论》可供编辑作燃料。我放手付邮，任何编辑都会欢迎梵高——悲剧在继续。

二次大战结束，我像胜利的军人那样地回到上海，找美术学校重做学员。虹口区有一条虬江路，专卖旧货。设摊者节日比鳞处宛如长龙。多的是什么呢？日本投降后，原来盘踞在虹口区的"郎"和"子"们哭声震天，乱摔家具器皿。可是一时哪里毁得完，剩下的一切都被搜罗起来，分门别类陈列在旧货摊上，五光十色，既残败，又华丽。触我们美专学生目而惊年轻艺术家心的是：镜框、照相本、唱片、画集。日本人是亡家丧家，悲得要疯了，我们是廉价买实物，乐得要疯了。上午是素描实习课，下午是理论课，统统逃学，去虹江路，宛如狩猎，俘获的却是我们心目中的偶像，塞尚、雷诺阿、毕加索、马蒂斯、罗丹……

自春至夏，美专学生宿舍，每间房中都塞满画集。梵高的是一厚本，白封面上一个 Van Gogh 签名。

美国的剩余军用物资中有两种食品，最中我意：一、小罐起司，记得不是纯起司，中间不知掺着什么，特别开胃经嚼；二、巧克力，硬得像石头，不甜，不腻，后来我就再也吃不到如此佳妙的巧克力了。

总是先喝咸豆浆，然后起司夫面包，基本果腹。开始啃巧克力，翻看梵高的画集，所以洁白的封面，一天天显得黄污，不觉得愧对梵高。我们年轻时候把艺术先辈既看作明星，又视同并辈。如果有人说梵高来到上海，住在"大世界"或"百乐门"，我们便会立即去找他。可不是吗，大家都是画画的。他画得好，我们画下去，不也是会好的么。

总是记得他的向日葵，张张都刺激我，其中特别精彩的几张，看来看去，感觉是，单论向日葵，梵高画完了，无论我再怎样努力挣扎，也不行了——艺术上为什么有这种"画尽画绝"的怪事，我曾快乐地悲伤过很久，现在还会忽然这样悲伤地快乐起来的。

梵高，他呀，梵高就这样，一颗殒星，(   )[1]

---

1 编者注：作者付之阙如。

冷盆，卤肝，鸭掌，三丝

热炒

炸虾片，蟹粉，麻婆豆腐，荸荠夹，干贝冬笋，芙蓉羹

大菜

八宝鸭，十景蹄膀

拟写

1. 丽车记（波士顿）
2. 华登湖
3. 私人海滩
4. 小酒厂
5. 葡萄牙人如是说
6. 罗德岛的时装店（屋顶湖）
7. 海岸小镇

黑色大漩涡

倡门	轮盘赌
扒手	状师
拐匪	青帮
局骗	红帮
拆白党	流氓
雏伎	倒棺材
跳舞场	三张扑克牌
按摩、向导	瘪三
旅馆	
小客栈	
酒店	
茶馆	
茶会	
老虎灶	

荠头店

借房子

"公馆"

马路勾当

"医院"

滑头生意

女鞋女鞋

旧货摊

放债

小总会

话说道光年间，上海滩上还很荒凉。只是黄浦江上时有巨舶游弋，内舱构制精良，陈列华美，盖秦淮画舫之余族也。直到海禁开放，水仙登陆，纷纷卜居于城内虹桥一带，风飘珠箔，月上柳梢，俨然枇杷门巷，幽径通幽，倡家女间，蔚然成业。稍后烟花混杂，负时誉者为了标榜身价，即迁到鱼行桥南唐街弄。无何是处，又显得鱼龙混杂，再徙至梅宣使弄。至同光之际，富商都在沉香阁一带了。

长三伎院盛于四马路东西荟芳里，么二伎院则在四马路萃秀里。

文学是可悲的，无论哪一个民族的语言、文字，都充满缺陷、纰漏，苦于不能表达感觉、思维，而事到临头，又会反过来，认为语言、文学倒是细腻。感觉、思维嫌粗糙了，诗人学者就全靠语言、文学的调教，才使其感觉较常人灵敏，思维较常人精密——究竟各民族的语言文字到了个什么高度呢，谁也说不上。完美自是不可能，以后能否发展得称心如意些呢，情况只是在快速、简练上有所进步，在精密、确切、美妙上则毫无进展。语言和文字的果子在青涩到红熟的过程中，僵住了，而有一部分，烂了，那是"诗"，语言和文字在"诗"上先烂起来。在自然界的植物中，也是最娇贵的东西最容易坏死。花先枯萎，然后叶凋零，枝枯茎干倒毙，所以文学也是诗先烂。

吸食大麻，会得到一种异乎寻常的感觉、

快感、美感，反正现有的文字是无能描写的，但韩波不以为现有的文字无能，只有颠之倒之就算是诀窍。只有他知道，那就由他去自负。谜有高明与低劣之分，谜面再奇丽，必须与谜底切契。倘若谜底不能与谜面切契，谜面越奇丽，则越败弊。

伊夫·德尼斯（Yve Denis）

德拉阿伊（中学同学，好友，作家）

随感录分篇拟题

庖鱼及宾 《易》："庖有鱼，无咎，不利宾"——庖有鱼，及宾可也。

素履之往
或跃在渊　　井瓮无咎
屯如邅如　　困于葛藟
翩翩不富　　苋陆夬夬
亨于西山　　寒泉之食
盥而不荐　　公用射隼
乘马班如　　黄离元吉
泽中有雷　　白贲无咎
大蹇朋来　　朋来无咎
十朋之龟　　自我致戎
困于金车　　贲于丘园

朋至斯孚　　往蹇来硕

鸿渐于磐　　履错之敬

旧井无禽　　不恶而严

朱绂方来　　晋如愁如

此有好爵　　中行独复

丽泽兑乐　　翰音于天

与尔靡之　　有孚挛如

观尔朵颐　　萃如嗟如

自我致寇　　何天之衢

联副	发稿	刊出	稿用
一饮一啄	1/17		收讫
我纷纷的情欲	5/30		收讫
贲于丘园　4000字	7/11	7/29	收讫 156元
亨于西山　4300字	9/3		

		人间	
		从薄伽丘的后园望去	
		雪掌，春	
		夜晚的臣妾	
A	✓ 桑夫	五岛消夏录	4000 字
B	✓ 方雍	庖鱼及宾	4000 字
C	✓ 韩示	猎人夜记	4000 字
D	✓ 高丁	波尔多的钟声	27 行
	费沁	无鱼之奠	10 行
	✓ 卞秀	素履之往	2800 字
E	✓ 唐引	丽泽兑乐	4000 字
F	木心	狭长氛围	3400 字
	✓ 罗巡	船长·其他	43 行
G	俞迦	十朋之龟	4000 字

发稿	刊出	稿费
5/30		收讫
	1/27	收讫
	4/21	收讫
6/17	8/3	
6/20 木心	7/7	
6/24 高丁	7/18	
木心	7/24	
	9/	
6/26	7/14	805.—9 月 21 日
6/27	8/18	
7/2	8/18	
遗失 7/2	7/22	
7/12		

1　编者注：漫漶难辨的文字。

发稿	刊出	稿费
5/30		8/28 函询
		10/21 $185

发稿	刊出	稿费
3/30		收讫
7/15		
7/18	7/26	
	9/	
7/27 致杨泽信		
8/5，8/28 补一段		
8/26	9/30，10/1	
9/1	9/15	
9/1		
9/5		

马拉格计划

1. 短章

永夜角声	3000 字	庖鱼及宾	4000
中天月色	3000	丽泽兑乐	4000
细履平沙	4000	贲于丘园	4000
白马翰如	3000	亨于西山	4000
五岛消夏录	4000	猎人夜记	4000

2. 俳句

一饮一啄	3000
素履之往	3000
素履再往	3000

3. 散文

长篇散文

小说

雪鏖

北宋母仪

诛枭记

吉雨

稿本 3

Eyes of blue will soon bring delightful news.

蜜蜂纪念章

一千多只游船聚在兵舰四周

平均每只八人，人人穿着华美

巡逻艇开过来，船撞翻了，人落水了

付出六十镑，才占得游船

价格相当于普通的一年房租

引颈眺望伯雷勒芬号的甲板

有人步行前来，也有策马而至

远在伦敦的坐车赶程

托尔湾的旅馆家家客满

伯雷勒芬号每天被船围住

水手在显目处悬出一块牌子

一会儿是"他进早餐去了"

再过一会是"他已回到舱房"

伯雷勒芬在此停泊一星期

英国名流涌进海军部，要求上舰

未蒙允准，港埠人群汹涌不散

游艇上奏起流行的法国乐曲

显然为了逗引科西嘉恶魔露面

他没有拒绝人们想见他的愿望

每天都步出甲板，俯视游艇上的人们

停留一小时或更久一点

身穿皇家近卫军上校绿色军服

微笑，晃晃那著名的三【   】[1]帽

自言自语，多漂亮的女人呵

他自己却矮短而有点臃肿

沉思使脸变得大了

鹰目炯炯一如往昔

海风吹动棕红的头发，有绺搭在前额

没有人像他那样被爱戴，被憎恨

---

1 编者注：漫漶难辨的文字。

二十多岁当上法国革命的将军，远征埃及

行年三十成为第一执政，统摄法兰西

五个星期前，滑铁卢一败涂地

逃离法国，希望在于敌方的怜悯

依据是：他有与英国人周旋二十年之经验

活现在伯雷勒芬号四周的

近八千份英国友情，他表示满意

四十六岁生日未过，他等待判决

把自己交给英国人处理的决定全出于性格

当然是衡量过种种得失，他决心退位

纵马驰经尚未完成的凯旋门

前往大西洋港口罗什福尔

临去巴黎的路上，暂驻马尔松

与约瑟芬离婚前，共度朝夕的宫殿

一年前约瑟芬与世长逝的房间

他双手抱头，独坐良久，随后

告别母亲、其他亲属、两个私生子

这次是最玩命的赌博，他上了路

健康使人麻木，而且偏激

病弱才使人灵敏而公正

他这时肉体机能还旺盛

天然地觉得一切仍然充满希望

虽已不明希望什么

法兰西一片沉默的混乱

拿破仑明白，波旁王朝将回来掌权

路易十八复位之前，他必须离开法国

有位船长谏议他偷越英国的封锁

去美国，美国也在与英国战

新世界是他重展鸿图的天地

哥哥约瑟夫认为我俩长相酷似

你装扮成我便可混出去了

轮船已泊在港口，拿破仑犹豫不决

在封锁线上若为英国人捉住

如此的结局太丢脸

他停留在埃克斯岛上思考

这栋灰色房子是前几年他下令修建的

给当地的指挥官

谁料到而今由他自己来挨度长夜

往事如烟，伏在二楼的窗口

望见伯雷勒芬号，领头封锁的英国舰

巴黎已遭同盟军占领

波旁王朝回到法国

拿破仑把报纸扔到地板上

外面炮声隆隆，庆祝攻占巴黎

很快，敌人会来埃克斯岛

作为战犯，把他逮交英国人

他默默地听着随从者们的建议

他剧烈思考，一言不发

时近午夜，他给舰长写了信

不上船了，他不去美国

七月十四日，拿破仑派员上伯雷勒芬号

告知舰长，表示投降

翌日，拿破仑全副武装

穿着时是什么心情？

一切思虑都停顿

随从们簇拥着，登上军舰

向英国雷个特亲王递交降书

"前鉴于内有党派纷争之患

外受欧洲列强围攻之急

余立意退出法王政治生涯

愿效提米斯托克里斯"

时代相去多远

科西嘉人哪

英国人又怎会像波斯人

提米斯托克里斯怎比得上你伟大可怕

拿破仑在伯雷勒芬号上等待答复

旦复旦兮，那是够傻气的

他说，他想化个假名

迪罗克，或者米尔隆

这两位上校已经阵亡

用其中之一的名字

在离伦敦十里或十二里的乡间

恬静无为地生活

拿破仑在梦呓，在咏诗

他要别人信呢抑是要自己信

三个月前，他复辟过一次

忽然要做假名的乡绅

英国人深明滑铁卢本可能失败的

威灵顿自知不是拿破仑的对手

如果他的第二支援不是相距那么远

拿破仑会战胜英军和普鲁士军

如今以阶下囚的身份来寻求庇护

英国政府进退两难

伦敦郊野作乡绅是不可能的

因于厄尔巴岛是不可能的

放逐美国，他会受到当地居民的欢迎

英国，任何一处不能考虑

他会成为人们猎奇的对象

很快转入怜悯，变作同情支持

请看这个科西嘉人的磁力

伯雷勒芬号周围的上千只游艇

他不只是上甲板挥挥帽子

他迷惑着舰上所有的英国人

参观各处的设备，还看了仓房、医疗室

见人就谈，天南地北，好奇喜闻

人生——监狱中的恶劣伙食，心里骂，嘴里吃。

当年合成法国大革命的人，正的负的，包括鹦鹉，都颇有深意。两百年后，纪念活动的参预者都借题玩世，貌恭而心不恭。法国人脱不了浮华的老毛病，其他国的人想犯这个病而犯不来。

一代，就只是一代，时代没有连贯性。人的历史当然像人，像人的东西会是好东西？

"上帝死了"，那么上帝曾经活过？

生命好在无意义，才容得下各自赋以意义。假如生命是有意义的，这个意义却不合我的志趣，那才生死两难。

譬如说，原是个不要脸的人，倘若周围都是要脸的，就只好装着要脸——倘若周围都是不要脸的，就一五一十地不要脸起来。古代、现代，区别大致如此。

不幸柔若无骨的骨是脊柱骨。

文学有没有伟大的永久的价值？要看什么文学，谁的著作。笼统谈"文学"的价值，一谈就糊涂。文学观，陈述在自己的作品里犹可，若要单独大剌剌提出来，一般情况都很肉麻，肉麻到无肉可麻倒是常见的事。所以文学观几乎向来作为文学家的隐私才有点意思。资讯时代是个条理分明的乱世，东欧西欧的作家都叫苦，他们知道文学创作本享有天然人工最大的隐私权。只有中国、中国的作家才唯恐人家不问，有问必答，甚至未问先答，和盘托出，最好盘子也登在报纸上。这类男女文人，一谈到"自己"，往往连爹带娘、祖母外婆全含笑登场。有人出集子，把儿子女儿的相片也夹在里面。有人拼凑了一本《哥德评传》，自题曰"献给母亲大人在天之灵"，好像那个母亲曾经与哥德有过一番交往似的。考证之下，她是中国农村的一位不识字的老太太。中国人就是这样努力于将"艺术"和"人生"攀亲的。

棋局是明摆着的，胜负一目了然。文章也明摆着，却有人把糟粕评为锦绣。

那么，谁来启"启蒙者"的蒙？

没有哲学神童、政治神童，也幸亏没有。

对于欧洲的中世纪，我有一种难以解释的偏爱，而且自知没有人会听我解释。在这样的蒙昧时期中，人类的元气是保存着的。直捷说，倒是蒙昧保存了元气哩。这一特征纯属西方中世纪。东方，却是一代代的愚民政策，人的元气消磨殆尽，大概所以西方有文艺复兴，东方没有文艺复兴。但我的偏爱，还不就是这层意思。我觉得只有在中世纪的欧洲，才有我所理想的情人。温茂的傻气，说聪明又聪明得很，终究还是一团和气，一团傻气，而且慵懒，散漫，说来劲又来劲得很，过后不知不觉懒下来——这样的人最可爱，天生丽质，自给自足，越不事修饰，越小规模地气象万千。中世纪有此类人，多是不多的，要遇随处可遇到——要以这种人为题而赋诗，我是写不来的，所以我写背景。爱鸟而不会画鸟，画了个鸟窝，甚至画到树枝。

十世纪前后的欧洲，究竟是不是像我所写的，那就要去求证于 Egon Friedell，而伊刚·福利德尔也不过是上个世纪的史家，他还相信奥斯卡·王尔德的胡诌哩。关于中世纪什么什么，他也途听道说，那途和道也是书本上的记载，博物馆中的藏品，实在是靠不住的。

那么一种不寻常的爱好即是一种隐私，仁者之山和智者之水，他俩不言而分别卜居在这里那里。山和水太难占有，要有庐，有舟、佣仆、楫夫。古昔容易的，当今难（当今容易的，古昔难）。梵乐希钟情地中海，泅泳于清晨的碧波中。说他是智者，那是真的，写波特莱尔写得好，"波特莱尔的位置"，题目就定得好。纪德爱沙漠，起初是矫情，后来爱沙漠边陲的人。他梦想失身，巴黎不算好的失身场，选择沙漠边陲去失身，他得策。

喜欢雨，就是乐水，柳永。喜欢楼，就是乐山，范仲淹。斯宾格勒嫌希腊雕像不具个性，他不体谅希腊人是知道个性是可爱的，但不能因为可爱而糊涂到把它放进雕像里。文学是合适的，荷马发了财，文学家在开发个性上大家发财。

充入《上海赋》"饮食……"章

　　各路小贩每日按着既定的路线，缓缓吆喝唱喊巡行过来，市民们不看钟表也心明时辰之移展。早晨，上班上学上工之前的叫卖声是年糕团、烧饼、油条、脆麻花，尤以擂沙圆的"擂"音，雄浑的男中音长长地"擂……"到"沙圆"，特别足以想见那糯米团子滚足了炒得喷香的黄豆粉，而街角的粢饭、豆浆、馄饨、面条、小笼汤包、酒酿圆子，那定点设摊的就不作声响，靠的是碗盏清爽，台板涮洁，自有一股静气，一派信心，绝不是做一趟头生意的。每个小小的摊，都给你一种天长地久的感觉。摊主再老，再难看的脸，都能对顾客一色作出甜净的微笑。顾客多半是附近的居民，开口便是"老宁波""小常州"，而老宁波、小常州则回称"汪先生""顾师母",决不认错人。

下午茶点时刻,挑担而来的赤豆粥、红枣汤、咖喱牛肉汤,肩挑明火锅灶,川流不息而来。蹲在弄口拉风箱,炭炉熊熊的是烘烤各式蛋卷的小贩,围着一伙孩子。小贩一言不发,孩子不发一言,好像纯粹是为艺术而艺术,但结果是小贩生意不错,小孩都尝了蛋卷滋味的。

晚晚,弄堂里又响起"熏肠肚子呵"。魁梧的汉子,头顶两三格竹制大蒸笼,稳步走着喊着,有人招呼了,便蹲下来,蒸笼平平落地,原来上面盖着玻璃。作熟菜,北方称为卤菜,白斩鸡,沪地叫( )[1]、酱鸭、叉烧、猪肝、牛肉、羔羔、四喜扣肉、白切猪肚、各色熏肠,他腰间备带一副卫生刀砧,买多少,切多少,

---

1 编者注:作者付之阙如。

从无争执，倒是外加的种种佐料，好一番天花乱坠，快人心眼。

半夜里的馄饨担，那是贬谪下凡的天使。笃笃的竹梆声凄凉[1]而决不凄凉。一个行走的厨房，水、火、碗、匙，油、盐、酱、醋，全在他肩上，停下来，他就包馄饨，照顾炉火，准备汤料，涮洗碗盏。那馄饨叫"小馄饨"，皮子极薄，宽汤中浮着切丝的葱花蛋皮，还有一点点紫菜，特别吊胃口。

深夜也有挑担卖炒白果的，边炒边叫边卖："喂，生炒里格热白果，香咦香来糯咦糯。"

乙炔喷灯发着刺鼻的臭气，而掩不了一股海腥的香味，那是炭火上铁丝烤夹里的鱿鱼干。用快剪分为排丝，烤熟后卷拢来，样子也不美

---

1 编者注：此处系原稿字样。

观，可是尝过的人都一而再地买来用手撕着吃，越嚼越得神，实在鲜美无比。上海人讲"经吃"，经得起品味，大概是南洋瓦钵的火烧小吃的上海化吧。

酒楼中，春天有糟田螺，秋季是清水大闸蟹。酒旗下100支光的灯泡交吊，铁丝笼里爬满青壳大蟹。九雌十雄，九月里圆脐的有红膏，十月里尖脐的有黄油。翻肚掐脚（老经验的买主不怕遭螫），精心挑选，然后交店伙用草绳扎紧，入竹笼蒸熟，热气腾腾上桌，姜醋沾蘸，无锡帮还要在醋中加糖。

稿本 4

准备
观赏未的院後

如果十年前，四川代某固乡人比归後，这经挺没人了。

西多高级旅馆一样佳西多浪漫心士，环境个个世界，

政绮心大建筑，座落里纸邮书海岸，正而洋发楼，

树树，其前是纸山螺头灯那。当绵心林中有十来

雕一座年房，进里里四周。当绵心林中有十来

野花别墅，莲花形的圆顶，涮空的物红，灰踏的

孔白。同学难。

主雕头海松树梁，高铁终之雨阵，摩空山脉低密

的蛇心桥，佛事起心之年啁啾声。至少，钟山脉

才在延涮了考多时料

群午

画敌不了。

有一棵树木，今春那盆景布满了无数小雪唬，它萌发待着（搭在枝条上）待到花朵渐渐开，雪粒纷纷而下，雪融化了，花也凋谢。周围的住民都叫它"雪玉树木"。棵棵往上依有它的名字。

高约十米，胯围一尺五米，形似一棵，尖似榻，枝枝横长，株冠其径十余米，花也美，白郁与雪同色，叶苔如漓。每季中下旬次大雪，就开放次花，而有年年年之如此，海船说它与雪同色，周围也雪交加，雪下得越是多的一场，每株越来多盛，同一场开越四提数。走过这春的人都不敢言语，心地善良的金装起数，也就没钱坡之地发，谁也不相信。因此名字就是独儿子缘在那理。雪都棵素。

老爷上兰有一棵树木也这样。（研究）中国（湖南省、湖北有）北尖山，有这样的树木。二、一棵 因为，这有第三棵。假说枝枝绿二为年不衰退，如果没十枝花那就住在这样的树木了。种树结果开了气调心费事的种树上不来哪。是故"死了就枯"，第么就死，同样"生了来"也就以住着。

中国（由末笔一个心形名词治围的美妙去围。以远让起生境之出口，西流根把他事地写好哩 回 画大心流也怕心根进去。"当年前咏"味物之一 3,40

"目的论"的人。每"每日的"的宇宙。生文不时这般
呈有事理忍爱些多个问题，不必去追求如你传论。
他是我用～"每日的"的宇宙卸性。用则"人"身
上。用自然规律自沟贝身人事之卒上。

释灭这呢自宇宙的"爱日的"性。他套眼光胆胆跟
独离的"者，和虎看的"者，这些仍要专「日的论」
起呢得是律学为「掷生捂子」是无为佐的。

在于古性的的降子李聃知老庄为二位把忽专批
判走释如桂较，其他的义真不多。择子与和子手
石都秘了。却甘心甘情新地俘存在"日的论"中。

「生纱」与个"宇宙"的，生命越步考级专度
旦的，步越漫遍，越固执，越发惧死。

生纱是成宇宙不经一般。
户差了人，其他的生物　似乎是无旨的

考虑在忍考「宇宙，方宇宙路,也评在。
举起「人」而言。"爱日的,就是「考满，宇宙
无日的,宇宙家深。

宇宙的结情，就律，越上精妙究像森弦
纹後，才观越该究满——因的正碧内有日的在
才够教给人样——　　手段是为
了日的，是日的的步手段。

「人追踏娃生：径不明胆释到略胆事法消
呈了，仙的「苦命」，第活纪准，就味道，一切
年平信，无血网，琳求含含它的，即使这
是伸浜究卸道，即是溃浑空神，也乎别速挙加些
无再排究，即卖仍然「爱日的」

宇宙（来自……）不是粒子组成样，大作运不是粒子式式。
宇宙的结构本身是整粒子的，"人"以粒子为主排养。三大数
学式地主排组宇宙。如果用另一种粒子式式
以方法去排组宇宙，也以以这宇宙来言之则结构也可以
也可以   宇宙全部是子结构也可以，宇宙全
是我排成也可以。

"人"也只以于我这种品质是"宇宙"之觉视。

本假设：像在我眼中是，"人"宇宙成比例。横向"复
"眼十"，我为"人"成 0e 值。这种论一注定是
失败的。这种论显然达不到等、气，而现代的科
物理学克、天文学、量子甘……拉论式、气电等些种论
论，却仍含后反比度之律，以的古种论。即是因为
新赛传诗是名之〔里成测〕"神"，"人"也例如全语
度，   爱因斯坦、普朗克、康托雷、爱丁顿、

惠勒（H. Compton）

很难把论的生名都写我到了"神"、"人"也例如失
度。经又见的这种后，也们没有这方面的成就。
连那些伟教的科学克、些爱克谢列的这少失度
因为他想有种论种论种论种种种论，只怀一无
子。

墓园，总吸引我。从小就喜欢一个人悄悄走，贪婪地看石碑、雕像、风吹树叶。后来我知道，四个季节，任何天气，与墓园都相谐和。别的地方，往往一处适宜一个季节，而墓园，我所徘徊过的很多墓园，全是能与春的明媚、夏的沉静、秋的清肃、冬的安稳依次共成景色。

初到一个城市，譬如巴黎吧，先赴博物馆，接着就去墓园。与之共赴博物馆的是我朋友，与之同去墓园的是我情人。博物馆收藏的是完成了的艺术品，墓园也是呀，不是艺术品也得完成呵。何必把艺术看得如此珍贵？独尊艺术，巴黎呵，谁来尊艺术？那么长眠于墓地的人才肯定，在香榭丽舍大街上来来往往的人是不肯定的。活动着的至多是金屑，长眠者才是金块。纯而重，所以归于泥土。况且，博物馆内的很多东西，都是墓园中的长眠者所做成的。巴黎呵，别独尊艺术，除了艺术，其他的当然更不值得独尊。

一八二四年九月，哥德以素有的优雅气度接见了海涅，谈了天气，还谈了耶拿和魏玛间的白杨林荫路。

哥德突然问道：

"您目前在写什么？"

海涅答：

"《浮士德》。"

当时哥德的《浮士德》第二部尚未问世。

哥德说：

"海涅先生，您在魏玛还有别的事吗？"

海涅即对：

"从我踏进阁下府门的那一刻起，我在魏玛的全部事务就都结束了。"语音刚落，躬身告辞。

俄国的阿尼克斯特向我传述了这点史实，我信以为真，因为这是非常之哥德的，这是非常之海涅的。即使我，到现在仍有写那个题材的欲望。哥德的浮士德太廉价了，这样便宜押给靡菲斯特。

啤酒的盛产地，除了美国、德国、意大利，还有捷克、日本、波兰、牙买加。

我最喜欢的啤酒是哥罗斯卡。它是世界上最昂贵的啤酒，我在荷兰寺院喝了之后，就认了。那些僧人喝它已经三个世纪。西班牙最好

的葡萄酒也是 [在]¹ 修道院的地窖子里，从少年起，我佩服。

"哥罗斯卡"，现时在雪梨北部海岸可以买到它。四年前，每瓶五元五角美金，听说已涨到七元以上，由它涨了。

欧洲啤酒总比澳洲的好，酒精适度，口味浓郁。其实啤酒优劣是因人而定，各有各偏爱的一种，不然就没有那么多牌子的啤酒了。价值＝偏爱，那篇《论偏爱价值》的文章，是我在维特年龄时写的。

刚才我说了些什么，啤酒？噢，我以为是文学呢。文学也是寺院中的、修道院中的好，不一定要到荷兰到西班牙，就这样，就在这里，就寺院修道院了，就荷兰西班牙了。

---

1 编者注：编者补充的文字。

有一株树，冬季，彤云密布，欲雪未雪，它萌发蓓蕾。待到花朵绽开，雪纷纷而下……雪融化了，花凋谢。周围的居民称之为"雪花树"，植物志上没有它的学名。

高约十米，腰围一点五米，叶似樟，亦似杨，枝丫郁茂，树冠直径十余米，花的形状类乎日本樱花，与雪同色，吐芬如兰。一季中下几次大雪，就开几次花，两百年来年年如此。虽说花与雪同色，比雪更白，雪下得越是纷纷扬扬，全树的花朵朵盛开，香气四散。走近去看的人都不言语，心地善良的少年男女会呆望着慢慢地啜泣，谁也不看谁，雪那样密，因此都觉得是独个子站在那里。

世界上只有一棵树是这样，中国湖南省洞口县水口山，有这样的树，只一棵，因为没有第二株。树龄二百年不算长，如果终于枯死，那就没有这样的树了。植物志关于无词以对的植物是不志的，是故，"植物志"算得什么。同样，"文学史"也算得什么。

中国是一个以形容词治国的奇妙古国，只要说起来琅琅上口，再荒谬的事也行得通，再大的圈套也甘心跨进去。当年高喊"睡狮醒了"的志士仁人，心里当然很急很愤，而心底里岂非一口咬定：即使睡着，毕竟是只狮子。

其实先要明白一只狮子睡了几千年就不是狮子了，这样才算初步醒转来。

博学，是指有很多钉子，知识的钉子。钉子是为了固定一件东西，可能是好东西，可能是坏东西。知识是为了固定一项思想，可能是好思想，可能是坏思想。钉子有什么希罕，好多博学者拥有好多钉子，而且大半是断钉、弯钉、锈钉。

修培特与贝多芬邻墓。

达尔文与牛顿邻墓。

屠格涅夫与别林斯基邻墓。

……

生既独立，死宜孤葬。

没有自我的人的自我感觉都非常良好。

我力求精致，远胜众人。

与命运比，我的精致全显得糙陋。

况且，命运的精致是调度整个时空的，所以有那么一种学说：一颗星，主宰着一个人的一生，以及其死后的名声。

两种笑话，其一，说者不笑，聆者笑或大笑，说者在心里笑，聆者笑或大笑；另一，说者肃然，聆者笑或大笑，说者不明聆者何以笑或大笑。

"中国在近五年十年内，将产生伟大的文学作品。"——这笑话，属于第一种？第二种？

此外，这类预言家，似乎不大可能是"伟大的文学作品"的著者。

伟大的文学作品，在写时（在尚未动工

时），著者不觉得它伟大，不觉得它会伟大。如果在写时（在尚未动工时），著者觉得它伟大，那么结果是不伟大的，结果是一部蓄意哗众存心取宠的阿世玩世混世欺世的作品。

甲乙二人结伴而出。甲说：五十步、一百步内，我将捡到一个钱包。乙说：那是一定的——"伟大的文学作品"比钱包更偶然见，钱包一望而知，伟大的文学作品往往百读不解。从一百零一位读者起，才尝出伟大的味道来，难呀。读，已经是这样难，写，就更难上难。然而《红楼梦》就难不倒曹雪芹，如果天假以年，命赋以运，曹侯独力完成《红楼梦》绰绰有余。于是设想起，在霑卿逝世前五年十年之际，大概总不致有人说"将产生伟大的文学作品"。因为中国文人迂腐是向来迂腐的，还不致迂腐到像现在那样的豪迈。

所幸修改文字的过程是个欲仙欲死的过程，最后是仙而不死者可定，死而不仙者务去。

墓志铭：

别写我，你们写不好的。

他傲慢地赞扬别人，当他谴责别人时，何其谦卑愁苦。

罗曼·罗兰不是书呆子，而是很笨的书呆子。

爱情讼

本篇初题"爱情论",嗣感泛泛无旨,拟更"论"为"讼"。《周礼》:"讼,辩曲直也。"孙诒让正义引黄氏度云:"小曰讼,大曰狱。"《后汉书·曹褒传》:"会礼之家,名为聚讼。"言相争不定也。自责亦曰讼,《论语·公冶长》:"我未见能见其过而自讼也。"包注:"讼,犹责也。"上书为人雪冤者为讼,《史记·吕太后纪》:"未敢讼言诛之。"《集解·徐广》曰:"讼作公。"骃按韦昭曰:"讼,犹公也。"《索引》:"公言犹明言也。"又解者云:"讼,诵说也。"讼亦通颂,《说文系传》曰:"古本毛诗雅颂字多作讼。"若讼作余龙切,音容,冬韵,通容,《淮南子·泰族》:"讼缪胸中"——综此多义,本篇乃立题"爱情讼",窃能为爱情进一言者,辩也，小狱也，责也，争而待决也，明屈也，公言也，颂也，容也。

"真理"无论作为实体的状况，概念的状况，它必有一个对立架构。那么，能与"真理"对立的那个架构，与"真理"恒等量，那么彼亦是真理。

"真理"的存在和认知有赖于它的对立架构。如果不是"真理"，就不能与"真理"相对。

一个人临窗眺望过客，假如我从这里经过，我能说他站在这里是为了要看我吗？

问何所嗜，予嗜离题，尤其在爱情上，离题越远越好。

别人看不起我，我活该。我呢，看也不看，别人也活该。

谦逊，没有噪音，才好。有些人的谦逊发出许多噪音来，比傲慢还嚣扰。

"旷达"仅是对待这个可知的有限的世界所可能持有的态度，越出界范就不成其为态度。

好久不下雨了　下雨了

天使飞来了　飞去了　天使忙

汪洋情欲退尽了　我才乾静在山顶

断头台上的手淫

也曾有过桃子香味的童年

众人不在　神在

貉貉相吠　声出一丘

中国人的姑息养奸，这个奸，往往就是他自己。

蚁蝼不可能有宇宙观，人亦不可能有宇宙观。宇宙无真、无善、无美，因为宇宙无假、无恶、无丑。

人类的言语文字，是在探索宏观世界慢速现象的时代制造出来的讯息工具，已经、早已经不够用、不适用了。在探索微观世界快速现象的时代，这种古老的语言、文字，显得全然可笑。

关于宗教、信仰、神的资料

蚂蚁的上帝是一只特别大的蚂蚁。

费尔巴赫："理论是从注视天空开始的，最早的哲学家们是天文学家。"

爱因斯坦——宇宙宗教感（cosmic religious feeling）

英国《新科学家》杂志 1976 年，物理学家萨拉姆（A. Salam）："伊斯兰教于我全然是一件个人的事。正如荣格所一再论证的，每个人都需要有宗教，这种深沉的宗教乃是人类主要冲动之一。"

萨拉姆以为科学、宗教并不存在冲突。在物理学中，他迷恋于对称性原理，"这可能是由于我的伊斯兰教的天性所致吧，因为造物主创造的宇宙正好体现了美、对称性与和谐，体现了规律性和秩序等观念，所以，对称性原理便是我们研究宇宙的方法。我们所要致力的，是去发现真主究竟想的是什么。诚然，我们的努力往往会以不幸的失败而告终，但有时也能在寻找一星半点真理的过程中得到莫大的满足。"

1979 年，萨拉姆与格拉萧·温伯格共同对基本粒子间的弱相互作用和电磁相互作用的统一理论作出了贡献，其中特别包括预示弱中性流的贡献，因而共同获得诺贝尔物理奖金。

萨拉姆信仰宇宙的美、对称性、和谐。他迷恋对称性原理，这类宇宙普适原理是造物主精心设计、巧妙创作宇宙时所用的方法和贯彻的总则。对称性原理（左右对称，规范对称性，其他潜在的对称性）也是物理学家研究自然界的物理结构（包括深层结构）的方法。

　　温伯格《弱相互作用和电磁相互作用统一理论的思想基础》："我们的物理学工作，就是把事物想象成简洁性，亦即借助于少数简洁的原理，用一种统一的方法去理解许许多多复杂的现象。1905 年，随着爱因斯坦揭示空间和时间的不变群，对称性原理便在二十世纪物理学中崭露头角。以此为开端，对称性在物理学家心目中就被认为是一条先验的普适性原理了。它表达了自然界的简洁性，即便在其最深层次上，也是如此。"

萨拉姆、温伯格的基本立论：不存在近似的或部分的对称性，只有支配所有相互作用的精确的对称性，亦即对称性是支配一切自然现象的精确原理，是外部物理世界的完美表现。

乾　兑　离　震　巽　坎　艮　坤

☰　☱　☲　☳　☴　☵　☶　☷

易传之谓，日—月，昼—夜，幽—明，男—女，奇—偶，虚—实，动—静，方—圆，生—死——不能作"对称性"论。

爱因斯坦 1951 年 1 月 1 日给青年时代的挚友索罗文的信：

"你不喜欢用'宗教'这个词来表述斯宾诺莎哲学中最清楚表示出来的那种感情的和心理的态度，对此我可以理解。但是我没有找到一个比'宗教的'这个词更好的词来表达（我们）对'实在'（Realität）的理性本质的信赖。'实在'的这种理性本质至少在一定程度上是人的理性可以接近的。在这种（信赖的）感情不存在的地方，科学就退化为毫无生气的经验。"

1940 年 9 月，《科学和宗教》："科学只能由那些全心全意追求真理和向往理解事物的人来创造，然而这种感情的源泉却来自宗教领域，同样属于这个源泉的是这样一种信仰：相信那些对于现存世界有效的规律是合乎理性的，也就是说可以由理性来理解的。我不能设想一位真正的科学家会没有这种深挚的信仰。""真正的宗教已被科学知识提高了境界，而且意义也更加深远了。"

W.海森伯："宗教是伦理学的基础，而伦理学则是生活的先决条件。因为我们每天必须作出决定，我们必须知道决定我们行动的价值（伦理学标准），或者至少隐约地想到它们。"（《科学真理和宗教真理》）

爱因斯坦："科学只能断言'是什么'，不能断言'应当是什么'。"

普朗克："人需要自然科学是为了认识（世界），而人需要宗教则是为了行动（生活）。"（《宗教与自然科学》）

"因为人不仅需要认识和力量，而且还需要行动的准则，需要一种衡量事物价值的尺度。

他需要一种世界观，以便确保他获得尘世最高的善——内界的心灵和平。倘若宗教不能满足他，他就在精确科学中去寻找一种补偿。"(《精密科学的意义和界限》)

弗洛姆："上帝不是统治人的力量象征，而是人自身力量的象征。"

黑格尔在海德堡大学讲授《哲学史》的开篇：

"我首先要求诸君只须信赖科学，信赖自己，追求真理的勇气和对精神力量的信仰是研究哲学的第一个条件。人既然是精神，那么他就必须而且也应该自视配得上最高尚的东西，切勿低估或小视他本身精神的伟大和力量。人有了这样的信心，就没有什么东西会坚硬顽固到不对他展开。那最初隐蔽蕴藏着的宇宙本质，并没有力量可以抵抗求知的勇气。它必然会向勇毅的求知者披露它的秘密，将它的财富和宝藏公开给他，让他享受。"

爱因斯坦："今天，宗教领域同科学领域之间的冲突的主要来源，就在于人格化的上帝这个概念。科学的目的是建立那些能决定物体和事件在时间和空间上相互关系的普遍规律……一个人愈是深刻感受到一切事件都有安排好的规律性质，再也没有余地可让那些性质不同的原因存在。对他来说，不论是人的支配还是神的支配，都不能作为自然界事件的一个独立原因而存在着……"

"人格化的上帝这种教义……总能够躲进科学知识尚未插足的一些领域。"

"但我确信，宗教代表人物的这种行为，不仅是不足取的，而且也是可悲的。因为一种不能在光天化日之下而只能在黑暗中站住脚的教义，由于它对人类进步有着数不清的害处，必然会失去它对人类的影响力。"

爱因斯坦，1929.4.24. 纽约犹太教堂牧师发电报到柏林：

"您信仰上帝吗？"（要求电报作答）

当日回电："我信仰斯宾诺莎的那个在存在事物的有秩序的和谐中显示出来的上帝，而不信仰那个同人类的命运和行为有牵累的上帝。"

泛神论，溯源至古希腊，上帝即大自然（god-nature）。

十七世纪，荷兰，斯宾诺莎。

叔本华："泛神论就是一种客客气气的无神论。"

客气了几百年，只有尼采是大发脾气的无神论，之后，又都客客气气了。

斯宾诺莎反对经院哲学的上帝创世说。

爱因斯坦自析《宇宙宗教情操》：

1. 它的有关上帝的观念，没有任何拟人化的特征，所以不需要任何外表的形式（诸如直指蓝天白云的教堂尖顶，半明半暗的烛光及其他仪式）。

2. 正因为这种宗教不知道什么教条，也不知道照人的形象去想象上帝，因而也不可能有哪个教会会拿它去作为中心教义的基础。

3.宇宙宗教感的来源是深信因果律的普遍作用，对存在于宇宙中的那种崇高、庄严和不可思议的秩序表示深深的敬畏，而"对那种由神来干预事件进程的观念，是片刻也不能容忍的"。

4.这种崇高、庄严的宇宙宗教情操，不仅是科学研究最强有力、最高尚的动机，而且同时也是创作某些伟大艺术作品的最富于生气的灵感源泉。

在我们这个唯物论的时代，只有严肃的科学工作者才是深信宗教的人。

教会巧妙利用了爱因斯坦所赞美的宇宙宗教。1979 年，罗马，爱因斯坦纪念会上，教皇约翰·保罗二世与著名科学家（狄拉克、魏斯柯普夫）在同一讲台上演说。1948 年，爱因斯坦致"自由牧师俱乐部"的回信："……那些我们认为在科学上有伟大创造成就的人，全都浸透着真正的宗教信念。它们相信我们这个宇宙是完美的，并且能够使追求知识的理性的努力有所感受。如果这种信念不是一种具有强烈感情的信念，如果那些寻求知识的人未曾受过斯宾诺莎的对神的理智的爱的激动，那么，他们就很难会有那种不屈不挠的献身精神。因为只有这种精神才能使人达到他的最高成就。"爱因斯坦常说："Die Natur ist eine spröde Göttin.（大自然是一位难以接近的女神）"爱因斯坦十二岁时，即抛弃了《圣经》描绘的

"天堂",而逐渐皈依一种类似宗教的信仰("宗教感情的亲属")。"在我们之外有一个巨大的世界,它离开我们人类而独立存在,它在我们面前就像一个伟大而永恒的谜……对这个世界的凝视深思,就像得到解脱一样吸引着我们,而且我不久就注意到,许多我所尊敬和钦佩的人,在专心从事这项事业中,找到了内心的自由和安宁……从思想上掌握这个在个人以外的世界,总是作为一个最高目标而有意无意地浮现在我的心目中。"(《爱因斯坦文集》第一卷,第二页)

爱因斯坦的俏皮话总不脱乡愿气。

"上帝是不掷骰子的"，爱因斯坦的上帝是个乡愿，而非 bad boy。其实上帝表现在人的眼里，他是掷骰子的能手，他的概率是控制好的概率。

印度的"佛"，在最高的意义上，与"人"已不成比例。

耶稣与"人"是合度的，耶稣的魅力就在这个合度的微妙高低的程式上。而《旧约》中的神，到意大利文艺复兴时，已一次再次为天文学理论冲激。地球中心论破除后，"创世纪"只剩一层寓言性。而近代，特别是二十世纪这一百年（　　）[1]

当初的"神"的概念，与"人"的概念是成比例的。"神"造太阳、月亮、星星（那时不知太阳大于地球，月亮更小，星星小之尤小），

1　编者注：作者付之阙如。

雷电是"神"的武器。

泛神论的意义是二重的，一重已由叔本华道出，客客气气的无神论。另一重是：企图协调"神"与"人"的比例关系。表面上是成功的，一切都指归"神"，当然是"神"与"人"同在。可是"神"一解体后，渗入"无限小"，与"人"又不成比例，扩向"无限大"，又与"人"不成比例。泛神论注定是失败的，泛神论做不到客客气气，而现代的物理学家、天文学家并不甘心于作客客气气的无神论，却仍旧要作虔虔诚诚的有神论。莱布尼茨、牛顿是不会感到"神"与"人"比例的失度。斯宾诺莎是否已经感到"神""人"比例有问题呢？爱因斯坦、普朗克、康托尔、法拉第、爱丁顿、康普顿（H. Compton），很难说他们是否意识到"神""人"比例失度。从可见的资料看，他们没有这方面的流露。那些自杀的科学家，是否意识到这个失度？因为作不了有神论，作不了无神论，只好一死了之。

　　古希腊之所以成为人类的永久教师，第一在于"比例"观念。这种观念显示于神殿建筑上、神像雕刻上，而整部神话更体现了希腊的"神"与"人"的比例的合度。

"人"与"宇宙"是不成比例的。大小太
悬殊，所以"人"不可能与"宇宙"对话，不
可能观照"宇宙"。观照与被观照者有着比例
关系，也可称作"度"。不能构成合"度"的
比例关系，就不能成立观照。一匹蚂蚁无法观
照一个人。蚂蚁要探索人，分析解剖人的构成，
它会惊愕"人"的"合理"性，赞叹"人"的
伟大、美丽。而这被蚂蚁所"观照"的人，也
许是"人"中的容貌丑陋、肢体畸型者——
"人"所赞叹惊愕的宇宙，也许在众"宇宙"
中是个丑陋畸型、有疾病的宇宙。"人"是不
能判断，一如那蚂蚁之不能判断。人的直觉、
感情、理性，都是在三维的宏观世界中形成的。
形容词、动词、名词、逻辑术语，都是三维的
宏观世界的产物，一进入四维……（多维）的
微观世界，按理得另创一套形容词、动词、名

词、逻辑术语，但一是还来不及创制，二是又受"人"的三维性的限制，创制不出来。例如，在三维的宏观世界上，时间、空间分得清楚，而既是时间又是空间的叫什么呢？叫不出，只能写作时—空。光是波性的，光是粒性的，光是什么性呢，只好叫光是波粒性的。

　　自然界的终极规律，统计学规律？动力学规律？决定论？非决定论？

　　爱因斯坦等反对量子力学统计解释，他常说："上帝是不掷骰子的。"

晚年，他说："我觉得我越来越热衷于斯宾诺莎的观点了。对他这个人及其学说，我总是为之赞叹不已。"

普朗克："一向就是个具有深沉宗教气质的人，但我不相信一个具有人格的上帝，更谈不上相信一个基督教的上帝。"

在追问一个至高无上的、统摄世界的伟力的存在和本质的时候，宗教同自然科学便相会在一起了。它们各自给出的回答至少在某种程度上是可以加以比较的。正如我们所看到的，它们不仅不矛盾，而且还是协调一致的。首先，双方都承认有一种独立于人而存在的理性的世界秩序（Weltordnung）。其次，双方都承认这种世界秩序的本质永远也不可能被直接认识，而只能被间接认识，或者说只能被臆测到。为此，宗教需要用上它那独特的象征，精确自然科学则用的是以感觉为基础的测量，所以任何东西也不能阻止我们（同时我们对一个统一的世界观的求知冲动也促使我们）把这两种无处不在起作用和神秘莫测的伟力等同起来。这两种力就是自然科学的世界秩序（die Weltordnung der Naturwissenschaften）和宗教的上帝。

　　人的构成的宿命的三维性决定着经验的界限。视觉、听觉之能应对外在世界的效应是极微弱的。到了近世，依仗仪器，丰富了视觉、听觉，而整个经验的界限扩充了。

△爱因斯坦："理解世界秩序本质的企图，像一个人想知道一个合上表壳的表，他可以看到表面走动的指针，他可以听到里面的扎扎声，但无法打开表壳。"

"你很难在造诣较深的科学家中间找到一个没有自己的宗教感情的人。"

△普朗克：中学时代，能量守恒原理，"它宛如一种救世的福音，响彻了我的心坎。"

人格化的神，才与人同在、同经验。

世界秩序，不与人同在、同经验，不能称之为"理性的世界秩序"，或只能称之为"超理性的世界秩序"。

所以，世界秩序与宗教不能等同。宗教（人格化的上帝）不可信，世界秩序可探索，无从信。普朗克在中学时代初识"能量守恒"这条原理，他说他把它当作救世的福音。"福音"

旨在"救世"，能救世，故为"福音"，功利性极其明显，而"能量守恒"原理毫无功利性，这条原理无能救世，故不是"福音"。

在斯宾诺莎、爱因斯坦、普朗克等人的心目中，大自然就是上帝，上帝就是大自然。

因为大自然不是上帝，所以上帝不是大自然。就因为大自然不是上帝，它与人的关系是单边的。于宗教言，上帝看取人崇拜，即人的崇拜使上帝喜悦。如果人亵渎上帝，上帝震怒，而理性的世界秩序就无所谓喜悦，也不震怒。人已能冷贤到没有"取悦""亵渎"的行径，而宗教情操是转不到"大自然"上去。从前的人颂赞自然，是因为自然是神的意志的体现。现代把神否定了，自然是自然，可以去分析、去观赏，而还颂赞什么呢。

宇宙的普遍的因果关系，宇宙的从相对到

绝对的原理。

宇宙不是数学结构，大自然不是数学家。

"物质""精神"是人为的称谓，构成整个宇宙的素材不是物质，不是精神。

"没有起点，没有终点"的宇宙，对于人是恐怖的。人是三维的，故可称为"三维人"。三维何以探索四维、更多维，而他的生命本身仍是三维的。

外星智慧生物，从它们能以"飞碟"来到地球，这一点说明它们在飞行技术高于人类。

它们没有留下对人类友好的讯息，又证明它们没有人类的"感情""爱""善"。

它们行踪诡秘，更说明它们并没有高明到理解人类的心理。

如果它们的智慧高出人类极远，它们能译

知人类的语言、文字。

人类的智慧是由求真、求善、求美构成的。人类的科学家中的最杰出的几位都认为没有道德观念、审美观念是不足（不可能）深刻研究自然的。而从 UFO 的资料看，也许外星人只求真，纯理性，不具道德美感。

在地球上，一切生物有其共性。较高级的生物，其共性在于有感情，所以有家禽、家畜、驯兽。

别的星球上的生物不一定与地球上的生物相同。

飞碟上的高级生物，与人类的"神"不同观念。"神"因为是人的想象对象，故对人有恩惠惩罚。外星人不以祸福加之人类：一、无意于人类的祸福。二、没有祸福的观念（欲望）。

从有飞碟记载到现代，数千年中，有迹象

显示外星人在接近人的程度上在深化。

它们只自卫，不攻击，可见伤害人类、毁灭地球不是它们的兴趣。

它们讳忌（甚或嫌恶，甚或害怕）人类追索它们。

它们从不向人类炫耀其高明。

它们还是属于与人类的时空相同的系统里，或者它们不属于人类的时空系统，而在要与人类接近之际，就转化而进入人类的时空系统。

生命从低级到高级，以无思维到有思维，简单思维到复杂思维。而思维，从无情思维到有情思维，再向上，是超情思维，而快乐、幸福却在中间段（有情思维）。有善恶的区别，美丑的取舍，而外星人也许已臻于超情思维的阶段。也许它们的超情思维，并不从无情思维转为有情思维，再转到超情思维的。希望外星人来启迪人类，主持正义，改革或推翻人类既成的思维架构、理念模式——似乎没有希望。外星人对人类的陈迹和前途不感兴味，用人类的说法，它们是冷酷的、无情义的。因此，在人类看来，它们是乏味的，不知在做什么。人类与外星人是没有缘分的。人类和狮虎鳄蟒能做朋友，那是因为地球"同胞"的缘故（即是有"同球"性）。

科学家、哲学家对宇宙的观察分析都是"误解"。不可知的一切，要求解，必得误解。误解是一种解，不失为一种解，而"误"是判断，这个判断也没有客观标准。但第二种"解"，便能判断第一种"解"是"误"的。爱因斯坦的相对论，就证明牛顿定律是"误解"，更早则牛顿定律证明以前的神学观点是"误解"。

释家对"天"的观念分了很多层次，也许
(   )[1]

鱼在水中，鸟在空中，如果鱼有思想，它
也不能想象自己在空中的生活，鸟也不能想象
自己在水中生活——鱼在空中稍久便会死，鸟
在水中稍久便会死。

在人所习惯的三维性时空中，不能设想另
有一种非三维性的时空存在着。很可能不是离
得很远，很可能很近。

这种与人类所习惯的时空不直接相干的
另一种时空，也许不止一种，而是多种。这各
种时空偶尔发生接触（鱼装在水箱内，航行在
空中，鸟装在密封的有空气的器皿里，运行在
水中）。

_____

1　编者注：作者付之阙如。

如果时间是有进向的，那么时间必定有反进向的。

A → B

A ← B

气功、修道，知过去、未来之事，但无学识见解。特殊功能是物理性的，是仪器性的，不能成为哲学、文学。

恋神情结

科学家、哲学家，都证说宇宙在运动，所有可知的、不可知的质能都在运动。以"人"的尺度去衡量，无论宏观的一切，微观的一切，无不极快地运动着（不可想象的速度）。

唯一可以许多美好[1]的是"人"能感到"静",这是错觉。在被"动"的包围中,"人"以为不"动",以为"静"着,以为自己永恒着,能够观照一切"动"——这是可怜的"人"的最高的享受。

"人"知道"宇宙"是荒谬(荒谬与否,是目的论的用词),而"人"之异于其他的生物生灵,就在于"人"的活动的初极与终极全是目的论。科学、哲学、艺术、宗教,都是目的论。不幸的是,所有的各种目的论活动,都碰在宇宙的无目的性上。科学家、哲学家探索

---

1 编者注:此处系原稿字样。

宇宙的结构和规律，艺术家、宗教家描述颂赞宇宙的形相和意志，冥冥之中都把自己的"目的论"投在宇宙的镜体上，再折射过来。

"宇宙"无目的，那么"人"就与"宇宙"脱开了。科学、哲学、艺术、宗教所分析颂赞的，与"宇宙"无干。

"目的论"的人与"无目的"的宇宙是文不对题的。只有李聃思索过这个问题，而且知道不必作结论。他是想用"无目的"的宇宙性，用到"人"身上，将自然规律用到人事规律上。

释氏也明白宇宙的"无目的性"，他着眼于脱离狭义的"苦"和广义的"苦"，所以仍然是"目的论"，所以称佛家为"卫生哲学"是不为过的。

奇怪的是，除了李聃和悉达多二位把思想推到这样的极致，其他的思想家、哲学家、科学家、艺术家都心甘情愿地停滞在"目的论"中。

"生命"是反"宇宙"的，生命越高级，发展"目的性"越强，越固执，越畏惧死。

生命与宇宙不能有观念上的一致。

除了"人"，其他的生物是否在思考"宇宙"，有宇宙观？也许有。

单就"人"而言，"无目的"就是荒谬。宇宙无目的，宇宙荒谬。

宇宙的结构、规律，越是精妙宏伟森严无误，越显得荒谬——因为必须有"目的"在，才能称之为精妙宏伟森严无误。手段是为了目的，没有无目的的手段。

"人"的惰性是：从不明规律到明规律，就满足了。例如"算命"，算得很准，就叹道"一切命中注定"，不再问谁决定命运的。即使说是神决定命运，那末谁决定神。如果到神为止，不再推究，那末仍旧"无目的"。

宇宙不是数学构成，大自然不是数学家。宇宙的构成是超数学的，"人"以数学去推算，只能说"数学式地去理解宇宙"。用另一种非数学式的方法也可以去理解宇宙，所以说宇宙是玄学结构也可以，宇宙是美学结构也可以，宇宙是逻辑构成也可以。

"人"也许终于只能承认"宇宙"是荒谬。

生命，到植物的层次，还是没有自我罪孽感的。植物也竞争，巧取生存权，很固执，很暴烈，而临到遭毁灭时，不能逃避，不挣扎反抗。植物只有在遭殃之后，悄悄地恢复生机。

生命，到动物的层次，似乎知道生命是"非法"的，而"死"是执法者、追捕者。动物的整个生存过程即是逃避死的过程。

从一只苍蝇到一个拿破仑，都是在免于死这要点上表现了最灵敏的警觉。

鱼在水里，兽在林间，鸟在空中，人在陆地上，都时时刻刻怕死。

如果生命真是上帝赋予的，动物和人便不必如此害怕死（既是赐予，就不会抢夺），所以动物和人的"生命"极像是窃取的。

至少，在太阳系内，在与地球相距较近的、较可知的那些星体上，没有动物层次、人层次的生命现象。而宇宙中的亿兆星体，有生命的星体多？无生命的星体多？似乎是无生命的星体多于有生命的星体，多得不成比例。

宇宙无目的，生命有目的。生命存在于宇宙中，故生命无目的可言。无目的可言而言必归于目的，这是生命的荒谬。

有目的之生命与无目的之宇宙，不能形成天伦关系，故"人"不是"宇宙之子"。

对于"人"，举例为一个有情者，宇宙的无目的是使他痛苦的。举例为一个有德者，宇宙的无目的，对于他是一种恶意。举例为一个有智者，宇宙的无目的，对于他是一种恐怖。

"我知道我什么都不知道。"

"一个人不能在一条河里洗两次澡。"

"我思故我在。"

"朝上帝走去。"

"知与爱永成正比。"

"两种：天上的星辰和心中的道德律。"

"人是会思想的芦苇。"

"真理并非不可能。"

尽是些俏皮话，一是不俏皮，听者记不住。
二是除了俏皮话，别的话也说不上。

现代科学家、哲学家都表示接受不了"人格化的上帝",然则上帝宇宙化,即是宇宙上帝化。这时,上帝又人格化,又回到人格化的上帝——客客气气是作不了无神论的,尼采不客气,但又失之粗暴,粗暴则又白费力气。

气功、禅坐、证道,只达到能知过去未来之事,因而能预且预言,能说出别人从前的祸福和今后的祸福。这等于他具备一种生理仪器,他有观察的方法。

这个人类的世界原是神奇的,可奈被弄平凡了,但神奇仍然神奇。

"人"一直在找生命的目的。"延种"其实是生物的本能,曾在东方(尤其在中国)被夸大为天经地义的"目的"。

佛教以反"目的论"始,仍以"目的论"终,普度众生。

耶教之目的在于升入天国。

泛神论就没有神话了。

神与人的比例的失调，也表现在缩小，巫、鬼、异人（　　　）[1]

哲学家的著作呈现的是著者的品性，所以康德比黑格尔好。

1　编者注：作者付之阙如。

三维世界构成人的习性，这习性也许就是人的幸福（人认知不幸，也在三维世界里）。

人有上、下、倒、顺、左、右、前、后、过去、未来，这种种概念使人有可通的语言，可交换的思想。

修道练气可以强身、长寿，这是有效的，而一颗子弹击中脑部或心脏，也有效的。

原是说好了的，要归真返璞，化十年，乃至二十年时日，归真，返璞——如此，不满三年，竟全归全返，一切停停当当，因为归争返扑[1]了。

　　爱因斯坦："一个人很难知道他自己的生活中什么是有意义的，当然也就不应该以此去打扰别人。鱼对于它终生都在其中游泳的水又知道些什么呢。"（他晚年说的）

　　子贡倦于学，告仲尼曰，愿有所息。仲尼曰，生无所息。

1　编者注：此处系原稿字样。

什么东西贴得最紧？"希望"和"绝望"（没有希望，就绝望）。

数学圆乃至简之曲线，该闭合线上的无量点与一已知点的距离全部相等，亦可谓当函数 $y=\pm\sqrt{(1-x^2)}$（$1\times1=\leq1$）时的几何图形。纯粹数学意义上的几何图形，在自然界中是无有的，自然界中也无有"1""2""3""0"。

自然是超数学的，超物理的。

数学家康托尔（G.Cantor）建立"无穷集合"。

数学家希尔伯特（D.Hilbert）把"集合论"尊为数学家的天堂。在《论无限》一文中，他赞美康托尔的超限算术是"数学思想最惊人的产品，它是人类活动在纯粹理性领域中最优美的表现之一"。在《几何基础》中，他说："谁也不能把我们从康托尔为我们建造的乐园中驱赶出来。"

爱因斯坦："如果把哲学理解为在最普遍和最广泛的形式中对知识的追求，那么，哲学显然就可以被认为是全部科学之母。可是，科学的各个领域对那些研究哲学的学者们也发生了强烈的影响。此外，还强烈地影响着每一代的哲学思想。"

诺伐利斯（十八世纪，德，Novalis，1772—1801）："哲学原就是怀着一种乡愁的冲动，到处去寻找家园。"

柔发稀疏，玻璃花如的脸，不满三十岁就离开世界的诺伐利斯，我初次见到他时，就觉得以后会一直忘不了他。这种引人怜惜的脆弱，使人困惑是否灵性必定要如此颤然欲碎的呢。

五十岁的爱因斯坦："我实在是个孤独的旅客。"

谢林（德，哲学家）给自己的精神哲学命名为精神还乡记，精神漂泊归记。

玻尔兹曼（奥地利，物理学家）弹钢琴，每星期举行家庭音乐会。（气体运动论，热力学，重大贡献）生性幽默，安详乐观，倾心于科学美、艺术美、自然美、哲学美，家庭生活幸福，一位声名显赫的大学者，1906年夏，独自潜入森林，自杀。

　　十九世纪末，二十世纪初，牛顿、麦克斯韦建立的经典物理学的基础开始崩溃。"牛顿原理""拉瓦锡原理"以及其他的物理学的础石都在动摇，有过伟大勋绩的科学家感到从前赖以生息的信念起了严重的危机——精神家园丧失了。

　　德国科学家德鲁特（Drude，1862—1906），也是1906年夏自杀，年四十三岁。

　　荷兰物理学家洛伦兹（H.A.Lorentz，1853—1928）："在今天，许多人提出同昨天他说过的话完全相反的主张。在这样的时期，真理已经没有标准，也不知道科学是什么了。我很悔恨我没有在这些矛盾出现的前五年就死去。"

要用自己的手摧毁自己信仰过的精神世界，再建立一个全然陌生的新世界，对于虔诚的人（科学家）是痛心，棘手。

普朗克对自己的发现（基本作用量子）一直疑惑不定，对昔日的美好岁月（经典理论的盛世），他怀有依恋：

"我曾想方设法使这个作用量子纳入经典理论中去，然而终归徒劳。我这些徒劳无益的做法持续了好几年，花费了许多心血，同事们认为这是一种悲剧。"

伦琴也曾为自己发现的 X 射线而深感苦闷，他的精神家园的平衡怡静被打破了。

荷兰理论物理学家P.埃伦菲斯特(1880—1933)，自杀，爱因斯坦悼言："最近几年，这种情况（埃的内心冲突）恶化了。那是由于理论物理学新近经历了奇特的暴风骤雨般的发展。一个人要学习并且讲述那些在他心里不能完全接受的东西，总是一件困难的事。对于一个耿直成性的人，一个认为明确性就意味着一切的人，这更是一种双倍的困难。况且，年过半百的人要适应新思想，总会碰到愈来愈大的困难。我不知道有多少读者在读了这几行文字之后，能否充分体会到那种悲剧。然而主要地正是这一点，使他厌世自杀。"

自杀率与文化程度往往成正比。

爱因斯坦《论科学》：

"至于艺术上和科学上的创造，那么，在这里我完全同意叔本华的意见，认为摆脱日常生活的单调乏味和在这个充满着由我们创造的形象的世界中去寻找避难所的愿望，才是他们的最强有力的动机。这个世界可以由音乐的音符组成，也可以由数学的公式组成。我们试图创造合理的世界图像，使我们在那里面就像感到在家里一样，并且可以获得我们在日常生活中不能达到的安定。"

德·明可夫斯基（1864—1909），数学家。1908 年末，病重，"在相对论蓬勃发展时期我就要死去，这是一件多么遗憾的事。"

尼采认为，摆脱人生的根本烦恼和痛苦：

1. 往艺术，将此世界视作美学现象。

2. 往知识，将此世界视作实验室。

《二程全书·遗书》卷二上：

"只心便是天，尽之便知性，知性便是天，当处便认取，更不可外求。"

闷茧体系

《坛经·决疑品》："菩提只向心觅，何劳向外求玄，听说依此修行，天堂只在目前。"

"宇宙便是吾心，吾心即宇宙"，"万物一体，宇宙在我"，"心外无物，心外无事，心外无理"。

萨拉姆（A. Salam），《基本力的规范统一》，1979 年诺贝尔物理学奖金演讲："纯粹的逻辑思维不能给我们任何有关经验世界的知识，所有实际的知识都起源于经验，并以它为终结。"

　　辩证唯物主义认为，不能随心所欲地去建设"人造科学世界、哲学世界"，要看它们是否与我们感知的世界客观本性相符合，即人造世界是否符合外部世界的客观实在性——这个规定和制约等于自绝于创造。

　　哥德："如果一个人有勇气宣布受到制约，那时他就有了自由的感觉"——有勇气应用那加于他的制约，才可能有自由的感觉。

　　"单调有界数列必有极限"——这是假定性的常识，谈不上精神安慰，更不足称为"数学上的伦理价值"。

　　毕达哥拉斯派人确信"数统治着宇宙"。

英国物理学家兼天文学家琼斯 (J. H. Jeans, 1877—1946)："宇宙最伟大的建筑师，原来是位纯粹数学家。"

英国理论物理学家狄拉克：自然界的一个基本特征，"基本物理定律都是用极其优美和具有伟大的数学理论来描述的……"

狄拉克说上帝是一位了不起的数学家，他用极高超的数学建造了宇宙。

孟子："诚者，天之道也。思诚者，人之道也。至诚而不动者，未之有也。不诚，未有能动者也。"

黑格尔的洋洋洒洒数十万字的《自然哲学》。十九世纪德国自然科学家群起而攻黑格尔、谢林，这是一种景观。

李比希 (Liebig, 1803—1873)，德，化学家："如今我们回过头去看德国自然哲学，它就宛如一株凋萎的朽木，有过茂叶，有过鲜花，但不会结果……"

李比希想望的是"真"。

"因慕当代伟大哲人和形而上学家的高名，我也在他们任教的大学里求过学。是啊，当时又有谁能抵抗得住他们对求知青年的诱惑力呢？青年对他们无不为之倾倒，赞叹不已。我也经历过这样一个着迷的时期，所听到的尽是一大堆词句和观念，真正的知识和切实的研究却是那么贫乏。它大约耗费了我两年宝贵时光。当我从酩酊大醉的迷途中醒悟过来时，感到的愕然和惊异是无法形容的。"

德国物学家、数学家、生理学家汉姆霍尔茨（Helmholtz，1821—1894）以为"一切真知都是经验数据的结果"。

明清，学者毕生穷究经疏、音韵、考据、训诂（为避文字狱），致虚守寂。

"心之体甚大，若能尽我之心，便与天同，为学只是理会此。"

"寓通几（哲学）于质测（实验科学）。"

南宋陆象山："收拾精神，自作主宰，万物皆备于我，有何欠阙？"

王阳明："物理不外于吾心，非吾心而求物理，无物理矣。"

德国化学家，1909年诺贝尔化学奖获得者奥斯特瓦尔德："自然哲学的领袖是谢林，凭其个性的力量，在同代人中有着广泛影响，而也限于德国同胞身上。在斯堪的纳维亚半岛诸国，英国、法国并不理睬自然哲学，要么持否定的态度。在德国，它的绝对统治也不过二十年。它原是特别为自然科学家们而撰写的，但首先彻底与它决裂的，是自然科学家。"

　　李聃既感叹宇宙无德可言，又希望有因果报应来为"人"伸张正义（天地不仁，天网疏而不漏）。

　　宇宙始终如一，按规律而存在。也许规律在变，"人"的历史极短，经验不到"变"？

　　宇宙的秩序、规律，是"人"对宇宙的认知在某一程度上的自解的称谓用词。

凯普勒（Johannes Kepler）认为上帝是根据秩序和规律来给世界奠定基础的。

自然律无所谓"严峻"，谈不上"神圣性"。

泡利原理：每个量子轨道最多只能容纳两个电子，如果这两个空位被填满，其余的电子就必须填在其他轨道上。泡利的发现，是原子物理世界的一次极隐蔽的秩序，却使庸人因之联想到一夫一妻制。

为何科学家们都特别喜爱音乐，而颇多是兼善音乐演奏，却没有见谁是兼画家的？

爱因斯坦："我坦白地承认，我被自然界向我们显示的数学体系的简洁性和优美强烈地吸引住了。"

西德物理学家玻恩认为，广义相对论是一件伟大的艺术作品——哲学领悟、物理直觉、数学技巧的最惊人的结合。

爱因斯坦则叹服迈克尔逊物理实验的优美，认为迈克尔逊是科学的艺术家。

法国数学家彭家勒："研究自然，从中取乐，因为它美。如果自然不美，就不值得去研究，生命也没有存在的价值了。"

英国狄拉克一再声称："方程式中所具有的优美，要比它符合实验更为重要"，"如果一个人寻求从方程式的优美这种观点出发，而且如果他确实是有深刻的洞察力，那么他必然就是在一条可靠的发展路线上（优美——beauty）。"

爱因斯坦、狄拉克、玻恩、海森伯、薛定谔，往往凭真理审美标准取得重大成就。

康德："对自然美抱有直接的兴趣，永远是心地善良的标志。"

宗教感情，已经形成一种本能。

"没有道德的上帝是可怕的"，康德这句话怎能例为格言？没有道德的上帝就是魔王。康德已感到上帝是可能没有道德的，他便把道德奉献给上帝，但上帝不接受。

为何夏季凉爽如秋的日子，风里会有一种
悲伤。

　　盛夏凉爽如秋，一种悲伤。

　　盛夏中有几日凉爽如秋，别人不觉得这明
显是有一种悲伤。

这里有三棵桑树，米德兰大道左边两棵，（　　）[1]路停车场角上一棵。如果不是看见桑葚，不会知道这样也就是桑。记忆中的桑是矮而多疙瘩的。因为每岁折枝，总以为是灌木，却属于落叶乔木。从来不注意桑之花，说是很小的、淡黄的，穗状花序的，而从儿时到现在，真是没有见过它的花。桑葚可爱，不知为什么，桑葚真是极可爱的。紫，那种紫有诱惑力。桑葚总是小的。"这颗桑葚很大"，是指它比其他的大。这样小的果子，有饱满、肥硕的喜悦感。如果枝条上结着很多桑葚，仰视时就全不在乎桑，只见许多葚，十分快乐的。采了一颗放在嘴里，对自己说，是的，味道也就是的。在儿时，故乡的人称桑葚为桑果。每年桑果很多很

1　编者注：作者付之阙如。

多，都不许吃。因为蜜蜂（黄蜂）和刺毛虫都贪吃桑果，桑果很脏，就不许小孩吃。而且桑果性热，多吃了，早晨流鼻血。

风中有菜场的鱼腥，炒芹菜的药味的清香，清明节卖长锭的吆喊。

四稿

全盘西化之梦

"上只角，下只角。"

上海人都知道什么叫上只角，什么叫下只角，而且半世纪以来，上只角还是上，下只角还是下。每个大都会的有机结构总要发生多取向的区域界定，好像是一种生态平衡。建筑群、商业网、文明水准、生活习惯，乃至居民的性格，都因区域界定而不同不等。居移气、养移体之谓未必中肯，资产差异、知识高低也解释不全——上海确实有上只角、下只角可分，却又不过是两个概念而已，沪西为上，沪东为下。

"生命，自由，幸福" ——美国独立宣言

布鲁姆（Allan Bloom），芝加哥大学教授。1987 年出版《美国心灵的封闭》(*The Closing of the American Mind*)。

自六十年代末期反越战运动以来，美国大学教育已面临空前的危机。青年学生在学识和思想上也陷入极端贫乏的境地。一方面，一般人文社会科学的教授不能拔乎流俗之上，尽其传道授业的本分，而一味哗众取宠。另一方面，大学青年则以"解放""创造"等等空洞虚骄的口号代替理性思考。青年们不仅目空古人，而且根本不知有古人。面对茫茫的未来，他们更缺乏一种清楚的远见（vision）。布鲁姆把美国青年的思想混乱归罪于欧洲大陆传来的种种虚空、绝望、颓丧、过激的观念。尼采、海德格、马克思、弗洛伊德及其法国和德国的当代信徒们则是这些观念的来源。但布氏并没有要尼采、海德格、马克思等人直接对这种情况负责，他很公平地指出：美国青年所接受的是经过庸俗化的欧洲哲学思想。

布鲁姆断定，思想界的不健康已严重损害了美国民主的运作：自由变成了放纵，容忍变成了不讲是非，民主的多数原则变成了循众随俗。所以布氏大声疾呼，要求彻底改造大学教育，特别提倡人文通识的培养。他的具体建议之一是要青年人热心于古典教学，要求他的学生细读希腊典籍，特别是柏拉图的作品。

布氏亲历六十年代的学生暴动，看到许多大学行政人员和教授（其时他正在康奈尔大学）在群众面前丧失道德勇气的种种表现。

晚上的早餐

明朝亡了，汉人讲究饮茶了，或说 [1]

"独饮——神，对饮——胜，三人饮——趣，四五人饮——泛，十来人饮——施。"

茶只宜独饮，独饮，而已。对饮便劣。聚饮、众饮徒解渴，并且又生出是非来了。

---

1 编者注：作者付之阙如。

诗主情致，亦当具故实——李清照有以教我。并非她的诗教我，而是她的一句话，一句对秦观的评语，"专主情致，而少故实"。我想了想，以为然，很然。而不仅秦观，不仅宋词，欠故实的诗正多着。

随之顾及陶潜，他善用"故实"，且是最凡琐的触目皆是的故实。中国诗人中数他最纯熟于情致与故实的通融，情致及，故实及，故实及，情致及——真是大玩家。

谜面和谜底

关于《南宋母仪》

拙作《南宋母仪》初稿，以一"楔子"开头。到了要抄正发付时，觉得这番开场白是莫须有的，谜底何必放在谜面之前。

现将原稿上的这段文字录出如下：

后记： 楔子

这个故事，列见于《大唐新语》之卷四，《太平广记》之卷一百七十，《折狱龟鉴》之卷五，《智囊补》之卷十——辗转流播，直到明朝，凌濛初将之凑泊演化过后，不见再有人应用此项材料了。

中国历代的文人诗人，都有足够的矜贵尊荣感，即说:具备艺术家的充分自觉，撰文赋诗，把读者对象看成与自己是同等级的，或是高于自己的。而曩昔一般作小说的人，却自己先就鄙薄着这个文学体式，将读者对象拟为贩夫皂隶引车卖浆之流，制造供市井有闲分子解闷取乐的消遣品。大抵故旧年代的这类小说，虽不乏程式化的引人入胜的技巧，却难免油腔滑调，插科打诨，迎合其假想读者的兴会之所在。同时，唯恐遭正人君子们的詈骂弹劾，因此在描述卑污行径猥琐情节之际，一边恣意渲染挑逗，一边猛羼纲维伦常的道德教训，这就把已经定得很低的读者再看低了。此类旧小说还有一个通病：在故事的发展上，往往“谜底”已经揭出，却会把“谜面”做下去、做下去，这就把已经定得很低的读者看得低之尤低了。

中国的“小说”，正名正式得较迟，雏型颇倒是早而且长的。可怪的是一直不“自觉”，不明白"小说"足以发达成为文学品类中的全能者，而更不明白小说的作者最宜超越善恶是非之上，方才胜任于写善恶是非。如果度量不恢，耐性不韧，则也可以去善善恶恶是是非非，成败但看作者的艺术家自觉程度之高下。"红楼梦"之所以伟大，正是曹雪芹是中国古典小说家中最有"艺术家自觉"的一位。据此角度看去，"三国""水浒""西游"等名著的作者，这种性质的自觉也都高于当时的一般小说家。如果换个角度去看，那么"承平日久，民佚志淫，一二轻薄恶少，初学拈笔，便思污蔑世界，广撼诬造，非荒诞不足信，则亵秽不忍闻。种业来生，莫此为甚，而且纸为之贵，无翼飞，不胫走。有识者为世道忧之……"这是崇祯戊辰年间即空观主人说的哩，倒像道着了"后现代"什么似的，暂且按下不提。

今将凌濛初《二拍》之卷十七的全局拆散重组，再参以卷六的片段，分为上下两大回。上回所本者如前述，下回推理延伸而成，全篇的命意，略为：

1. 对中国古小说的某种写作法，试一次滤杂匡义性的实验——如果当时这一类型的小说作者们把小说当作艺术品对待，那么他们的作品可能是什么样子的（当然，这种一厢情愿的实验、虚拟的实验，失败则失败，成功了也不算成功）。

2. 所谓"现代观念"，本篇企图表呈的是"同性质的罪孽，接连两次发生在一个家族中"——我也只是在诸如此类的观念上，才与"现代"执有一份时浓时淡的认同感。这就与唐代的刘肃、宋代的李昉和郑克、明代的凌濛初等所用这个故事的志趣相去远之又远了。

以上便是"楔子"。当时想，这点点"匠心"，原也无大深意，自己忙于道出，更浅薄了，所以连移作"后记"也不值得。而今想，就我所曾泛阅过的小说副本而言，尚未见过"同性质的罪孽接连两次发生在一个家族中"这样的架构，我还可以用现代素材来表呈一次，而且架构即命题，比仿制假古董要爽气得多。

元朝沔州原上里有个狄夫人，明艳绝世，美冠一城。富贵人家妇女争宠相骂时，动不动便道："你自逞标致，好歹到不得狄夫人，也敢来欺凌我？"

话说那汉沔风俗，女子雅好出游，豪门巨室每以家有丽人相夸诩。凡娶得个姣好出众者，只恐他人不知，无不簇带济楚了。假游娆为名，要与全城【 　 】[1]睹。是故春秋佳日，花朝月夕，士女喧阗，油车络绎于道。楼台水榭，目挑心招，稠人广众间，挨肩擦背，不以为意。晚晚归家，全城男女都在品题某家第一，某家第二。说着众望所归的，喧哗谑浪，羡煞妒煞。就是丈夫听得了，也不怪众人口上轻薄，倒是心中暗暗得意。

1　编者注：漫漶难辨的文字。

这般的风气，到了至元至正年间，越发恣肆。狄夫人双十年华，其夫君祖荫丰赡，虽无封诰世袭，众人尊奉狄氏姿容，故阿称为狄夫人。

黑漩涡

上海赋之

自十月十七日发表《上海赋》后，各方电话频来，不仅是旅美的全上海人、半上海人，也有中原、北陲、川、广诸地的女士先生们。大抵意气殷殷，笑谈不已，乃有长逾两小时卅分者。此《赋》于八、九月在《中时晚报》刊出之际，亦吹动岛上的从前的上海人的心旌。投书报社而转至纽约的诸函中，尤以年逾七十的谢老先生的接连三度手札最为可念，书法遒逸，洒洒洋洋中有句云："……使我一个上海老人惊异万状，感慨万千，因为从前上海人的生活非我全知，亦未去想象，所以一句话：你所写的，比上海人还要上海……"

诸位读者的来电来信中有一共同点，大意

为：急于看下去，又怕看完了——我则回顾已经写成的几章，毕竟太粗疏菲薄。"过去的过去"，还需补充租界史的来龙去脉。"繁华巅峰期"，我用了取巧的手法，其实是偷懒（李清照评秦观"缺少故实"，差不多是这个意思）。"亭子间""弄堂"，虽然差堪充作"赋"中的华彩乐段，可奈太短了，与其他的几章不相匀称——现在只好等出集时从头再来起，补的补，改的改，要费好一番手脚。

读者诸公的"捧场"，当然是谢谢、谢谢，但"安可"声中含有"点唱"的意思，"点唱"条目中也许又含有考考我的意思吧。我哪里经得起考。诸公点的曲目（　　）[1]。兄弟开码头来，正是纽约，事情弄到诸位（老上海人叫"掂

1　编者注：作者付之阙如。

斤两”）一定要盘盘我海底，格末请看下文，看定了还是请读者多多包涵呀。

青帮、红帮、拆白、瘪三……
银楼、当铺、老虎灶、烟纸店……
向导、按摩、野鸡、公馆……
跑马、跪马、回力球、大赌场……
黄包车等等……

我有意违避了的，然则读者们的理由充足，不写这些方面，还算什么旧上海呢。是的，旧上海，说它古，倒还没有古；说它今，则已与今大异。妙在尴里勿尴尬，写写它，也不致豁边吧。

青红帮

上海赋之

清帮、鸿帮，才是青帮、红帮的正名。

上海并非清帮鸿帮的发源地，而是此二帮的大本营、活动场，以及各地同帮中人的逋逃薮。在一般人的心目中，提到上海的黑社会，就联想到青面獠牙，红眉毛绿眼睛，所以讹称有青帮、红帮。清鸿帮起家，也是老一套，举神话为名义。古之"天意"，尤今之"主义"，天意不可违，历史的规律不可抗拒，岂非同样是宿命论。其实是伪宿命论，用来宿被治被虐的老实人，而王者霸者就可以无法无天。

青帮三祖，翁、潘、钱，同拜一位高僧为师，入山学道。数月之后，那罗祖师便吩咐三徒下山求取功名了。到得京都，才知已过了三十余载，此际乾隆年间。各省运粮原走陆路，朝廷决意改从水道运输，高贴黄榜，招聘获粮镖师。翁、潘、钱三人揭了黄榜，夸下海口，得钦准广收门徒，各一千三百名，共带粮船一千九百九十只半，于是祭天地，立帮会。因系汉人助清，乃称清帮，主尊的是罗祖（什么"红雪齐腰""茅根入膝"的一番玄乎其妙的故事，自然是翁、潘、钱编造出来的假宿命论，按下不题）。以地域论，属于江淮游民之乌合，而翁、潘、钱很有凝聚力，几番运粮建功，依军功行例各授武职，他们就公然立堂了：

翁佑堂——大房——大房子孙

潘安堂——二房——二房子孙

钱保堂——三房——三房子孙

体系结构叫作：三堂，六部，二十四字辈，十六字辈。

六部者：引见部、传道部、展布部、用印部、司礼部、监察部。

二十四字辈：圆明心理，大通悟觉，普门开放，万象依皈，罗祖真传，佛法玄妙（每一辈占一字，犹家族的宗谱的 × 字辈）。

十大帮规：

一、不准欺师灭祖。

二、不准藐视前人。

三、不准江湖乱道。

四、不准扒灰放笼。

五、不准引水代纤。

六、不准奸盗邪淫。

七、须要有福同享。

八、（　　）[1]

---

1 编者注：作者付之阙如。

九、须要有难同当。

十、须仁义礼智信。

（从帮规的措词可以看出帮主的文化水准。）

帮中无论何人，若犯此十大规律，立斩不贷，概不容情。

试想此十条帮规，规规严格奉行，帮会焉有不兴之理。

接下来要描写一件大事了：开香堂。

收徒必举行隆重典礼，第一次开香堂收的叫"开山门徒弟"，末一次开香堂收的叫"关山门徒弟"。此二人有殊荣，权很大，可以代替"老头子"执行各项事务。

入帮程序：

凡"空子"要进门槛，须先觅得帮中人带领，缮明履历，经引见部的执事者认可，再备了正式拜师帖子。

信守　敬拜

×× 老师 门下

（祖宗三代姓氏）自心情愿　×字辈门生×× 谨具

引见师　×××（押）

传道师　×××（押）

　　大抵选择僻静的古刹大寺开香堂，正中供定翁、清、钱三位爷的神位，上面悬挂罗祖神像。各点香烛一副，桌下又插着香，两头用红纸封了，叫色头香。遇此大典，凡老头子的前人及同参兄弟，都要来帮场面。此类赶香堂的人越多，老头子的面子越大（赶香堂的人少，那个老头子就不光彩，徒弟站出去也不硬铮，所以老头子非得十分有把握是不开香堂的）。等到堂中预备停当，便命候补的人挨次进门，即刻传令紧闭山门。

老头子正中箕踞坐定，赶香堂者们分立两旁。引见师带领各"空子"步至罗祖及三祖爷的案前，各磕三个响头，再转到老头子跟前，再向赶香堂的……逢人便磕。凡场面大的，接连磕上二三千个，才轮到引见师传令诸新徒一字排列在檐下。司香的执事就将桌下的包头香拆开，分给各人执着。赞礼的执事高呼"跪下"，另有人端来清水一盆，叫跪下的人呷一口，称为"净口"。到此，老头子才开口问话：是自愿入帮？抑有人教你入帮？十大帮规记住了没有？嗯，说来听听看，嗯。

各新徒自然都禀曰：自心情愿，甘受约束，誓守十规。老头子又加重语气训诲一番，然后静下来，临了必定逐一看了新徒们的面孔，长长透口气，说："违犯帮规，家法从事，听清了没有？""听清了"，"听清了"，宛如空谷传音："礼……成……"

那"家法"真是特地带来，横在香案的内侧。原来是粮船上的舵的柄，比军棍还粗重，着体厉害之极。诸新徒瞥一眼也心里一阵寒，又有一种步入人生新阶段的刺激感，似乎渐入佳境。果然，传道师笑眯眯地捧来一叠小折子，锦缎面，内写着三帮九代的名称，以及各种海底盘答方法。这可是最最紧要的命根子呀。入帮者千辛万苦为来为去，就是为了要到手这件东西。须终身秘藏，绝不能给空子看到。快拿了向祖师老头子出去磕三个分外响的头，起身分班侍立两旁，满面春风，俨然青帮中人。老头子也微露笑意，传命开宴。诸前人兼弟兄拥前道贺，欢呼畅饮，所有香烛酒水一切费用，概由新进门槛的徒弟分摊。

"盘海底"是险要而富戏剧性的，却被此中魅力所迷惑，个个都要以身试"盘"，以身试被"盘"。"海底"者，青帮切口，必须记诵烂熟。平时在本码头，面孔即是招牌，用不着亮海切。一旦开码头，欲得"自家人"的帮助，那就全靠盘海底了。若是错答，便教你吃刀子。全国码头多，你所到的地方究竟谁占着的，谁也不会告知你。打听么？太笑话了。所以必得"挂牌"。

茶馆，碗盖揭下，戗在碗的左侧，盖顶

向外……

酒店——筷子横放在酒杯之前……

果然，有人施施而来，站在你对面或旁边，发声低沉而清晰：

"老大，你可有门槛？"

赶紧起立，躬身答道：

"不敢，是占祖爷光灵。"

问："贵前人是哪一位？贵帮是哪一帮人？"

答："在家，子不敢言父。出门，徒不敢言师。敝家姓 ×，名上江下山，是江淮四帮。"

问："老大顶哪个字？"

答："头顶第 × 世，身背第 × 世，脚踏第 × 世。"

到此，已认了自家人，双方归座。

问："贵前人占哪一码头？现在哪一

码头？"

便又照直说出，再将三帮九代报明（三帮：江淮四、嘉海卫、新五六；九代：自身前人和引见师、传道师的三代）。

可以透过气来哉，台面上的茶或酒，替你会钞，另给三天的食宿车马另用之资，第四天靠你自己的本领了。

然而开码头者，挂了牌，就光是受人盘么。不是的，他同时得盘人，只是宾主身份不同，说法也较委婉文雅些。

反问："请教老大烧哪路香？"

答的也相应不直言第几世，而说：

"头顶×路香，脚踏×路香，手烧×路香。"

那么，事情不难办呀，但是帮会中一日三变，多的是逞意气，摆威风，寻衅滋隙。同属青帮门槛，或逆面冲，或有疙瘩，或受人挑拨离间，正要找个下手的机会，茶坊酒肆劈面相遇，盘海底了。

丙："敢问老大，贵帮有多少船？"

来者不善，如果丁不肯屈从，便答道：

"一千九百五十只。"

回手强硬，丙也明知对方不领教，试再进一步：

"敢问贵帮船是啥旗号？"

丁仰面答曰：

"进京百脚旗，出京杏黄旗，初一十五龙凤旗。船头四方大纛旗，船尾八面威风旗。"

至此两方火气都已蓬勃，丙的嗓门提高了：

"船有多少板，板有多少钉？"

乙答：

"板有七十二，谨按地煞数。钉有三十六，双双通按天罡。"

甲还巴望乙答错而落下风，就切齿考问：

"有钉无眼是什么板，有眼无钉是什么板？"

答：

"有钉无眼是跳板，有眼无钉是纤板。"

丙难不倒丁，就虚晃一招：

"天上多少星？"

"三万六千星。"

甲决定要拼了，后退一步，摆好架势：

"身有几条筋？"

乙挺胸近上：

"剥去皮肤寻。"

甲瞪眼直视：

"一刀几个洞？"

乙猛拍桌子：

"一刀两个洞。你有几颗心，借来下酒吞，拳头上来领。"

翻在地上，桌凳举在空中，霎时大乱。但事情也非往往如此。两虎相争，总要力量够得上，才会出招。通常见弱的一方受胁了，便立即起身离座，口称不敢："兄弟初到贵地，一切全靠诸老大包涵，兄弟或有脱头落攀之处，请老大告诉敝家师。朝廷有法，江湖有礼，光棍不做亏心事，天下难藏八尺身。该责，责。该打，打。都是自家人，请老大息怒，兄弟先买一碗奉敬老大。"说到这里，便叫堂倌泡上镶红茶，双手捧近去：

"先请喝一口，兄弟去挽敝前人来消老哥的气。"

这叫"打招呼"，叫退一步海阔天空，往往就有了落场势。如果对方还要苦苦相逼，在旁的帮中人就会出来讲话的。是故自取下风，可得便宜。

如此一路说来，"青帮"有点像司马迁钟爱的"游侠"，有点像西班牙山寇约瑟·玛丽亚——全非是这么回事。青帮越到后来越污糟，镖客做不成了，尽干些罪恶勾当。大别之是软硬两相。"软相"可分"架相""吃相"。凡做软相者，即使失了风，跌进牢，也无死罪，故叫"文差使"。"架相"是引诱富家子弟入帮，然后开码头、出锋头，叫作"捧场面"。胃口越吃越大，觉得做首领真有味道，便想开堂收徒，不惜倾家荡产。凡从旁怂恿策划的一批人，自然乘机大捞油水——这是架相之大者。其他如"贩石子""走沙子""开条子""赌软把""开码头"，亦属"架相"范畴。

　　贩石子——拐卖小孩。

　　走沙子——偷运私盐。

　　开条子——诱骗妇女。

赌软把——王六赌。

开码头——并非盗贼行径。只因各处码头都有青帮，都有招待同帮的规矩，故遇到不得已时，便巡游外地，领三日开销，临行得一笔盘川。如此连走许多码头，净多几百乃至上千块钱。

"吃相"——最普通的是"开门口""开香堂"（凡拐卖了妇女，开设野鸡堂子，或花烟间），已见前述。一次收徒至少百来人，各奉拜师金、堂费，总数就可观了。

"收陋规""包讨债"，也属"吃相"。

以上的"架相""吃相"，统称"软相"。"硬相"是指开武差，杀人劫货、绑票勒索。青帮中极少开硬相的例，那是红帮厉害。红帮的帮规不像青帮那般严，创始人是曾国藩的部将林管带。他因在江淮一带与发军交战而败北，城陷地失，眼看要被正法了，才引了十八个弟兄，趁夜潜逃。时躲入破庙，商议设帮，庙中供的是鸿钧老祖。俗谚"先有鸿钧，后有天"，便奉鸿钧为祖师。鸿帮后讹传为红帮，与青帮取映照之意吧。

十八弟兄占了双龙山，数日之间，四方土匪喽啰都来归附，得六七百人，便订立帮规，也是十条，再加四大誓约：

一、不准泄漏帮务。

二、不准同帮相残。

三、不准私自开差（即抢劫）。

四、不准违犯帮规。

五、不准引进匪人。

六、不准戏同帮妇女。

七、不准扒灰倒笼。

八、不准吞没水头（即赃物）。

九、不准违抗调遣。

十、进帮不准出帮。

四则誓约其实是重复，大概怕那十条记不全，便概括为四誓约：

一、严守秘密。

二、谨守帮规。

三、患难相共。

四、与帮同休。

帮规誓约既定，又分派五执事：

黄旗老大——司军机要事，统领全帮。

蓝旗老二——司钱粮仓库，掌管财政，兼理文书。

白旗老三——司出马开差等庶务。

黑旗老四——执掌票布符号，总督上下勤惰、设防放哨。

红旗老五——专管全帮功过赏罚，该赏该

杀，他一人说了算。

五执事各有专职，而黄旗老大、红旗老五权威最高。

编制就绪，居然在山上起造一座大堂，号称忠义堂，大收徒众，多至三千人。

红帮不以字辈论尊卑，入帮不分前后，一概兄弟相称。主要证件是一张长四寸、阔二寸半的黄布票。上写着"忠义堂"三个横排的大字，"义"字下一颗龙珠，珠下竖写"双龙山"，两旁各画五爪金龙，龙首上昂作戏珠状。龙身右侧写"五湖四海水"，左侧写"龙凤如意香"。那上联的龙尾之下，有"内口号"三字，横写，再下则"安邦"，也横列。下联龙尾之下作"外口号"三字，横排，再下则"定国"。

黄色布票的正中盖上"双龙山忠义堂"篆文朱色方印——这种票布是红帮中最关性命的

东西，发誓不肯给帮外人瞧见。若是同帮相遇，对方怕你冒充，便测试了。

问：

"安？"

答：

"邦。"

问：

"定？"

答：

"国。"

如答得不对，三刀六洞。三把刀穿过身体，岂不是六个洞了么。

红帮声势一天天煊赫起来，居然操使士卒垦荒种植。黄旗老大是想自立为王的，红旗老五不赞成，伙同白旗、蓝旗、黑旗，劝老大觑个机会，立些功劳，就不怕不来招安。林某几次争辩,到底拗不过白蓝黑红,只得依议。那时,太平军竟逼近双龙山附近的李家堡了。林某唯恐山寨遭犯,黑夜分号令弟兄们从西路下山,趁彼劳军远涉,夹而攻之,使彼措手不及,节节后退,丧了六七成人马。鸿帮胜了,而黄旗老大毕竟科班出身,精通兵法,知道发军吃此败仗,不会甘心,必有接应,卷土重来的,便布置了埋伏,自引数百人到处巡弋,不敢稍怠。不数日,太平军果然重整旗鼓杀来,中了伏埋,全军覆没。从此双龙山威名大振,传到了彭玉麟耳中,立刻派员来好言招抚,编成官军,克【 】¹陷下全境,屡建奇功,林老大授职提督。

(   )²

---

1 编者注：漫漶难辨的文字。
2 编者注：作者付之阙如。

双龙山被剿灭后，鸿帮根本不存在了。想不到后来有那么个保三，合着姓盛姓蔡两个朋友，援鸿帮旧制，居然开出"春保山"香堂。于是江淮间一班青皮、光棍，纷纷前来罗拜，不久聚得二千门徒。帮规定得可凶，赏罚各八条：

　　一、泄漏帮机者斩。

　　二、抗领不遵者斩。

　　三、临阵脱逃者斩。

　　四、私通奸细者斩。

　　五、引水带线者斩。

　　六、吞没水头者斩。

　　七、欺侮同帮者斩。

　　八、调戏同帮妇女者斩。

赏则：

　　一、忠于帮务者赏。

二、拒敌官兵者赏。

三、出马最多者赏。

四、扩张帮务者赏。

五、刺探敌情者赏。

六、领人最多者赏。

七、奋勇争先者赏。

八、同心协力者赏。

除帮五执事旧制，又添了内八堂大爷、外八堂大爷。八堂之中，又拔萃为当家大爷、圣贤大爷、龙头大爷、坐堂大爷、齐义大爷、心腹大爷等等名色。望名生义，已是匪气十足，还不时化出什么当家老三、巡风老六、剪老九。

那票布一样是神秘传统，不过将双龙山改为春保山、正义堂，那对联改为"五湖四海三江水，万年千载长寿香"。内口号是"扫清"，外口号是"复明"。下面横列右【经】[1]口,视其人归入何堂而定书"×堂大爷收执"。布是姜黄的粗布,唯山主和老五二位的票是黄绸做的。

---

1 编者注:漫漶难辨的文字。

上海赋草稿

后来的后来，上海可说是既无青帮又无红帮了，然而两帮的切口，一直普遍流传在上海人的嘴边。这还不奇，尤奇的是，这切口会翻新，翻得很巧妙，例如红帮中人吃烟叫"受燃"，而后来的上海小流氓就把香烟叫"燃条"。红帮的"放倒"（打死）、"枣子"（眼珠）、"玲珑"（手表）、"得风"（逃脱）（　　　）[1]

1　编者注：作者付之阙如。

借来的浪漫

如果十年前，四月份，英国客人北归后，这里就没人了，而今高斯旅馆一样住满名流雅士。

玫瑰色的大建筑，座落里维耶拉海岸。正面许多棕榈树，其前是短短的耀目的沙滩。

附近还是一些平房，只有五【里】[1]外康城的郁郁松林中有十来幢古老别墅，莲花形的圆顶，凋零的粉红，灰黯的乳白。

向更远眺望，义大利边界，紫色的阿尔卑斯山。另一面，天海相接处，商船缓缓西行。摩尔山脉低峦的蜿蜒公路，传来轻轻的汽车喇叭声，是这带山脉才真正隔开了普鲁旺斯。

1　编者注：漫漶难辨的文字。

当然，早在福楼拜之前，人们知道愚昧。但是由于知识贫乏和教育不足，这里是有差别的。在福楼拜的小说里，愚昧是人类与生俱来的。

最使人惊讶的是福楼拜他自己对于愚昧的看法。他认为科技昌明、社会进步并没有消灭愚昧，愚昧反而跟随社会进步一起成长。

福楼拜着意收集一些流行用语，一般人常用来炫耀自己的醒目和跟得上潮流，他把这些流行用语编成一本辞典。我们可以从这本辞典中领悟到"现代化的愚蠢并不是无知，而是对各种思潮的生吞活剥"。

福楼拜的独到之见对未来世界的影响，比

弗洛伊德的学说还要深远。我们可以想象，这个世界可以没有心理分析学说，可以没有阶级斗争学说，但是不能没有抗拒各种泛滥思潮的能力。这些洪水般的思潮输入电脑，借助于大众传播媒介，恐怕会凝成一股粉碎独立思想和个人创见的势力，这股势力足以窒息欧洲文明。

维也纳人的布洛克（Hermann Broch）："现代小说英勇地与媚俗的潮流（tide of kitsch）抗争，最终被淹没了。"

Kitsch 这个字源于上世纪中的德国，它描述不择手段去讨好大多数的心态和做法。既然想要讨好，当然得确认大家喜欢什么，然后再把自己放到这个既定的模式思潮之中。Kitsch 就是把这种既定模式的愚昧用美丽的语言和感情把它乔装打扮，甚至连自己都会为这种平庸的思想和感情洒泪。

今天，时光又流逝了五十年，布洛克的名言日见其光辉。为了讨好大众，引人注目，大众传播的"美学"必然要跟 Kitsch 同流。在大众传媒无所不在的影响下，我们的美感和道德观慢慢也 Kitsch 起来了。现代主义在近代的含义是不墨守成规，反对既定思维模式，决不媚俗取宠。今日之现代主义（通俗的用法称为"新潮"）已经融会于大众传媒的洪流之中。所谓"新潮"，就得竭力地赶时髦，比任何人更卖力地迎合既定的思维模式。现代主义套上了媚俗的外衣，这件外衣就叫 Kitsch。

那些不懂得笑，毫无幽默感的人，不但墨守成规，而且媚俗取宠。他们是艺术之大敌。正如我强调过的，这种艺术是上帝的笑声的回响……在这个艺术领域里，没有人掌握绝对真理，人人都有被了解的权利。这个自由想象的王国是跟现代欧洲文明一起诞生的。当然，这是非常理想化的"欧洲"，或者说是我们梦想中的欧洲。我们常常背叛这个梦想，可也正是靠它把我们凝聚在一起。这股凝聚力已经超过欧洲地域的界限。我们都知道，这个宽宏的领域（无论是小说的想象，还是欧洲的实体）是极其脆弱的，极易夭折的。那些既不会笑又毫无幽默感的家伙，老是虎视眈眈盯着我们。

……我觉得今天欧洲文明内外交困，欧洲文明的珍贵遗产——独立思想、个人创见和神圣的隐私生活，都受到威胁。对我来说，个人主义这个欧洲文明的精髓，只能珍藏在小说、历史的宝盒里。

西伯利亚主祷文 [1]

迫切需要的是以下这些

我需要（十分必要）

古代史家的作品（译成法文的）

近代史家的作品

居佐（Guizot）

狄瑞（Thiery）

兰客（Ranke）等等

民族研究以及教会的开山祖

拣最便宜又最完整的版本

挂号寄来

寄给我

---

1 编者注：此诗抄自陀思妥耶夫斯基致兄信。

不要报纸，要欧洲历史

经济学者—教会开山祖—古典名著

多多益善

希罗多德（Herodotus）

修西底斯（Thucydies）

塔西陀（Tacitus）

蒲林尼（Pliny）

费莱乌（Flavius）

普鲁塔克、佩奥多鲁斯（Piodorus）

等等法文译本

还有可兰经和一本德文字典

当然不必一次全部寄来

而是请你尽量多寄

同时寄给我皮萨兰（Pissarem）的

物理学（Physics）

以及一本生理学手册

随便哪一本，法文本也行，如果比俄文本好

全部买最便宜的版本

不要一次托寄，慢慢来，一本接一本

你替我做的最小事情，我都感激不尽

切记，多么迫切需要这些精神食粮，我

寄给我可兰经

还有康德（Kant）的《纯粹理性批判》

（*Critique of Pure Reason*）

而如果你有任何机会可以不经由官方送东
西给我

千万寄些黑格尔（Hegel）的作品

尤其是黑格尔的哲学史

（*History of Philosophy*）

我的前途，系于该书

哲学著作不过是写绝命书写得太长了的意思。

历史是脂肪，老国族都是虚胖的。战争可以减肥，但老国族的骨骼已脆了，经不起打。

两千年文明，只是把背上的粗笨的白杨木十架缩为小巧的 K 金十架，挂在多毛或无毛的胸前，男男女女满街走。

豹变（中篇小说）

封面　豹变　君子豹变——《周易》

内页　《易·革》："君子豹变。"疏："上六居革之终，变道已成，君子处之……润色鸿业，如豹文之蔚缛。"

散文

S.巴哈的咳嗽曲

竹秀

恒河·莲花·姐妹

遗狂篇

两个朔拿梯那

爱默生家的恶客

明天不散步了

咖啡弥撒

哥伦比亚的倒影

许愿泉

（24）

散文诗

如意	很好
剑柄	智蛙
我友	疯树
王者	不绝
圆满	棉被
心脏	步姿
将醒	新呀
呼唤	荒年
休息	同在
除此	笑爬
无关	邪念
烂去	放松
问谁	某些
败笔	认笨

散文

从前的上海人

普林斯顿的夏天

永夜角声

中天月色

雪鏖

寡妇的屋子

今阳秋

袋中的月光

法兰西备忘录

（23）

浮士德的呵欠

小说

此岸的克利斯朵夫

出猎

西邻子

温莎墓园

(18)

诗

十八夜　晴

泥天使

面对面的隐士

JJ

斗牛士的袜子

雪后

论拥抱

旋律遗弃

(38)

古典诗词十九节

亚徕芬多

"亚徕芬多"是个名,有音形,无意义。或者,词句中的"我",它是亚徕芬多。用人名作书名是古老的方式,如果一直用,就一直新鲜,而后来停用了,就说是过时了。现在再用,想到将来会少有此种好心情,便乘此用过算数。

1. 浮士德呵欠　　(冬末)

2. 笈美卡散步　　(春初)

3. 哥伦比亚倒影　(春暮)

4. 法兰西旧事

5. 海滨墓园

6. 烬余实录

7. 普林斯顿夏天　(夏末)

8. 温莎墓园雪　　(冬)

哈佛　剑桥　查尔斯河　亨丁顿大道

imaginist

想象另一种可能

理
想
国
imaginis

木心遗稿

（二）

上海三联书店

目录

稿本 5

话不能说死，留下余地，便是生地。

纪德的性格的倒错背反，在当时是蹊跷幽邃，引人思索。我虽年青，不以为奇，倒是有些介意于纪德自恋逾份。

当你不时传知某人死了，某人也死了，那是因为你所属的一代人大限到了。

我听过好几个国家的鹧鸪啼声，都是一样

的，这有深意吗，好像没有。

有人说，某某的文章写得最好，这不是评论，像是赌气——文章之好，各有各的好，没有最好可言。

小学生的时候，会说"骄者必败"，说"人不犯我，我不犯人，人若犯我，我必犯人"，还说"一寸光阴一寸金，寸金难买寸光阴"——但也不是小和尚念经，有口无心，否则怎会到老时回想起来竟是这样地认真快乐呢。

水岸人家　芦荻萧萧　晚餐的灯光

暗暗的灯光　晚餐总还是晚餐

那几个总是挨饿的孩子　总算都长大了

农业社会　手工业社会　永远不回来了

反刍　不反省

小学生中午回家，当门大叫：肚皮饿煞啦。

只要是良善的人，我个个敬若神明，乃至崇拜。

误以为西西里人大约与拿波里人一样，嬉笑的带点儿匪气的南方人。其实并不，西西里有它的苍凉，而且深沉，其间层叠了多种文化。你凝视眼前的西西里，从前的西西里会浮出来。

每晚临睡前，热水濯足，有助于减轻悲观主义。

认识脚之美，脚之功，脚的伟大。

脚是人体美的最性感的部分，蕴藉而强烈。

我是第一个发现脚的美的先知，希腊雕刻家是承认人脚的美，但没有能揭示性、创造性地发挥这个美。

宇宙观——世界观——人生观——艺术观

这样四项，如果抽掉第一项，以下三项就不能成立，所以弄出个"神"来，顶住第一项。尼采宣告"上帝死了"，于是"世界观""人生观""艺术观"统统乱套，垮掉——我们无法重整第一项，地球的前途是灭亡，"永恒"是有的，不是我们的。"永恒"的存在形式是"轮回"，无所谓起点，无所谓终点。由人的思维来看宇宙，那么，宇宙是一个极大的荒谬，这是人所不能抗衡，不能估值，不能解释的。哲学，那是区区小事，生物都靠本能而延续其性命，哪有什么康德、黑格尔。

任何痛苦都因为有一个身体，故而人到绝境取自杀以逃脱困境。

当我被铁铐扣住的刹那间，脑中一片空白，可见思维活动是一种休闲状态的玩意儿，不管用的。

西湖的水陆分布并不高妙，奇的是，真是别有一股秀气，而且朝暮阴晴，变化很多。记忆中的印象极佳，一旦重临，又觉得比想象的还要好——这就叫作杭州西湖。

木心很喜欢昆德拉的小说、言论、相貌，差别点在于：木心能解昆德拉，昆德拉未必能解木心。屈原能读浮士德，哥德难诵离骚。

笨人之笨，笨在他（她）宠爱自己的笨，觉得那些聪明的家伙傻得要死，真丢人。

写小说，像是不得已。写得很短，一上来伪装心不在焉，中段转向诡谲，篇终点到穴道，戛然而止。他是诗人，不得已退而作小说家，似笑非笑地说着，又回去了。

WWB 的（   ）[1] 读了《静静下午茶》，亟切地说：非凡的擒纵力，控制人物心理收放自如。

在西西里，最美味的炸鸡，滴油烤成的马铃薯块，蘸着迷迭香吃。

西西里人并不坏，但总有些不良分子，你们那边也这样吧。

1　编者注：作者付之阙如。

生之乐事无过于春野池塘边舀蝌蚪。

晨光里新茁的芦苇，那种鲜挺的英气，像个少年人。

农村，田家，曾经是神圣优美的，都是被摧残坏了。人类的本质是农民、牧民、渔民，工、商、军、政其实是开始异化了。

江南初春，似睡欲醉的清气流贯田野。好

像随处都可以爱，却又无能为力。爱是应有一个支点的，而今已失尽了这个点了。

地球之自然，将温带区的一年分为春夏秋冬，实在是杰作中之杰作。单说春吧，要多少朵花多少片叶才能构成一个"春"哪，而悲伤的是这样的豪华。在茫茫宇宙中，那是一点意思也没有，没有就是没有。

我曾住在一条狭长的屋子里，进门就是书房，再进是浴室，然后厨房、餐桌、小走廊，最终卧室。平顶整个儿是低的，窗子关了就难开，开了又不能关，一切都不按牌理——但我很安谧，甚至逸乐地在这里写出了三本诗集、三本散文集。四年，体重只减轻了三磅。

某年的秋天，二十世纪末，雨，书房的门边是一扇方窗，可以望见外面的路边的一棵树，原来叶子全部黄了，在雨中摇摇摆摆，唉，这是秋色呢——这样的住处还有秋色可享，确凿有一种受宠若惊的知恩戴德。其实，很简单，只要这狭长的屋子后面是悬崖，是海，那我就心甘情愿地终老于此，不再另求幽居了。后来我还是不得不迁徙了。

想想十九世纪辈出的艺术天才吧，你们至少也不要这样的不像话。

最后的豪言壮语是：管它呢，我总要活下去。

被誉为数一数二的脚色，固然是好。如果是数一而不数二，岂不更好。

"某某先生是当代重要画家之一"，听上去好像很实在，但寡淡没味道。

植物开花的时候，是植物最快乐的时候。

离开我之后，他就黯淡无光了。这是他所意想不到的，我也没有料及竟会如此，真会那样快而截然。

雨声　我　西西里青年手写的信

他在信上说　一切都还好　可惜离别了

我们之间　还有一点点淡得要命的爱情

一朵花　一部小爱情　一树花　那要耗费
多少心思呀

其实每个女子都应是像清少纳言那样的呀

每个男子虽不能都有恺撒的貌而都该有恺
撒的心

艺术家一生努力的是免于老年穷困

男子颚骨的方中带圆的角度　便是爱的况味

女子适合于被爱而回报爱

胡兰成是政客，他的人生观是逐取眼前利益。他对"女人"，亦取政客手段，只要喜欢，就手到擒来，当然看起来是才子多情。

张爱玲在认识胡兰成之前，毫无恋爱经验，可以说这是她的一生的初恋。

张爱玲的灵光精气也是不会淹没的，她能够活在她的作品里，会磨灭的是那些张迷。

胡兰成的文章只能算是"形象性史料"，所谓"敌伪时期"的政客心态的自述。与之同时代的"过来人"看看，还有点味儿。

　　胡兰成谈不上"器识"，只是他个人的"见识"比常人多一双眼。失败者的说辞，容易迷于巧言花语。

旧屋都在沉思

新屋是没头没脑的

此心有一泛泛浮名所喜私愿已了

彼岸无双草草逸笔犹叹壮志未酬

说《红楼梦》是一部佛经，不如说佛经是一部《红楼梦》好。因为谁不知道《红楼梦》是佛经，而谁也还不知道佛经是《红楼梦》。"智极成圣，情极成佛"，到底还是汤显祖高明。

几个青年聚在一位女作家的餐桌边吃火锅，满口"姐姐""姐姐"。没几年，"姐姐"得癌症，废了，青年中也有两个死了——想想，觉得不像《红楼梦》，《红楼梦》还要复杂。

我的艺术、艺术品，永远有人泛赞，永远无人透解。

当希望成为现实的时候，我就能够堂堂正正地绝望了。

意大利、法兰西，我好像不知去过多少次了。

去没去过欧罗巴不要紧，要紧的是你懂不懂欧罗巴，爱不爱，能不能，算不算数。

你拥抱欧罗巴，这还不算数，要让欧罗巴拥抱你才够意思。

凡与我有过交往者，我都想为之写传。我喜平凡，尤喜极度平凡的长寿者。杭州的旧家妇女，八十、九十岁也没有游过一次西湖，意思是西湖总是在那里的，这次不去下次去，急什么呢。这样就从十九岁到了九十岁，没错，西湖是在那里，她没有去过。她的一句口头禅是："哎哟，我是六十年没有穿过套鞋了（套鞋，是橡胶制的雨靴）。"下雨天，她不出门，矜贵得很。她不嫁，侍候父母，抚育侄甥，终老于厨下——这平凡可大了，如能细细写将出来，可有看头了。

灾难临头，我会对自己冷笑一声。

福楼拜、斯当达、托尔斯泰、陀思妥耶夫斯基、莱蒙托夫、莎士比亚、拜伦、狄更斯、哈代、海涅、安徒生、但丁、贺拉士、纪德、尼采

巴赫、莫扎特、贝多芬、萧邦、修培特、柴可夫斯基、弗朗克、西培柳斯、德彪西

达·芬奇、弥盖朗琪罗、波提却利、塞尚、梵高

你所走的路，可以叫失落，可以叫没落，可以叫堕落，总之你是自毁的。

浙江人称姣好曰"齐整",也有道理,盖指完美也,但可能是不会欣赏,认为五官端正就满意了。

近百年的时光过去,家乡人还是说着土话,奇绝归来的游子,可喜他都听得懂——"方言"之神秘,是什么性质的宿命呀。

离开故乡五十年,归来之日,全是陌生人。路边借故交谈,竟然还是"乌镇风水好","吃南浔,查乌镇"(查者,拉矢也),再则是"美国东西计,中国东西便宜"(计者,贵也)。

五十年中,乌镇经过了多少"运动""教育""改造",怎么仍然是五十年前安身立命的老一套。世界潮流,时代特征,对于乌镇人是"莫须有"的。这当然是指"老一辈",七老八十的乌镇人大抵如此。年轻人大概也前卫得很,甚至比美国还摩登,我们这种假洋鬼子是抵挡不住的。

颓废其实是很可怜的,颓废其实已无路可走,无动作可取。世上流传着的颓废派的诗、散文、绘画,都是假颓废。波特莱尔为了出诗集,竭力巴结圣佩甫。

从前在美术学校，几个特别亲近的男生女生，都是真情良善的，也还算聪明好学，大家都读些哲学书，而且关心政治。

颠沛流离，坎坷一生，以为晚年得福，安享天年，哪知现在想来，真正幸乐的还是从前月底领工资的日子。

没有嗜好的人　用情总是不深

无嗜好者　思维不切

我像雪花飘下来那般地爱你

耽于嗜好者　不足论

我或有高出常人处，我知道生命有死，他们却从来不想到这一点，他们认为永远不死的。

我或许也有过人处，我知道生命有死，万劫不复，而他们觉得老老脸皮，万寿无疆。

智，最后要看其德。德，最后要看其智。这两个微妙的道理，达·芬奇精思揣摩过。

稿本 6

開予文集泛行故國調王維句聊示所懷

曾買駑駿幻風塵　又嘆魚龍混泥沙

環海河維孩牽寨曲　夢蜓空繞漢宮斜

城外隱淪寺祭酒　山中宰相只栽花

豈乘陽氣行時令　却似宸遊玩物華

物华

闻予文集泛行故国，调王维句聊示所怀。

曾赏驽骏分风尘

又叹鱼龙混泥沙

海河难改秦塞曲

梦魂空绕汉宫斜

域外隐沦常祭酒

山中宰相只栽花

岂乘阳气行时令

却似宸游玩物华

一个灰色的幽灵飘荡在荒野上。

她来美国后，自觉没有什么颜色可穿了。红绿固不论，黑是丧服，白是笑话（一个中国女作家，如果浑身是白，岂不疯了）。她也不能取黄蓝，太小家气。褐是太古板了，紫是罗曼蒂克，太年轻——张爱玲选择灰色作外服，实在是真正的艺术家。从上海霞飞路上的奇装异服，退到了灰布旗袍的打工的女职员。

张爱玲的悲惨，不是才气尽了，写不出了，而是才气照样有，而且炉火更纯青，可是生活折腾得她负荷不了，生理心理都发生扭曲。她脱出了世俗生活的常规，连续不断的感冒，这里那里的牙痛，避之不去的虱灾。她的困境的模式是公主落难，活在皇宫里，她是正常无差池的。

命运，是有的，大命运主宰着中命运，中命运主宰着小命运。

　　快乐都相似，悲伤不一样。

　　莫扎特与萧邦，悲伤都那样的深，那样的不同。

韩波开了一条路，他自己也走不下去，何况诗才远逊于韩波者。

韩波说："诗人是通灵的"，正是。诗人是通灵者，但韩波似通非通，最后没有通。

韩波颠覆了宏观世界的形相和规律，但未能缔造微观的形相和规律。

韩波的出走飘游，不是寻求诗，而是满足

物欲。他在他的诗透露过消息，小心，晦涩，犬儒，不像个诗人了。

韩波作为诗人是半成不成功的，作为一个人是全然失败的——我爱他，充满同情怜悯。他是"堕落的天使"群中的天使长。他时温时冷地胶着在我心里五十年不变。噢，我的韩波，我的兄弟，我们都是曾经积罪天堂，贬落于尘世，你回去后，上帝请你吃糖果吗？

我常常读字典，那时心最静，最无为。

坏人短命，大快我心。

他与教宗先后死亡，教宗上天堂，他往哪里去呢。

张爱玲的遗愿是把她的骨灰撒在荒野上，无奈美国政府不许异物污染土地，主持葬礼的人只好将张爱玲的骨灰投之太平洋——从美学的观点看，荒野与张爱玲配，海与张爱玲不配。她到了晚年择定了灰色的织物作旗袍，作兜篷，作披肩，灰色的幽灵独自飘荡在荒野上，这才是我心目中的张爱玲。以中国的所谓"民国"时期，那么她是绝代才华，与她同登文坛的，不论男的女的，没得比。而在中国文学史的长河中，她的渊源，她的期许，恐怕不会很深很长的吧。因为她的文学的好处是"中国的"，非"世界的"。随你怎样翻译，总要打折扣打到精华大失。就是以中国的现状论，真能体会到张爱玲文章之妙的那种读者，也是极少的。"张迷"者，不过是"迷"而已，自作多情。张不迷，人人自迷。《对照记》没有把胡兰成、赖雅的照片编进去，她把人生与艺术分开了，分得好，不愧是高贵的艺术家。她对自己用了慈悲，又用了傲慢。鲁迅与张爱玲是两路的，而中国（当时的中国）除了鲁迅，就是她了。

我喜爱明亮高爽，而在阴暗潮湿中也写作不辍。

你们不知道的，二次大战结束后，什么东西都冠以"原子"。贝多芬的音乐，也被学者解释成为"发现了音乐的'原子动机'"——我记得那年月，自己还是蛮快乐的，十九岁，一身青春的原子，只想干坏事而胆子小得像芝麻。现在的青年们，胆子大得像西瓜。

煮汤，广东人叫煲汤，北京人叫熬汤，浙江人叫笃汤，而像蛋花汤之类的，叫放汤，我觉得好，有动作感——"好吧好吧，那么放个汤吧"，一只鸡蛋四人吃。

我用沉默累积起声名，终于喧嚣四起。我的成功在其次，我要的是读者的成功，愿他们光明幸乐。我的文章比不过海，只是一带不太长的沙滩，而你们可以眺望海。

读者的信，天上的星，作者最好像一湾新月。

如果作者是圆月，星子们就淡糊了。

托尔斯泰的《复活》，写女监的那些篇章，我佩服得满心欢畅。

《红与黑》，真真叫小说。

《玳丝》只写一个女人，伟大，哈代伟大。

福楼拜有多种高妙文体，我最喜欢他写《一个简单的心》的那种，真叫炉火纯青，已经是诗了。

我接受《安娜·卡列尼娜》，不接受《战争与和平》。

一个写作者，至少要成为文体家，才可以着手著书。"文体家"一词在法国是最高的尊称，这无疑是对的，有几个作家能当得起这个称号呢——但我竟说"至少要成为文体家"，也是对的。没有这个高度，还算什么文学家呢，还算什么大师呢。不要怪我标准定得过高，现在我们的过失错误，是标准定得太低了。标准已经没有了，艺术昏睡了好久了。最近的五十年，全球文坛，全球寂寞。当国庆节夜里放焰火，满天繁华，彼落此起。假如文学艺术也这样来一下子，多棒哪，这可不是就叫文艺复兴吗？

清明前后落夜雨，我小时候也是这样的。

韭菜面孔，一拌就熟，我儿时常听到大人们这样谈说。我决不让自己的面孔像韭菜，因而有一个不幸的童年。

学者很礼貌，不美貌。诗人不礼貌，很美貌。

这是个"德无能"的时代

室内的走动，户外的步行，是不一样的。室内的行动，不好算走路。

美学实在是不用讲的，结果哲学家都热衷于美学。

竹林七贤，没有一个是学者教授，所以称得上魏晋风度。

面对我从前的照片，还可以忍耐。面对我从前写的文章，实在难受极了。

文章要写到经得起自己看，才好。我最怕重阅旧作，写的什么哟，满纸荒唐，一派胡言。

读者谈论着我的诗、散文、小说，我在洗袜子、衬衫，厨房里还有一堆杯碟碗盘。

×××年，《素履之往》在台湾出版，叫

好者颇不乏人，概括起来曰"木心是个老顽童"。奇哉，他们看到哪里去了。总算还有一位女读者，开了一家小餐馆，悬起招牌，俨然题"素履之往"，生意还好。如若我去台湾登门点茶饮一杯，岂非大有唐朝风味。但台湾我是不去的，我早就去过，玩遍了。数大王椰子树好看，油煎面糊蛎仔也好吃。那是一九四七年，台湾还是个朴素的野岛。

有时候，我会遇到"静"，什么声音也没有，广袤的深邃的静，我会狂喜起来，站立不动，"静"也矜持着无变换。后来我走出"静"了，或是"静"转化而消失了。

　　于我，"静"好像一个人似的，会劈面相逢，直面相对，相视莫逆。从小，我就知道，我就以为，我是从"静"里来的，以后，我将回"静"里去。

　　现实得不到的人、物、景，我以想象得之，已成习惯，是故我爱而爱我的人物风景多得不计其数。

在我眼里　什么东西都是有表情的

在我心里　什么东西都可以与之对话的

越是孤独　越多与世相属而不与相弃

上海观（前言）

此观者，犹世界观、人生观之通说。前《上海赋》落得有头无尾，如以此篇浑充其后，又显得尾大不掉，喟然罢。

该篇所涉时空，皆上个世纪的二十年代末至四十年代初的泛泛故实，而现在的上海和上海人，我是无知的。美国有歌曰：假如你能在纽约出头，你就什么地方都能出头。我看也未必见得。

脚之美，它的型、掌、背、底、趾都很谦卑、沉静，样样诚恳，好像敢爱不敢言的样子，特别引人哀怜。而它会伸欠，在你恣肆狂欢的瞬间，它扭动、翻转、虬曲、蹬直，张开五趾，宛如第一性征，慨慷入戏，它很快乐呢，在距身体的远处。

　　换双干净的袜子吧，脚也敏感的。

　　手常会多事，脚不多事，尽责而已。

　　发现脚的美，我的美学观大进了。

　　我是第一个发现脚之美的田园诗人。

普希金的"秘密日记"，说明了人喜欢把自己的什么私事都说出来。这也对，但说得尽么？一颗再平凡普通的心，也是说不尽的。我算了，我说过一些就行了。

韩波、叶赛宁这些个诗人，再无赖我也是爱的。

马雅可夫斯基，一个没有牙齿的老虎。

无为而治，要有多少有为的人来打桩垫底呵。

最好的爱，都是绝望的爱。

世界太多了，太快了，太机械了。

小镇上，书香之家的书好像会自动流转。我的书桌上不时有新书奇书出现，我不问来历地读了，后来又不知去向。那忙于运书的大力出于何等样鬼物，彼亦读得书多乎。

"堤边柳，到秋天，叶乱飘……"小女孩这样唱着，"半夜里，救火车当当当……"小镇上根本没有救火车，唱这样唱，没有火灾可看，缩在很冷的棉被里。

冬夜，街上的叫卖声来了，去了，"火肉粽子呵，猪油夹沙粽子嘎"。夹沙就是赤头做的豆沙，不知为何叫夹沙，为了好听吧。

初春　最美的是蝌蚪

我们小时候看见的鸢尾花才美呢

大学时期的春天　铃兰和康纳馨的香气

我们以为懂得爱　我们是傻瓜

我的同学都死了，快死了，上海美专也拆了，就像只有我一个人还记得这些事。哥德的老年也总感叹良多，他们那时历史变迁还慢，我们可变得快呵，自作孽。

还是回国去，过清明、端午、中秋、新年，人少几个，小弄弄，嗒嗒味道就算过过了。

现代的文章和话语，可以把文言的词汇和声气与现今的口语俗话融和起来，又把欧美文法接通。这样古中文、今中语、外国风三者合一，成为一种既矜贵雅致，又情理兼备的新文体、新语境。我想是可能的，而有人已经做了好久了。

巧愚蠢战胜笨智慧。

慢慢来，才能速战速决。

二战，德军进占法国。她问，那么拿破仑呢。

世上唯不含恶意的愚蠢可爱，托尔斯泰悦之，予亦悦之。

春天了

梅花最先

桃花梨花同开

紫荆蔷薇四月了

夜来风雨

晨起真的落英满地

我十一二岁

每日在园里远看近看

只觉得很好，很可惜

到十四五岁读了唐诗宋词

我喜爱文字之美，也不悲伤

春天又不是一个人

迎春送春这都是说说的

春季一过是淡漠了

在生活上，做一个强者真难。不做强者呢，生活更难对付了。

当我年少时

沉默寡言

矜持而卑怯

骄傲，自惭形秽

别人说话不能不听

他们最多的用词是

心理作用

五分钟热度

逻辑病

冷血动物

小布尔乔亚

一盘散沙

毕业即是失业

结婚是恋爱的坟墓

双重人格

同性相斥，异性相吸

有背景，背景牢靠

骄者必败

战争

他站在我面前

你静静的顿河

前面滴水不漏，后面黄河决口

人生朝露，艺术千秋

爱情至上主义

CP，生力军

恳亲会

来沙尔，昔斯的力

单调

作何消遣

恢复疲劳

只有我是从来不用这些词汇、流行语

我的青春是哑巴的青春

而且没有手势、肢体语言

我的青春是死青春

我十九岁才开始说话

他站在我面前，好像一条静静的顿河，可我的心里，战争不能和平。

到底是一代失去了宗师呢，还是宗师失去了一代？

先是此人得志，我子孙无遗类矣，然后是此人得了志。凡是这种使人子孙无遗类的人，一定会得志的。天道好恶，恶而且还。

唯诗，无所谓通俗不通俗的。

雅俗共赏之谓，重在雅赏，才经得起俗赏
而不被弄俗。如偏于俗赏，则为雅所不取。雅
之不存，俗将焉附？然世之谓"雅俗共赏"者，
奚俗人也，彼何知雅者何以寸雅不让、疾俗如
雠哉？陶潜、倪云林庶几雅人矣。

路和路

木心

出一诗集　一百五十首　三百二十页

1. 小诗

2. 俳句

3. 散文诗

爱，使他回复童孩

不久，爱淡而漠了

他突然衰老不堪

如果知道原因

他还会恢复青春

他还不知道，不知道

他日愈衰老，开始枯萎

张爱玲把胡适之看作时代的巨人。从这一点上，她幼稚，还像个中学生。

鲁迅所看不起的人，我至今也还是看不起。鲁迅所看得起的人，我至今也未必完全看得起。

鲁迅自剖心中有黑的毒，未虚词也，《野草》中流露了痕迹。他收敛了。写到梅兰芳，他显得是个乡愿，艺术外行。最可恶的是轻率地用林黛玉作为典型而随便拉出来示众。肺病，不劳动，依赖人家，心地狭隘，爱情至上，那么曹雪芹何必要写《红楼梦》？《红楼梦》何以如此之伟大？黛玉、宝玉是此书的主角，其人性的深度，后世发掘不尽，哪里容得了讽刺家的横加污蔑。鲁迅鄙视林黛玉，鲁迅败落，原因就在于鲁迅自己心中黑的毒的发作。另一次发作是他评价尼采，说："尼采自比太阳，最后他发疯"，尼采几时直接说自己是太阳？这是栽赃,尼采假查拉斯图拉（　　）[1]。周先生,这是艺术哎,那你写耶稣,不是也好把你说作自比救世主? 而且"疯"是"病",病是值得同情的。病非错,非罪,非自愿,用"发了疯"来攻击尼采,何其卑劣。尼采哲学至今犹光耀于世界,鲁迅先生（　　）[2]

鲁迅有才而窄（世界观）,张爱玲有才而偏（人生观）。

---

1 编者注:作者付之阙如。
2 编者注:同上。

上海话

闲话，卖相，厕所间，吃聚餐，华侨人，窝心，疑心，小开，瘪三，门房间，拿麻温，电灯曼，狄昔，哦（我），侬（你），伊（她），阿拉上海人（阿拉是宁波话的"我"）。

从前的上海话是分上流、下流两大系的。下系夹杂江北、宁波话，上系是参和苏州腔。苏州话本来就有销魂蚀骨的嗲劲，尤其是出于女人之口。上海半上流社会又把苏腔过滤了一番，掺入沪腔，文雅而有骨子。以后的一些西方传教士学得一口苏腔的上海话，着实娓娓动听，而国人开口说苏腔上海话，你就觉得来路不凡，正宗。

美国的天空也是蓝的，野草也是黄的绿的，而我却生活在美国，而不生活在中国。什么意思呵，真没有意思。

　　她是蠢，不过蠢得很大气。

　　喜欢不含恶意的愚蠢，在这点上我绝对与列夫·托尔斯泰一样，一样地喜欢。

　　这是塞尚的家，你是和塞尚住在一起嗳。他问：塞尚是谁呀？

巴吧

北婆罗洲，蒸汽火车

车头有个大锅炉

烧木柴，白烟，焦香

蒸汽引擎，车厢轨道都是英国货

职员头戴圆顶硬帽

猎装短裤，长白袜，黑皮鞋

只欠一管枪

车厢紧窄，小桌分隔四人座

顶上电扇吹热风

一百年前，"英属北婆罗洲公司"

坐此车深入热带雨林狩猎

勘探，伐木，开矿，种橡胶

当年的经济命脉，今日的怀旧宝物

从沙巴首府亚庇出发

经过小镇，放乘客下去玩

呜呜呼呼嗷嗷，最后到了巴吧（Papar）

侍应生哈腰请点饮料

虎牌啤酒，沙巴红茶，冷热俱全

餐事只有一桩：一个火车便当

第一层粉红马来炒饭

两枝沙爹，炸鸡翅

第二层鲔鱼沙拉

白煮蛋黑橄榄红番茄作伴

第三层西瓜、芭乐、木瓜

阳光一盆泼进来

邻座的一对瑞典夫妇

用餐刀对打，便当盒作盾牌

大家呐喊打节拍

殖民时代的幽灵回来观战

可惜火车叫了

嗒然同上归程

节录蔡珠儿"婆罗洲便当"

浙江人称"无聊"为"呒心向"。小孩子在没有游戏可作的绝境中大叫"呒心向,煞勒呀"(无聊寂寞死了)。于今思之,心无所向,确实虚空,虚空生烦恼,光阴难过。土话本是无法用文字记录的,我初用"心想",继之觉得还是用"心向"更好。

人生是什么呢
是监狱中的伙食
一边咒骂太糟
一边狼吞虎咽

电话索诗记

"你在做什么"

写小诗

"诗也分大小吗，念一首我听听"

是片野草地嗳

"拔支草看看有什么用，我很馋，想吃草"

写满一百五十首，手抄了，寄给你

喂，喂，我写诗不讲现实

讲事实，我讲事实

他们强占了语言霸权

我取回的是语言人权

诗，不难

难是难在要诗人写出来的诗

世上多的是诗

少的是诗人

文字之美

我迷得要命

异国情调

我慕得要死

我的青春是这样过来的

《少年维特之烦恼》

乍见，读错了

读成"少年维持烦恼"

此一错，错到中年老年

从前的人真有趣，他们说起来

那是"一错错到了爪哇国"

他们以为爪哇是最远了，多可爱

年轻而老相，是衰败

年迈而老相，是成熟

托尔斯泰晚年的照片

真是，被他伟大了去了

托尔斯泰付出的是小说

拿回的是荣誉

在我看来还差得远

他们认为已好过头了

总是这样的不欢而散

不吸大麻

不抽鸦片

在各种名牌纸烟上，惭愧

我可谓博大精深

古人对话

有礼，有格调

有风趣，有杀伤力

今人只知诓骗，言不巧，色不令

说什么，你要给我"好处费"

我的早期写作追求的是"纯原创""纯自我"，甚而进入"纯修辞""纯韵律"，不取人名、地名、时名。其实把"象征主义"逼上死路，诗只剩诗魂，落尽诗肉。我回头了，转为迁就世界万物，含羞带愧地搜罗物理、人情、俚语、俗套，我的诗强壮起来。健康是一种麻木，我不忍叫从前的精致为病态。放弃"纯灵"，并不贬谪"纯灵"。我爱那个纯度，那毕竟是我童贞的家园，然而我又是幸亏决意出走。五十年，诗写得够了，但为什么音乐上有"某某主题变奏曲"，绘画上有"仿某某山人"？我的初步的理解是"游戏"，更进一层是"艺术家发现了他人"。噢，"他人"，人是先发现"我"，"我"是取之不尽用之不竭的，而后来了"他人"，喜出望外。塞尚、毕加索都画了魏拉斯贵斯。海顿主题变奏曲，巴格尼尼主题变奏曲，其实艺术家在与自然的关系上都有"物为我用"的宿缘。音，是"他音"，变之为"我音"。色，是"他色"，变之为"我色"。我在他人的小说中、散文中发现诗意，自信能醒醐从事，能化诗意为诗，我才决定采用（多半是他人的小说和散文中的不经意的过渡性的片段）。在挥霍过程中诚有一种逸气喜感使我乐此不疲，情况很像是与情人散步。原来"自由"不是指一个人，旁边有另外一个人，就更自由。我尽能一个人走，走了半个世纪，但依附他人，又逾越他人，不断更换他人，自有一种爽气。此行为，于他人无伤毫发，像搏击空气，空气无伤，鸟飞去了。而究竟如果参小说散文为诗，如果对照着揣摩，那么写诗的原理、技法的奥妙，也真是尽在其中了（乐不可支吧，苦不堪言吧）。要得到这样的诗，比之自作一诗难得多，所以得的快乐也多得多。

　　这不是作诗的终极妙法，写了《伪所罗门书》之后，我写《路与路》了。"他人"去兮，我坐在阳台一角，"纯我"又寂寞无聊赖。满目黄叶，显得园小而叶多。回忆童年少年，还是可以一首一首的写，吃亏的是这样的小诗是缺乏"世界性"的，十分个人化，中国的，江南的，富家子弟的，痴呆的，自恋自残的。人们中的读者会觉得怪异，怎么写《伪所罗门书》的那个狂徒萎缩成这样的一个快炙背、美芹子的畸零老耆。我的回答是："幕间休息，让我休息一会儿。"后面还有什么戏，我也不知道呢。常听说：做人难，做女人尤难。加一句：做诗人，难上加难。因为诗人而写不出诗，真难为情。

天国，就是不间断的休闲，那会是很苦闷的。诗人是没有模范的。

"标准"的理念很可怕，标准美人，标准诗人，骇死我也。

她是一个寻求真理的小女孩，已经不卖火柴，卖画了，自己画的风景画。

我在她的人生道路上提携过她。善，能不能成为美，我尽力于这样的实验。

眼也会疲倦，嘴也会疲倦，浓浓的剑眉不会疲倦。

野鸟

仿叶赛宁

我是一只野鸟

他们是家禽

我飞到了美洲之北

他们安乐在中国南方

野鸟也有梦

梦见回归故乡

在桃红柳绿之中

布满了黑色的猎枪

起始是爱，爱得不好就成了情欲。

十九世纪再也想不到二十世纪会变得这
样坏。廿一世纪一上来就苍白无力，既忘掉了
十九世纪之善，也不知二十世纪之恶。

怎么电影电视上的青年明星都老成这
样了。

假如美国吹起胡笳来，我大概会自比苏武了。

李陵之不死——人到某种时候会怕死，再也没心力来自杀。

既非流放，又非流亡，也不是流窜流浪。安安稳稳住在外国，举头不望明月，低头不思故乡。盼故国和平崛起，大地重光。

朝闻道，焉甘夕死。

"时之圣"与"圣之时"意思是两样的。前者是时髦圣人，后者是适时应变的圣人。

巴比伦、罗马，都不是亡于穷，而是亡于富。

"毋友不如己者"，于是去找胜于你者，那人见你不如他，不友，这样就谁也找不到友。这是逻辑病，治方如下：毋友太不如己者。盖可友者三：一、胜于己者；二、如己者；三、不如己者。不友者一：太不如己者。

诗可以兴，可以观，可以离群，可以立法，可以憨娈无度，真归璞返。

我有三个姑妈

小姑妈最亲

也许是她们家里最富

也是这样

小表哥与我最好

因为他学问最好

每隔一段时日

他们一家人都来了

空气变了，闹盈盈的

什么东西都开了花

小表哥只大我一岁

我们什么都好

无穷无尽的糖果糕饼

我们端出来的

她们带过来的

我们的渔光曲

1

这个房里笑

那间房里也透出笑声

好像都是人，人满了

2

打弹子，括洋片，下跳棋

画关公、岳飞，折腊梅花

早上，下雪，下雪呀，下雪了嗳

3

我与表哥同床

表姐和姊姊联铺

一家一齐唱《渔光曲》

4

云儿飘在天空

鱼儿藏在水中

早晨太阳里撒鱼网

迎面吹过来大海风

5

我们都躺在被窝中

金嗓子银嗓子破喇叭嗓子

觉得自己是海上的苦渔民

6

唱了一遍再一遍

觉得冷

我们的热量用完了

7

而且雪在等着我们呢

要做雪灯、雪桥

雪罗汉、雪狮子

8

狗疯了

它名字叫克利

克利，克利，克利人来疯

9

我们不知道时代会前进

我们长大，飞散

这些亲人都会死的

10

旅居美国二十四年

算是"出洋留学"了吧

我想起合唱《渔光曲》

11

被窝里的《渔光曲》

"早晨太阳里撒鱼网

迎面吹过来大海风"

自情书

该回家了

桌上有一首诗在等我

出来的时候我对它说

可以改好的，放心噢

它向我苦笑道：

去吧，别在外面忘其所以

他不恨别人的低爬，他恨我的高飞。

本来确实也是没有什么的，有了一只鹰，麻雀再怎么叽叽喳喳呢。

"世人皆曰杀，我意独怜才"，杜甫的诗当然好，但可杀的是世人，要杀李白的那些个"世人"才可杀。当然是杀不着杀不完的。这是模拟，是解构。后来，那么嫉妒李白的人，影迹无终。奇怪的是张爱玲倒不见有人要杀她，多的是张迷，都一门心思地追她，模仿她。香港以张爱玲为荣，台湾奉她为文学妈祖。谁的小说有一点张味，立即得奖、上榜。所以，算来港台人是不解张爱玲的。瞎，才会起劲。

于我，哲学是梦，艺术暂且真实。

真想写一篇"诗人的堕落"（缪思的严惩）。

到了现代，诗律解体，好好坏坏总归是"自由诗"。天才是不计较形式的，倒是断送了蠢材。本来他们还能中规中矩写点东西出来的，而今装疯卖傻，一塌糊涂。

没有一种悦目的肮脏，这好像含有很深的意思，但真正壮美的男子一身污泥，愈显其魅力四射，这又像含有更深的道理。

名字是神圣的符咒

名字一有声音

那人就在，全在

要到不再有人呼唤

才永远消失

宇宙是一个记忆性的结构

你又不致忘了那人的名字

不在尘世的人

黑暗中

夜的阳台上

你轻轻呼唤名字

多唤几声

会回来的

那人和从前是一样的

写一篇论台湾文学的长论倒是蛮痛快的。

"文坛"是虚拟的，本来无一物的。

其实六祖的偈，亦是偷水乖，将前说加以反说并不太高妙。

阅《素履之往》，觉得作者太会说话。大概因为"文革"十年，他十年不说话的缘故吧——人，一生说多少话是有规定的，说完了才放你大去。世上确实多的是少年沉默，垂老唠叨，或少时了了，大而无语者。

他们不懂接待客人，我只好走。

腊雪才是雪，春雪没劲了，我小时候就这样看的。

塞尚没错

她说
一见塞尚
我就信从
即使他有错
我也相信是不错的

爱情不足以入艺术
这一点，曹雪芹深明大义
他写的是"人""世"
"开辟鸿蒙，谁是情种"
是他故作的反讽

　　这是一个常识的世界，要超出常识，世界
就灭了你。

　　教人家怎样写诗，自己连一首坏诗也写不
出。诗神缪思之立法行刑，是使诗人写不出一
首诗。

你发现你是不爱我的

很好，我也发现我是不爱你的

这样子我们就安心作朋友

朋友不会厌倦，共缔伟大的事业

—— 畴昔的情人

主人家做客赴宴去了

厨娘守着大宅

去拉了行街卖唱的瞎子进来

唱个"孟姜女"

噢，唱个"哭七七"吧

胡琴响了

"头七到来哭哀哀

手拿红被盖上来

风吹红被四角动

好像奴郎活转来

二七到来望乡台

望到家中哭哀哀"

唱者无表情，听者流泪

是厨娘付钱的，丫鬟去端茶

暮色深下来

喝口茶吧，丫鬟自比孟姜女

厨娘曾死过两个丈夫，唉，望乡台

典雅，游刃有余，优美，深刻，广博

读者分二类：无为的读者，有为的读者。
两者皆可爱，后者更可敬，他参预了创造活动。

江南的雪是下不大的
所以越大越好
江南的人是爱不深的
所以越深越好

那么我为何特别喜欢石榴花呢

我对于花　都是肃然起敬的

像安徒生那样的一生　不是也过完了吗

读莱蒙托夫的诗

活生生的俄罗斯贵族

悲剧的多情的眼

他知道自己就要死了

这是非常神圣的

好马不吃回头草，却喜今朝草回头。吃么，还是不吃，萋萋芳草齐抬头，马儿摇头长嘶去。

人，既要做船，又要做船长。

有无为之读者，有有为之读者，两者可以兼得。清淡相照，春风美酒，情之所钟，只在有为无为之间耳。彼亦人子也，我亦人子也，当善视之。

记者：您的读者越来越多，您是怎样看待的呢？

木心：彼亦人子也，当善视之。

记者：读者来信，您回复吗？

木心：我是他的信的读者，信，会告知我该不该复。

我爱雪，爱树，雪中树则两美并。

试试看，爱一点点。

诗人不自觉，自觉的诗人就输了人了。

张爱玲进大观园

张爱玲自有其浅浅的深度，薄薄的厚度，招之即来的广度。她天性好，很世故的样子。

她有一位很（　　　）[1]，缠过小脚，居然能登阿尔卑斯山滑雪。

她追求西化、欧化，在命相家口里叫作"志高运不高"。最理解张爱玲的，是她母亲。她对大病转愈的女儿说："我倒巴望你是死了的。"她的灵性，使她预见张爱玲后来的一生悲惨，古人的说法是"不如无生"。张爱玲至死也恨胡兰成，说明至死也忘不了他。浪子往往有人痴心于他的，而且不止一个。"才子佳人"还不算绝配，绝配的是"浪子佳人"。

1　编者注：作者付之阙如。

只要一说起张爱玲，就是连着声声太息。才啊，她真是有"才"的啊。中国的文学界、文坛，就缺乏"才"。请读读张爱玲写美国的罐头食品的那篇散文吧，何等笔力，何其光彩。她不老，才思丰盈得紧，但后来还是无以为继，不声响了。她不拆朋友们的信，不展别人赠予的画片，这种"高雅"是恶性的病，是"自绝"。恶人害了她，她把怨气发在善人身上，使善人无以为善。她不爱富贵荣华，如果活在大观园中，她和姐妹们合不来。酒令、联句、猜谜，她都不会。她画漫画，听梆子戏，吃烤白薯，她的密友是苏青（苏青一入大观园，自然是刘姥姥第二）。张爱玲爱的是"小市民"，小布尔乔亚情调。美国也没有合适张爱玲生活的档次。美国的中产阶级是很呆板的，美国的小市民是"影子部队"、经济动物，所以我一直觉得上海

"孤岛时期"，正好是张爱玲的"场"，源头活水，得过且过的乐园。除了明火执仗的汉奸大老，小市民不屈服日本和汪伪政府的势力，又不（　　）[1] 名义气节上的（　　）[2]

1　编者注：作者付之阙如。
2　编者注：同上。

两者合一集《地与人》

上海观

上海是个小市民的大都市

（约三万字）

华洋杂处成都市

外西内中，表不及里的全盘西化

可爱的滑溜

决不高尚深刻

好像上海就是中国

上海沙文主义

租界文化

只此一市，别无分出

"海派"是个贬词

> 绣花枕头，大言不惭
> 不负责任，空头支票
> 洋货担子轻飘飘

张爱玲祭

贫困的华丽

（约三万字）

文学的场——落点，时与空

小市民的偏爱——她爱小市民，小市民爱她

弄俗，现代性的误会——走偏了

张迷们的亵渎——寻梦

评论家的执迷——假如是男作家

如果她进了大观园——不入调

哀矜而勿喜——浪子佳人

陨星的余辉

切口之来源

一窝蜂

上海话已太混浊，苏州河易清，上海话难
清。可怕的是约定俗成，俗定约成，积不重而
返已难。上海话的新生，一是向标准普通话靠
近，二是向文字文学。一个文明的国际都市，
必得有文化深厚的话系语调。以苏州的吴侬软
语掺入沪语并非上策，没有阳刚气，上不了大
场面。

不是智，是黠。

不是灵，是滑。

黠而向上则近乎智。

滑而方正则可以灵。

故沪上真有大出息的人物，大半是来于外地的已有成就者，称之为"海上寓公"。老一辈的作家每如此，而清末挟巨资逃命来租界隐姓埋名的寓公，才是真寓公。

张爱玲的英文程度颇高，而写作方法上并不受西方影响，而对中国美学的怀古也只怀到清朝，可谓隔夜翻新。穿了宽摆大袖的绣袄走上霞飞路来，就算奇装异服，惊世骇俗，这也太容易了。她觉得很过瘾，我们旁而观之，也喝彩。因为生活太平淡，出点"非常事件"，解解闷。

我正式要说的是：张爱玲当时认为前卫的审美观念是纯属中国的，没有世界性。这一局限可不是小事，后来她人到了美国，用英文写作，把自己的中文译成英文，把《海上花》译成英文本，都得不到青睐。这就证明她太中国了，太"三十年代"了。一个文学家，完全脱离现实是不智的，在艺术上"脱离现实"不是目的，而是手段，是艺术家故意脱离现实，假装脱离现实。一句话，艺术家之脱离现实是"反讽",而非决绝。同时,小说不是青铜器,越是中国的小说,不就是越受世界赏识。美术是直观的,文学可不是直观的。一个外国朋友好有耐性,读英文版《红楼梦》,已过其半了,问她的中国朋友,那么贾宝玉到底是男的呢,还是女的呢。以张爱玲的冰雪聪明,她应该估量到自己的作品是打动不了美国人的心的。她太土了,太中国了,太"三十年代"了。"粉泪"的溃败,可能她自己也不相信能惊美骇欧——她没有世界观念,她是写给中国人上海人看的。当初她大概不会意识到香港、台湾有大把大把的张迷,她自己就说她很在乎读者的彩声,编者的殷勤。多好呀,出走到美国,此一念之差,真是全局顿非。定居香港,可能也不会出现赖雅,可能会好些。

　　艺术并不绝对自由,"观众",作为一个观

念,像巨灵似的威临在作者的头上。你迁就"读者",你完。你无视"读者",你完。迁就即是媚俗,越媚越俗。不理会读者,我写我素,那是书桌摆在月亮上,而且这样"旁若无人"的心态,作者也不复是"人"。

这是常识,也是宿命。你的文学作品,自己应该明白。陶潜、王维的诗,法译后,法文读者很赞赏。李聃的《道德经》,全世界都研读。人性的共振共鸣才是"世界性"的取得和构成。伟大的艺术家、思想家都在冥冥之中执着了这个驾驶盘,务必使自己的作品航向世界,不受地方性、个人性、时代性的阻挠。"肖像"是画家的职业产品,"造像"是画家的心灵结晶,一个艺术家之是否具有世界性是终极考验。是,则是艺术家。不是,则非艺术家。但不是侪里,确有才气横溢的俊杰,太可惜了,怎么办呢，所以我说是"宿命"。不幸张爱玲是归于此"宿命"的一例内，也只有我们中国读者撇开这个遗憾而对她更多的掌声，以化解她的寂寞。说句丧气话，中国近代的作家，哪一个是具备足够的世界性的呢——好像是天命而非人事，亦当哀矜而勿喜。

以薄物细故入文学，自然亦能鞭辟人情天理。

鸡叫之后，你将三次热吻我。

但愿长醒莫长醉

我能把桃花运扭转为梅花运

少时得知耶稣的故事之后，我惊呆了。

大善是美的，小恶也有其景观。大恶是丑的，小善也不见得美。

爱是同时的，对等的，求爱之举，矫揉造作的。

后园的葡萄架下

我初恋的情人（姐弟恋）

打开了一封信

是当地的区长写给她的

"我拜倒在你的石榴裙下

跪拜，跪拜，跪拜"

我笑了，这样的俗啊，滑稽

———第一次失恋

不久，她和他结婚了

失恋很多次

就是恋过很多次啊

不也够了么

人家一辈子也没有

平常她不说的

她说想念

那是很想念了

中国汉文的基本结体是四字一句

三字一句五字一句已经是变体

文句的运作确有"气"在主导

"气"是什么，那是全人格的事，说不明

白的

天才降临，第一个叫出来的最光荣。众声喧哗，那是平常事。

真笨比假笨好，诚恳。

旧时的智慧，很多真的是老了。看要看新的智慧，厉害，轻声细语，雷霆万钧。

修曼介绍萧邦时说"在你们面前的是一位天才"，他不会说"萧邦是波兰的重要音乐家之一"。

上海曾经是一个罪恶之渊薮，人人求生存、求发展，劳而活者工商以赴，不劳而活者穿插其间，明知故犯地扰乱社会的秩序和生态。

黑道无理想，其枭主都是无知识的，但聪明到能尊重大学问家，杜月笙的名字还是求教于章太炎的。黑道无德而不虚伪，深知迟早要（　　　）[1]

上海黑道故事，它的传奇性，想必狄更斯和梅里美是要听的。盗贼的人性，已被扭曲，失去了价值判断的义气，其实是一种孩子气。愚忠于龙头老大，也相同于殉教者的虔诚。

回头看青、红帮，可以不作"人"看，而作"物"看，然后再从"物"中看"人"的本质及其活动。

1　编者注：作者付之阙如。

平凡的惊险

一九四七年寒假，我从上海美专回来。这之前，杭州家中有信，告知我旧居已卖去，买了新屋在皮市巷，我根本没记住门牌。坐火车，一路心情很愉快。到城站，雇黄包车直奔皮市巷。到得巷口，才意识到根本不记得门牌号码。那年代是不报户口的，问地区的保安机关也没用，要我再回上海简直要我命。我冷汗直冒，一切都完了。在行人中发现了老妈子。

"喂，杨妈，你上街买菜啊？"

"嗳，少爷，您回来啦，快回家休息，大家都等着哩。"

我已完全镇定，作诓道："我陪你去买菜。"

"不用，不用，我买好就回来。"

"我想去看看菜场。"

在菜场上，我心情愉快地看这看那，杭州人已经开始办年货了，讨价还价，热闹得很。

回来，跟着杨妈走，原来是100号。很好记呀，但我没有记住。

青春，浑浑噩噩，家的门牌号码都会忘掉。

当杨妈出现时，那种得救的喜感之真实强烈呵，上帝啊，阿弥陀佛啊，圣母玛丽亚，白衣观世音……我感谢。

真的是这样稀里糊涂的活过来的呵。

在实际生活中，"我"是不用的。因为自然地存在，主政着全体。自己对自己，无所谓我不我，而奇怪，到了写文章了，我、我、我，一动笔就到处要用"我"，好像唯恐别人不知写文章的是"我"。这个现象普遍到人人难免，小说家本人可免，小说中的人物又不能免。

张爱玲喜欢：世俗，热闹，华丽。

尴尬，冷清，寒伧。

她能发现世俗，鉴赏世俗，但不能制作世俗，调排世俗。青楼的氛围使她迷惑，青楼的生涯不是她所能忍受。宝玉、黛玉不会喜欢她，宝钗、湘云也与她谈不来。张爱玲进了大观园也是孤独无所依的。她不会玩人，也不会被人玩。约会，不准时。说笑，她不笑。通信，不拆信。

《华丽缘》写来极为生动，很张爱玲，那领班的男人的口气，用词非常恺切扎实。乡下人看戏看行头，看旦角的脸，做工唱工倒在其次了。张爱玲抓得很紧，最精彩是"那张床"。剧情所需，床上来了，剧情一过，床下去了，再需，"那张床又上来了"，实在非常之现代派、欧化。但最后台下观众中出现了一个女强人，一时众星捧月，张爱玲就深感落寞，掉头疾走回来——读到此处，很惊异张爱玲性情的怪异。一是与全篇笔调不谐，二是这又不算受欺侮，何必自觉败阵，三是这样的度量狭隘，好像不是能写这样好的文章的人——但真实的是，张爱玲就是这样的张爱玲。她的性格真是决定了她的命运。信该拆不拆，人该笑不笑。"性格决定命运"是说说的呀，性格是可以铸炼，可以变，因为构成性格的因素极复杂，可以转化、质变。成功的人正多着哩。"性格决定命运"这句话，人人都以为宿命的悲叹，其实是积极有为的策励。命运不由人，性格可以变好的呀。

张迷是迷而不张的

看一遍自己的履历　真不愿已往如此

每个职务　多少烦恼　来不及计较是荣是辱

文学千百种形式　唯俳句最能舒胸中逸气

一俳一口气

文章能写到神光灿烂　金铁皆鸣　已矣

两种写作法：1. 完全脱空，步虚，旁若无人。
2. 借一支力点，观念上的杠杆作用。

衡量一个作家的等级，看其四"名"：1. 笔名，2. 书名，3. 篇名，4. 姓名（文中人物的姓名）。四者佳，应是好作家。三者佳，遗憾。二者佳，靠不住。四者俱差，劣劣不足道。

爱过很多人，人心之不同，甚于其面，因而爱亦不同。如其心到了老年还有很多剩下了的爱，已不是欲乐之爱，甘苦与共之爱，那是慈爱，是善德之舍施。我默默地付与艺术，因为人已不懂得爱，唯有艺术还懂，还容我爱而不逃离。看哪，艺术匍匐在我的身边呢。

世界要的是黑是白，你却在灰色地带。不客气，这是艺术家的领土，灰色包括了黑与白。

英法文学家写他们的都市，都以悲剧家的眼光来着笔的。尤其是十九世纪的法国，天才辈出，各擅胜场。他们的都市居民，社会阶层比较明确，容易归类，如莫斯科、圣彼得堡。在俄国小说中，贵族、平民，界限分明。正因为上海没有贵族，所以穷人不显得是平民。看起来大家都差不多，走在街上，左顾右盼。上海人没有什么严格的区别，没有谁感到自己是小市民，这个不自觉的自觉是很舒服的。工人下班，在后弄堂的家门口摆一张骨牌凳，坐则坐在小竹椅上。老婆端出几碟小菜，咸菜毛豆子，豆腐干拌笋丝，一只皮蛋，小杯子里是二两茄皮（五茄皮）——小市民称此种境界为"小乐胃"，弄堂里的王者相，面南面北不拘。好像上海人只求这样的"生活"。当年上海女人呀，为来为去就为了两件旗袍（两，多数，非计数），还有头发。

救国救民，唯有提高教育，孔夫子知之，蔡子民知之，予亦知之。但教育非一日之功，至少大约要两三千年才见效，见效之后一个斛斗就可以前功尽弃，破坏殆尽。文化是最脆弱的东西，文化程度是事出有因查无实际的。一个民族的文化，固有经典、遗迹、书画（　　）[1]可考查，而"人""民众"的文化涵养、文化程度是极度隐私。

上海的知识阶层中，亦每多以"小市民"来骂人的，一个说"侬忒小市民勒"，另一个说"侬才是小市民（你太小市民气了，你一[2]

非"唯小市民论"也，世界各国有蓝领白领这样一分，小市民就被挤掉了。古昔把民众

1　编者注：作者付之阙如。
2　编者注：同上。

分为士农工商，近世的分法是工农商学兵，小市民这个概念始终是非正式的。古代叫作庶民、黔首、黎民、子民，其实出卖劳力行商坐贾、手艺工役，芸芸众生，（　　）[1] 软红十丈，蠕蠕其中者，泛泛而言，无非"小市民"之类。这种我所看取的是城市中的生态氛围、人间气、世俗活力。观察家应是鉴赏家。自身是半穷不穷，能有这份闲情逸致，半富不富，故可以勿受小市民的坑气，免遭欺侮。行行重行行，田园已不可爱，我是个城市诗人，而且是最后的一个城市诗人了（叶赛宁自称"最后的田园诗人"，他想不到城市也将不出诗人了）。

上海之洋，有表无里。

综而观之，俯而观之，芸芸都市众生实在

1　编者注：作者付之阙如。

是一种宏大的美学，而火车一出站，轮船一脱埠，班机一离地面，城市也越来越小，模糊，显得孤零零的，无救的样子。

叶赛宁是田园诗人，写城市就不行。波特莱尔是城市诗人，写田园不行。韩波是破罐破摔诗人，田园、城市于彼何有哉。但是，后来连自身也摔碎了。我们之所以占了便宜，是因为我们是后来者。看得多才能看得穿，慈悲为怀是后来又后来的伤心事。

佳评、恶评，都是"评"，误解不是批评。

伯乐不相牛，庖丁不解马。
伯乐相牛不识一牛，庖丁解马不见千里。

南美的男子，矮短缩颈貌不惊人，但一旦出来一个好看的家伙，哟，简直看到哪里，美到哪里，好像上帝是积蓄了美的因素，放在一个人身上了。

上帝不是自觉的艺术家，他提供了艺术的素材，艺术家自觉地应用了素材。

散步未逾百米，我想家了。

张爱玲的傲，傲得天真明朗。这傲用在三四十年代的上海，是好，但用在七十年代的纽约，坏事了。

当我日益感慨所爱者的趋于平庸窳陋，我的心弦松弛下来，不成曲调，非我过也。

中西之别

土洋之别

雅俗之别

其实都能不别而行的。中西可以调和，土洋可以结合，雅俗可以共赏。

那是什么日子噢

你像云一样飘过来把我笼住

在灾难中，实在食不下咽。为了活命，硬逼自己吃下去，那种痛苦我经历了一次又一次。后来看到郑念的"文革"回忆录，也描写了这种悲惨。她懂，她写出来了。没有同样经历的读者，以为小事一桩，却深深触动了我的记忆而（　　）[1]

临刑前夕，他将指甲修剪得干干净净。

贾宝玉身上一个钱也没有，而且没有"自劳自食""自食其力"的概念，我辈的少年时期就是这样窝囊。后来从书本上电影上看到有志之士第一要摆脱依赖，不做寄生虫，才开始觉得自己可耻，应当去做工服役，赚工资来独立生活。

　　社会各阶层中生命力最旺的当推小市民。大抵由于他们的适应性之强，伸屈自如，高低皆就，因而盛世乱世、战争和平总能对付过去。小市民没有理想，没有计划，日图三餐，夜图一宿，享福只求小福，吃苦能吃大苦。因为限于知识技能，他们无望上升为资产阶级，故安于低档劳作、就地经营。小市民的下一代只能是小市民，不可能得大学问成大事业，所以小市民中不会有藏龙卧虎。"上海"向来有"藏龙卧虎之地"的赫赫威名，其实这些龙虎都是从外地来的，故改说"上海是龙潭虎窟"，倒比较合乎实际。旧上海是个商业都市，大公司名牌商号当然是都市的主心骨，而中型商铺、小铺、饮食、酒楼、旅食，在人事结构上讲，都无非是（　　　）[1]

大地出了"最后的田园诗人"，大地又出了"最后的都市诗人"。大地出诗人，古今未曾尽，犹是原上草，春风吹又生。这是诗人一

1　编者注：作者付之阙如。

方面的文化形态学，而难题落在"田园"和"城市"的解体状况是不可挽回不可解救的。欧美各国已经是：有农业而无田园，有都会而无城邦，商业帝君是不（　　　）[1]

1　编者注：作者付之阙如。

现代都市：便利，高效，精确，快速，恒温，但缺少的是文化、人情。生活不自然，冷酷无情趣，生年不满百，常怀千岁忧，服药求长命，都为药所误。

不为"上海"唱悼歌，"旧上海"不再来，不该再来。东方人——中国人——上海人——人，最后才把"人"纳入世界。本赋作者择上海而固执持如是想，愿天下"上海人"亦作如是观。

上海没有什么好慷慨悲歌，也没有什么值得继承发扬的人文基因。

上海人的家训："勿要吃亏"，听起来很本分，采守势，其实潜台词是"要占便宜"，处处占小便宜，加起来就是大吉大利。这是小市民铭心刻骨的家训、座右铭。路上碰见熟人，心中立即盘算："阿有啥格末事好搭一点伐？"（有什么东西可以占一点否？）

这个大都市，全是由"小便宜"垒成的。

叹为观止的是上海人之杂，求生意志之强，维生办法之巧。一个半个世纪的声色犬马，纸醉金迷，小说、戏剧、电影根本载负不了那么多的素材。当时的一点时装戏、社会言情小说、批评现实主义，哪里来得及反映这个都市的面貌。所以，人一入上海，便有浑陶陶之感。在马路上走，明显自觉"快要上当了"的恐慌。至少要住上三年五年，胆子大起来，有闲情来看别人的"吃亏"了。上海又有一句口头禅，"吃亏就是便宜"，这是底线，手输嘴不输。这种急智，这种犬儒，阿Q使上海人立于不败之地。

全球化是一种平民化、商业化、通俗化，票房价值化（　　）[1]

1　编者注：作者付之阙如。

出于托庇、立威、愚民的需要，君权神授的观念一直是历代霸主的开山一招。上海的青帮红帮都有其祖师神仙，种种传说，怪力乱神，子不语，予亦不语。引起我兴趣的是"人"，不是"神"。何以好端端的一个人，平白无故地入了帮会，甘心被利用奴役。

　　试看"武侠小说（电影）"始终卖座鼎盛，人的天性里自有一种浩气，一种怨气，一种不平之气，但是人又都是没有志气、勇气、阳刚之气。

　　简法，易记，易学，易传。

　　繁法，从不知到知，已入彀中矣。

　　此二法皆具催眠作用，但对秉持"高尚的怀疑"的哲人智者，一概无效。

小市民性格：

不吃亏，占便宜，急功近利，圆滑，动口不动手，无情无义，精乖。

"上海人"是个集体潜意识，来自别地的人，汇聚在上海，生聚教养，形成了一种"上海人"。

在灾难中，除非出现奇迹才能脱出困境——奇迹不来。

我反对冒险精神，我一生冒过无数的险了。

懒而有为者，上。

仔仔细细把头发和脸洗一洗，你会对人生有了好的想法。

当怀疑主义不再作为一种思想，而作为一种态度时，它的世系是很长的，长到古波斯诗人们的绝句里，而后事却渺茫无以为继。因为怀疑主义是贵族的，贵族既已没落消亡了，平民就更易于信仰，再下去则无所谓信仰不信仰的才是平民。

二〇一〇年才能定居乌镇　八十二岁[1]

_____

1　编者注：作者实于二〇〇六年定居乌镇。

奇的是，怎么会产生一种"上海人"。奇的是，"上海人"行将消失。"从前的上海人"，知识至上，技术至上，使流氓、瘪三无空间生存，就像弄堂（　　　）[1]

事物的现实是多重性的，艺术取现实的多重性之一面或多面，而照单全收现实的多重性，艺术就失败了。故常可听到有什么入画、入诗、入戏，反之就不入画、不入诗、不入戏。能"入"的"现实"并非就是好现实，"不入"的"现实"并非就是坏现实，美学判断不能代替世俗的价值判断。

1　编者注：作者付之阙如。

话说回来，张爱玲已经完成了她的风格，她是"不可更替的一员"（纪德语）。她的文章，无论散文、小说、论述，一下笔就活色生香，扑面而来。即以在少年的征文之末一段，试问在三十年代的文台上，哪一位文豪大师写得出来？

　　《上海赋》并没有深入，是一味浅出，我的意思是"浅出"并非浅薄，是一种明亮的"出"，而非溥薄的浅（"浮雕也是艺术呀"，我很喜欢张爱玲这句话，而且音容宛在，到底是张爱玲）。

　　他在网站上说：

　　一读之下，如遭雷击，晕眩昏迷，永远忘

不了这个人……

　　我想，这是爱文学的青年中之大者。

　　张爱玲真的写下了她的时代，"孤岛"的上海，我们都没有本领写。

　　鲁迅先生铸炼了我，张爱玲女士激越了我。我不幸的童年不幸的少年读着他和她的书过来，接着是更不幸的青年和惨酷无比的中年，我没有机会阅读（　　　）[1]

1　编者注：作者付之阙如。

别人学会了宽恕，但不宽恕也是要学的，我学，便会了不宽恕。

我有一个不幸的童年（听说这是好的）

少年遇上了更大的不幸（听说这叫天降大任）

青年的不幸大而且深（因为夹入了爱情）

中年囚禁在牢狱中欲死不得（但后来我就是不想死）

老年我还是痛苦的（因为寂寞啊）

再以后就没有什么了（不过我已有名）

也许快乐会近上来

逸乐无过于像度假一样的率师（领军）出征

天是像一只大碗倒扣在地上

地是像一张桌面平放在水上

人是神仙犯了罪被赶下凡尘

人死了，灵魂要受审判，好人进天堂

恶人要堕入地狱永远受苦

我们曾经这样想，这样过度时光

这个梦其实很好，可是被扰醒了

买新闻纸回来的路上

枯枝尚未发叶
上面的天空的蓝
已是春的蓝

我高兴的是
陀思妥耶夫斯基
他的哲学修养绰绰有余

在这一点上
托尔斯泰就比下去了
但《复活》是写得够艺术的

一场又一场的雪
买报，使散步有个目的

今天的新闻和昨天完全一样

从前地球是个平铺的田园
今后地球成为圆滚的商场
最后一个田园诗人应该是我

我宽恕人类
不宽恕个别人

想我少年时，曾受一个诗人欺骗。我付钱订购他的诗集，他收了钱一无讯息。他不配称诗人。后来他逃离中国大陆，改了名，在海岛上跳康康。再后来，他来到美国，诗是写不出了。缪思惩罚他是够厉害的，因为他欺骗了我，缪思让他一首诗也写不出。

评价超时代的艺术家的历史位置是最大的难事。过去的历史不能证明他，未来的荣誉不能提前给予他。所以寻找天才，先要找到识得天才的评论家，决不能再投票、统计这种方法来救急。

爱一个智慧的人，你未必也能智慧。而爱一个愚昧的人，你也将沦于愚昧。此爱愈深，此愚愈不可解。

艺术家必是孤独的，不是"家"要孤独，是"艺术"要孤独。

我与叶赛宁争，谁是最后的一个田园诗人。

和，是双胜。

战争双方同是读一本兵法，则反其道者胜。

早晨和傍晚是不同的好
上午与下午也各有所宗
正午伟大，查拉图斯屈拉
夜是尼采，心中有一支恋人之歌

人们爱哲学家的理
我爱哲学家的人
没有一种哲学是可以吃的
啊，尼采的哲学就供我咬嚼终生

深夜的流泉愈响了
他的心中有一首难忘的恋歌

如果没有他，尼采，我的青春在哪里
悲观主义止步，而且起舞
便是悲剧精神

我对尼采如是说

我查看了许多有关尼采的传记
在别人的误解中，我庆祝胜利
终于我洞悉他的内心
我答应他决不告诉别人

遇长者，彼亦人父也，当礼视之。

"无奈万念俱寂后，偏有绮思绕云山"，瞿秋白狱中诗，得道者言，惜无知音。

个人主义者往往不在乎政见之不同，而最怕你要毁掉他的个人空间。

友人拍手（良友祝贺你成功）
敌人握手（冤家宜解不宜结）

恶人袖手（不受其不良，不预其不轨）

善人【援】[1] 手（彼亦人子也，当善视之）

恶必恶之，善则善之，平平者非善即恶，强善之。

正面道理，反面文章，诸子百家每若是。和即胜。

---

1 编者注：漫漶难辨的文字。

鲁迅到岭南,初尝杨桃,以为佳——我暗笑,想见其忠厚之态。彼亦人师也,当善视之。

无灾便是福,先秦诸子已有此等观念。可见这之前的灾之普遍之深重,使诸子不敢冀多福,而只敢求少灾。

鲁迅是不会善视我的,背后斥我为"资产阶级"。张爱玲是瞧不起我的,她会转身借用了苏青的话:"我又不是写给你看的。"——剩下来的便是我对鲁迅的敬重和对张爱玲的赏叹。

他们，她们，以为有了青春就可横行无道，我不买账。

　　他把真情用在凡夫俗子身上，而对高明俊杰则视同陌路。

　　我们，你们，也不过是怀疑主义的世家子弟，在希腊是牺牲而不丢盾牌，在华夏是死不免冠——都求个最后的体面。

　　哲学是怀疑，神学是信仰。哲学家有信仰是降卒，神学家有怀疑是异端。

我与尼采争吵十次，和解十一次。

鲁迅说"尼采一脸凶相"，表示了他不解西方人种的特性之美。尼采的五官、颐、颚、额，都很雄美，目光炯炯（看不出有眼疾）。

席德进是真正爱艺术的人，绘画、文学、音乐、建筑、舞蹈、电影，他都爱，而还不能说是一个爱艺术又被艺术所爱的人。"浪子"没有浪透就回归了，当然比孝子要好，但他爱得如此多，而能流传的作品太少了。

回想起我与他长谈的时日，遗乐绵绵，但遗憾更深切而痛苦。只差两年，我可以到台湾去看他，或他来美与我会见。

生活在上海，要与人接触周旋，所遇无非小市民——能有此自觉，就不以为是委屈了，倒反而生出经世济民的廓然大志来。盖我不入小市民，谁入小市民。其乖巧伶俐、痛痒实在，特别有一种人间世的滋味。

　　格格不入，心心相应，即以此八字卒吾赋。

离去的一切　即是死去的一切

周体感觉过的人　去了　就是死了

生离等于死别　庸凡不知　忽生离而恸死别

重逢是一种复活　小复活

重逢也可能是永诀　再也不想见面了

一个人　在另一个人的心目中　好像很难
有位置

看红尘　莫看破　一看破　无能补

我看红尘是很小心的　看破了是没法补的

出世离尘是一种赌气，闹别扭，三日犹可，三十日即不可。

世道变，人心变，经典一成不变。

同情么，我的情很少，同不起。

那些富有同情心的人的好意，我一一谢绝。

我看球星或哲学家一样是看其性格

启蒙了，启蒙了，在鼓里启蒙。

美国大学生是这样地热爱陀思妥耶夫斯基，这不仅是美国，而是世界的福音。

回天有术，哑口无言。

对于智慧量大的人，宗教观念使他感到局促难安。

繁缛的世呵，最好的应对是俳句一行。

晨露，夜哭过了。

过去的爱，已非爱。将来的爱，尚未爱。手中是爱的残屑，爱的微芽。

那许许多多的思想家，假如寿年都很长，活一百岁、两百岁，而且清健矍铄，思路明敏，大概探索论证的结果是相同的，想到一块儿去了。先是无生有，卒是无生无。

“民间社会”最富人情味，可惜过去而且过完了。

从前是国家不幸诗家幸，而今诗家也不幸，话到沧桑句不工。因为文化程度都实在太低，写张便条也别字连连，诗人都用手机。

昔者王命只到县级，再下是宗族社会，这

是何等聪明的办法，所以称县长为"父母官"。如果上面是仁君贤吏，风调雨顺，真是太平盛世。但史籍所载，又都是昏君酷吏，兵荒马乱，饿殍遍野。

我再也不会像尼采那样地写作了。

我再也不会像陀思妥耶夫斯基那样地写作了。

像想念一个活的人那样地想念十九世纪。

当一个艺术家的名声超过成就时，便不足观。成就永远超过名声，才好。

现世的炒作，形成"名声超过成就"的惨
案，如梵高、毕加索等。

一个平远萧爽的陀思妥耶夫斯基

一个和澹闲雅的尼采

此非木心先生家的贵客乎

然则此非客而俨然主人先生自身乎

张爱玲

浅浅的深度　短短的远见　可耐之俗

情到用时方恨多

归有光　辛弃疾　霍去病

改革开放霍去病

和平崛起归有光

"俳句"含有一种它自己不用说的反讽（笑长篇大幅者之无能）。

俳句本是自限于写景的，不知怎么一来，情也挨进去了。不过情总是自作多情，到处都有它的份。

张爱玲离开上海之后，并非才气尽了。《色，戒》是一篇杰作，像一颗钻石，文笔凌厉而委婉，要写什么就是什么，连一块窗帘织物也写得精神抖擞。第一次读时以为是写在上海的，后来才知道是在香港写的。《色，戒》无疑是张爱玲的巅峰之作。可惜的是，她的作品译成英文之后，神气大伤，可见《海上花》之英译是件极不智的白费心机。这是一个陷阱。现在听说译稿已经找到，我看不会有出版的可能。《红楼梦》总比《海上花》好吧，英文本的《红楼梦》谁看得下去呢。张爱玲对西洋文学是很有修养的（甚至可以说西方的胜于中国的，传统的诗词歌赋，她恐怕还达不到黛玉湘云的程度），（　　）[1]

---

1 编者注：作者付之阙如。

假如张爱玲进了大观园……

她立刻会发觉自己太洋，又太土。她在中国时，十里洋场上的生活是衣食住行处处洋派。大观园中吃的穿的都不合她的胃口、品味，而姐妹们的言语举止都是那样尖刻俏皮，反衬出张爱玲的忠厚老实，简直插不上嘴。

平儿也比张爱玲

安那其浪漫主义

生活无能

弱者的慈悲（非雄猛精进的慈悲）

寒伧的华丽，懦怯的傲慢

浪子手下的败将

她对胡兰成的用情和绝情，先是一往不可自拔（因为她未尝爱过，只在街上见过，一登场就是人生摹仿艺术），而她的对方是个无德便是才的情场上的政客，可以说，他没有真诚过。他一生就无所谓忠贞，民族大义、书生气节可以不顾，在性欲上必然是喜新厌旧。最值得致敬的是张后来对胡的绝情，绝得寒彻骨。不出恶声，决不回头，这是爱情上高风亮节，矜贵无比，张爱玲胜了，胜而武。胡兰成惨败，败得原形毕露。如果她收了覆水，接受胡的"后献媚"，胡是不可能改过自新的——有机会，又与什么人勾搭上，把张抛在一边。

　　种种迹象看得出张爱玲一直到最后对胡兰成还是情犹未了。旁而观之，张爱玲与胡兰成是绝配。张愿意做小，做偏房，做尘土，其中奥妙，自然不可言喻处，故伤张实在伤得太厉害。如果张回头再理睬胡，那么张的风格人格都完了。张不肯孤注一掷，宁可紧握孤注，后来就掷到赖雅身上。赖雅自有其聪明才智，但自私得不把张当一回事一个人（女人）——一个比张坚强精明十倍的女人，也抗御不了这样两次厄运。而张又不是强人，又不是坏人，她弱而善，弱是弱在生活上的无能，善是善在骨子里。她不会恨，不会咬牙切齿。君子交绝而不出恶声，不想想人家把你卖了，斩了，你还哀矜而勿喜。

情人一俳句　朋友十四行

不要怕　不要怕凄凉

凄凉　总也不失为一个结局

　　短篇中篇长篇，小说写到最后，总归有
点意思的，因为再下去又要回到现实的人生中
去了。

　　礼遇，礼答。知遇，倍答。礼遇加知遇，
无穷答。

一九九五年初秋，张爱玲逝世后，海外中文报章刊物涌现了不少悼文。我因《中国时报》编者催得紧，仓猝成稿即付，实在是大不敬的。第一，不谙张爱玲出国后的遭遇景况，单是以为她才气尽了才不出新作，这是不恺切的，不公平的。我以负咎之心续写此篇，冀赎前愆，以谢张爱玲女士在天之灵。第二，知悉了她来了美国的坎坷遭遇。

　　中国素有相书，分面相、骨相、走相、坐相，不一而足。实则字相、文相最能看出一个人的性情、才能、志趣、造诣。郁达夫的字相预示着一生颠倒，结局惨烈。张爱玲没有书法训练，抄稿随手而写，只求认得清，像中学生的作文簿上所见者。

张爱玲起先还要胡兰成选择"要我，还是要她"，后来降低到"来来去去也可以"，不求忠贞，但求兼顾，而胡兰成还是绝情。

　　笨，也是一种温暖。
　　智，总会给我一份清凉。

　　家，好像是指房子，忘了指人。

　　没有人的房子不是家呵。

　　胡兰成的绝情是卑劣的，张爱玲的绝情是

高贵的，而"不出恶声""哀矜而勿喜"，那就更悲慧双修。可惜这到底是弱者的哲学，这种襟怀用在小人身上实在太不值得。

望见几十年不见的老房子了，再破旧也是它啊。推门进去，没有一个人。晚唐诗人记录这种感受，于是成为名篇。

突然意识到我已冲过那么多的难关、绝境，不禁钦佩起来而思及时行赏了。

人人皆处于比上不足比下有余的档次中。

你是头痛死了，我是头已裂开了。

中国文学到明朝，显然气数尽了。

发乎智慧的道德，可用。源于道德的智慧，靠不住。

英雄性格的人，越到后来，胆子越小。他经历得多了，深知事物的成败皆出偶然。

醉与醒交替为功，长醉不长醒则非醉亦非醒也。

他有一位绝对不形而上的妻子，买了便宜的食品，可以自夸三天。

立志，他觉得奇怪，做人还要立志么。

他傻了，不知道人人都立了志而不告诉你呐。

雪地无痕，邮差没有来过。

在艺术的各个门类中，最性感的是文学。

她说：你比从前老多了。我说：你认得出是我，可见我还不太老。

暴君的对手是历史，要尊敬和鼓励伟大的良史之才。

早一点为自己的晚年考虑

哀乐中年，其实少年老年也是多哀多乐的呵。

哀与乐没有中间地带，非哀即乐，非乐即哀。

当我年青时，看到"哀乐中年"四字，心里肃然，默默起敬，惘然而悲凉——真的进入中年，实际是烦忧、纵欲，不是哀，也不乐。哀乐是没有足够的心情的。中年人是麻木而贪婪的。一直要到老年，蓦然回首这四个字，啊，"哀乐中年"，我几 [乎][1] 来得及哀来得及乐噢。

---

1 编者注：编者补充的文字。

他说：我也没有什么好痛苦。

我说：那就是快乐呀。

他说：我也没有什么好快乐。

我说：那岂非痛苦。

歆享雪夜的静。

昔印第安人，客至，主客静默半小时，才开口叙情——似乎大有深意，想想又觉得没有多大意思。

别人的知识，便是我的学问。

永恒无恒，故"永恒"这个观念是不能构成的。

文章怕有火气、怨气，所以文学家也不是那样自由的。执笔之际，制掣的因素太多。

很奇的，一个有大人物为中心的文学团契（或派，或主义），其主者老而逝世或因故离去后，团契就马上涣散了，而且成员们都面目俱非了。这说明什么呢？说明那位中心的主者的强光异彩。

客厅的常青树的叶一片片萎黄，阳台上的那盒忍冬去年不开花而枯死了，这象征着什么呢——原来我们要被迫而迁徙，永远告别这安居了将近十年的"家"。植物多敏感啊，而且它们以自身的死来向主人预告灾劫，也就是殉节。可敬可怜的常青藤、忍冬花，我会记念你们的。

取人名，取书名，是最见匠心的。笔名、文集名不正、不佳，那就已经完了，那么不必看了。

风景有甚好看呢，风景还不如自己来画。

旅游之道，在于几个人（两个人）在一处有山有水的地区，走走，谈谈，品茗，饮醇。风景是个背景，主题是人，角儿是人，是诗人，是诗人中的不自命为诗人的人。

自"五四"新文化以来，论"才华"，唯鲁迅、张爱玲二位。其他芸芸众士各以成败论英雄，而要说"才华"，那是干净没有的。

作为画家，要看风景，自己画。要玩物类，自己画。要享受人体之美，自己画。都比现实的风景物类、人体要好，好得多。而抽象画，那是超越具象的有理取闹，其理纯在主观，其闹汪洋无限止——画家不用出门，他是在家里作威作福的大玩家，家里没有时差，没有空难、海难。

　　每个人都或多或少有点理想，尤其是在生活上，衣食住行皆有目标，而实际的生活变成了非正式的在那里过度——我们都在非正式的过度中，正式的、达到目标的生活始终没有来。

　　我少年时听到这样的故事，结婚之夜，某宾客的小儿子抛掷核桃，有一颗滚进床下，孩子懒得爬进去捡，核桃就此在床下几十年，直到那人家的曾孙躲迷藏钻到床底下才发现，呀，核桃。

以上云云，两个段落好像无涉，但不知为何好像有干系，否则我怎会一气写下去呢。

萧邦卒以贫困终。他耿介不屈，而那些媚俗者又真的就裕如了么。

十九世纪的文学家写的都是富的、贵的、中产阶级的人的心理世界，而陀思妥耶夫斯基探索了穷人、平民的心理世界。尼采亦为之惊叹，认为"有以教我"。到了廿世纪、廿一世纪，木心一不写富贵，二不写贫穷，他总是着眼"平常""无为"，近乎小市民类型的凡人。他太息，奇人的内心的人性深度已被文学表述殆尽，我只能从常识性的人物的身上、心中，也许还能找出一点"人性的深度"，来满足我的求知欲、好奇心，以及审美力。人，真是平凡啊，平凡得出奇啊。

饭米山

浙江人的主食是：饭。"饭"字是名词，亦可作动词用，如"饭牛"，乃饲牛的意思。

究竟是从小养成的习惯呢，还是自来气质的使然，每日三餐我有二餐就米饭（午、晚）。早餐可以吃面类，但多半也还是以米粉制成的糕团，那末岂非三餐皆米了么。

陶潜性嗜酒，我性嗜饭。盖好酒难得，好饭亦极难得。水、火、器、时，配合得好是胜饭，不当，则败饭。

引画道以喻食事，米饭或粥犹水墨画中的纸。

孙起孟，爱好：吃饭。

米文化，东坡、剑南皆嗜粥。

在菩萨眼里，一粒饭颗便是一座山，所以

要尊敬爱惜。

我祖籍绍兴，鲁迅文字中常夹越俗。

我儿时体弱多病，时发高烧，厌食乃至拒食。待到热度退了，腹中饥了，便想吃薄粥，好像是粥救了我的命（药是治病，粥是救命）。

我认为米是神秘的食物。碳水化合物对人体的重要性，由西方的理论支配。我同意我的先辈的古典的又是民间的论调，"饭为根本肉为膘"。苏轼、陆游之嗜粥，也不是厚粥薄粥的口腹之乐。红楼中人以清粥（　　）[1]

沈三白与芸娘（　　）[2]

我以为中国江南的文化是米文化，而世界流行的快餐食品都是面食的麦粉制品。

1　编者注：作者付之阙如。
2　编者注：同上。

这个米文化、饭文化的奥义是西方智者所不能参透的。即使在本国的中国，天天吃着米饭，也只知其饭而不知其所以饭。

我对于米，对于饭，始终胸怀感激，心怀崇敬。

饭，是我的"地粮"。六十年过去，表格上要填"爱好"，我依然大字不惭地填"吃饭"。

对于世界各地各种各派的美食，我虔诚地尝味。我有一个论点：人家欢欢喜喜地吃了几千年都觉得好吃，总有其好吃的道理罢。于是我一餐一餐地辨出它们的特殊风味来，认知，认同，认可。在印度，我吃白饭如仪。在日本，我把冷饭蒸热。

颇不乏人以"神秘"赞赏我的画而欲知其渊源出处，对曰：其在乎米，米而饭者也。

是的，严格的智识，还不如打散了的好。

以暴易暴，决定了下一轮的以暴易暴，所以主张王道、仁政、礼乐，这是唯一的治国良策。

我畏惧体力劳作，因为已曾粗蛮地劳作过十二年。

我喜悦脑力劳动，因为已曾精致地脱略了六十春秋。

北方人，以北京人为例，不懂得煮饭的。水乍滚，不久，米出白汁，此乃米之精华，北京人竟把它舀出来，说是喂猪的（猪亦不见情吧）。所以，北京的（北方的）饭总饭不饭，饭哉,饭哉。

煮粥(北方人叫"熬粥"),尤其要有耐心,《诗经》里称"煨粥"。

我到美国,艺术上成功,生活上落寞,爱情上屡败屡战。

肉体已趋衰老,心中还是蓬勃的欲望。而所谓清淡相照,灵魂的结合,即使做到了,总不能替代爱——枯萎的老年,平静,不悲惨。矍铄的白发者,那种回光返照的罗曼蒂克,强烈而凄怆。无奈万念俱寂后,偏有绮思绕云山。霜亦人子也,当哀矜而勿喜。

书，读者与作者长谈不休。

一本书，流传千年，那该有多少读者呵。

人与人，万种不同的关系，其中以读者和作者的沟通印证为最神奇。根本不相识，不见面，却同甘共苦，休戚相关——读者不一定是作家，而作家必定是读者。作家都是靠读书读出来的，他在写书的前后，甚而于写书的同时，他是别人的书的热心的读者，像陀思妥耶夫斯基吧，你（　　）[1] 读的书真多呀。

1　编者注：作者付之阙如。

我在外国二十多年，日日夜夜奋斗，好像没有休息过。

世上大有爱艺术而不被艺术爱的人

爱艺术易　被艺术爱难

看起来似乎也有被艺术所宠爱的人，其实是命运作成了他，最后艺术还是要昭彰公道，从命运的手里夺过那个运幸儿，是多少成就，算多少成就——例如毕加索。

起始那些自画像颇有淡淡的哲思，宛然
诗人，后来成了爱情上的市侩，他的晚期的画，
垮下去了。

大家都来歪打，看谁正着。

命运的动作很大，即使交好运，也是伤筋
动骨的。

恶运来时，自己觉得四周有阴黑的戾气绕
身，事物的逻辑反常。人在魂里梦里，本能比
理智先得知灾难即将到来。

我爱间接的真实，那直接的真实太冰，太烫。

你去想，没有一宗快乐是不付代价的。

快乐的代价可以使你闻风丧胆。

"相送柴门月色新"的"新"字下得好。

"万国兵前草木风"，这样的诗句，只有杜甫写得出。

人体的胸是向前的，而人体的背也是向前的呀。你看，背没有向后的意思。

只有性高潮的最后冲刺才能抗衡宇宙的大虚无。

作为恶的独立面，善不是恶的敌手。恶的根本是愚，善的极致是智，到此地步，智能克愚也就等于善能胜恶了。

从资质禀赋上看，古人远胜于现代人。近些说，欧阳修、苏轼假如生于现代，白话文就大有看头了。而现代的一批又一批"专业作家"

出生于宋朝，恐怕没得戏好唱了，恐怕捞个秀才也不行。

　　植物、动物，它们的预见性、预知力远远超过人类。它们可以早半年、一年就知道它们的居处、居处的附近将有什么大变化，或警示，或对策，或象征，或夭亡……人中的智者能接受它们的咨照。

　　任何人，任何话，一说就会说错的。

　　大人物，小人物，一说话就错，不说话也错。

与子同袍

与子同裳

与子同泽

与子偕作

坎其击鼓

坎其击缶

泌丘之道

无冬无夏

之子汤兮

洵有情兮

泌丘之上

泌丘之下

握椒婆娑

泌之洋洋

从前，我以为自己是不会老的，因为我不喜欢老。

从前，我以为年岁愈大愈精于浪漫，年轻时是不懂的呀。

从前，我羡慕花白头发，全部银白那是美极了。

而今，予欲无言。

我惯于观照命运，体谅它的用心。

构成一幕幸福是很难的，我愿作命运之神的好观众。

弟弟、哥哥、叔叔、伯伯、爷爷、公公，我是被这样地称呼过来的，每进一格就退不回来了。

罗曼蒂克是纯属于青春的，但青春是不自觉的。青春者弗以为自己从幼小来，向衰老去，以为就这样永久青春下去。听人说要珍惜韶光，怎么个珍惜法呢——所以，多少人是误过青春期的糊里糊涂，不能算罗曼蒂克。

于是，倒是聪明的中年人，捉住了青春的尾巴，孔雀开屏了几次，然后，拉倒算数。我想，老死的孔雀一定也想写回忆录的吧，至少是一本薄薄的《我的历届开屏大事记要》。

艺术家是凭"永恒"这个观念来制作艺术的。试想弥盖朗琪罗在雕刻"大卫"工程到半途时，有警讯传至罗马将有大地震，整个欧洲将沦为海洋，请问，他还能工作下去吗——在弥盖朗琪罗的心目中，他的"大卫"是永恒的。不能永恒，他就不雕了。而这个地球、世界是不永恒的，随时可以消灭的。艺术家都不去想，这实在称不得智者，实在愚昧之极。我们没有"总念"，黑格尔按逻辑推论，概念、观念、总念，那是他的一厢情愿。其实他是先想好总念，然后派生观念，再下设概念。这是很狡猾的，大家（黑格尔派）都上当。

英国人讪笑访莎士比亚故乡的外国人，认为"未能免俗"，但这种讪笑难道不俗么，我见尤俗——对待这些慕莎士比亚之名而来爱凤河畔瞻仰伟大的诗人，其实没有几个是虔诚的。

在众多的小说中的女人俦里，我最同情的是玳丝。因为爱玳丝，所以我爱哈代。

想象未必比真实虚空。

想象的爱，有时比真实的爱更利于狂放而无劣迹后患。

我也喜欢玖德和怀恩，认他们为兄弟。

年轻时贪看西方思想家的巨著和笔记，抵死缠绵，一览方休，把我掏乏了——而今老去，怕听莺啼般地回避西方的思想家矣。哲学也有它的青春期，已成陈迹了。

职业思想家是可厌的，赋闲思想家是不知所云的。

他不属于那种成名以后又被埋没的类型。

有的艺术确实很光亮，坚致，容易打滑，而木心的艺术不取东方珠玉的自闭性，他用的是白石，白色的云石，不发釉彩。

　　老水手向年轻人说故事，尽是世界各国的岸埠荒唐奇遇。他不敢回忆种种海难。当时无所谓怕不怕，过后，他是怕了。

　　旧家具，旧工具、文具，很可爱的，它们与你共度了那么长的一段时光。

人生不以喜怒哀乐为主，是日常的平淡销耗了万物之灵和不灵（灵者，我们打造了现代文明；不灵者，我们沦陷于积重难返的精密罪恶）。

　　一张白纸平展在书桌上，像一片新雪，我自小就喜悦这种感觉。我书写，又像是在雪地上奔跑，我到老也还是。

稿本 7

朝又相靠：你看到的是希望，我看到的是绝望。～应择老子二搞

诗和文的俩作用者，时而比后者优，时而比后者劣。读者既感兴趣了，像上了你的当那样地读完你的诗和文，而且叫好，呼之乃曰"亲"。

美术家，半像艺术家，半像魔术家·

天子脚下，不如天才楼下。在田里能见麦芽，弹钢琴。一个上午误餐两顿是常有的事。

予遣辞直率但取恰适——芒芸的，责任人唯贤是重问，太避

被坐山观虎斗，可见自己也是一只老虎

我竟，我竟新大陆发现了哥伦布

少年无知，无人事经验，无思辩缺力，所以

美色与菜食同在一座
画家菜在画布上享用
在厨房挂他的画
印象派画家大吃其色彩
笔触、墨和绿、墩和画
吃得挺馋很舒服

光勒的小画色
柳里美的炒蘑菇
奉尚的鲈鳕鱼汤
树剧场艺学材特里尝鲜的烤猪肉
烤猪肉·炖羊肉·洋葱

叩暗的温暖
浑圆的·满
那算心前
呈
那就心冷地

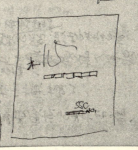

韩波　不可无一　不可有二

中国　我的童年　一个家族有一个家族的咳嗽声

蒙娜丽莎是达·芬奇的自画像　他的意思是　若为女　当如是

不一定是无神论　有点无神论兮兮就可以

尔曹身与名俱立　不废江河廿年流
（贺某文学杂志二十周年纪念）

婚姻只不过是一个寓言

从前的强盗　抢劫后的第一件事　到墙角
撒泡尿

我一贯愚昧　不过下午总比上午聪明些

是个穿猎装的陶渊明　是个穿燕尾礼服的
嵇叔夜

不在乎别的什么形而上　只喜欢形上了的
孩子气

跟陀思妥耶夫斯基去寻深度　我寻着了人
性的浅薄

寂寞到后来　回忆也像是虚荣

旧情人来信　我有许多许多话要对你讲
复信（未寄）我也有许多许多话不想对你讲

我看到丁字尺都害怕　何况十字架

最不幽默的事就是"提倡幽默"

外行不足道　内行看门道　在行讲味道

青年不懂幽默　那就还要等上五千年

在比赛中　篮球足球当然比地球重要

相对于宇宙之虚无　人类文化是一番幽默

很多老奸巨猾　细看都是一种种幼稚

隔岸观火　他们看到的是火中有人裸奔

十个嫌尼采的人，十个错。

十个悦尼采的人，九个错。

莎士比亚终于没有妹妹，尼采有了个妹妹，安得烈·纪德。

好，既然是天生的脾气，那就不能改——你改一改吧。

火辣辣的冷笑。

盗贼大学，考生云集，门庭若市。

无何，纷纷退学，师资实在太差。

报税，归途茫然，近乎忘我的境界。

春花，秋叶，我着眼于人的方面，享受自然之美。地震，风暴，只觉得自然力量之伟烈，好像我就是地震，我就是风暴，大有可为。

世界不幸诗家幸，赋到成败心便碎。

清人赵翼所谓"国家不幸诗家幸，赋到沧桑句便工"，而世界不幸，诗家也就更不幸。没有人读诗，没有人读得懂诗，工也是白工。

小人穷则险，富斯滥，彼小人兮。

小男孩的反抗最可爱，这时他没有任何倚凭，他的后台只是上帝。

尚无知识、经验、能力时，要竭力自尊，抗御邪恶，真是艰辛。

为人类留下种种希望，自己则绝望死去。

两虎相争，必有一伤，不，两伤。

御衣如御马，多少为衣所颠踬的人呵。

文法即兵法。

若与君战，不战兵，战兵法。

愚人另有思想和世界，为智者所不能入。

世上多的是不读孔孟的儒家，男的女权主义者。

俗，是庸凡。俗不可耐，是罪孽。

四月是个最残忍的季节，因为要报税。

他们在兴兴轰轰地评"经典著作"，推荐，票选——经典是要历几百年激烈淘汰而后举世公认的呀。

玩世，可，但已经是末路下策。

玩俗，不可，玩俗必定是被俗玩得个粉身碎骨。

多数自命为玩世者，其实在玩俗，其实是身粉骨碎。

平原小镇上的男女，从没见过海见过山，调起情来倒也是海誓山盟。

每个人的童年，总嫌没有玩够。

畸恋止于智者。

唯美，而非唯美主义。

仗义而动行藏肝胆照人

赍志以殁文章钟鼎垂世

（再挽胡塞）

念浩劫方休风尘分驽骏俯笑拔看吴钩绸缪
共剪西窗烛

悲大哲永逝泥沙混鱼龙仰叹夺灭犀灯溟茫
独归北斗星

（挽胡塞）

半世东旅曾经沧海处处水

一夕西归除却巫山时时云

（代尤丹撰悼大卫 K）

松鼠的尾巴，大有著作等身之感。

运砖过春日　鼓盆埋秋心
狂风乱青史　怒江散黄金

从前说"人各有志"是指求同不得，存异由之，而今所见则是"人各有志"，那就没有办法树友树敌了。

此子云淡风轻，不怎么好看，很好看。

蚂蚁逮到了一头大象，怎么样搬进洞里去，是个问题——不是蚂蚁的问题，也不是象的问题。

来者不善，善者不来。

所谓二王习气，与二王何涉？

有了钱后，开始吝啬，这之前我无从吝啬，实在害怕又落入无从吝啬的境地。慷慨呢，那是最容易的事，慷慨的结果是被指责为吝啬，是故还不如及时吝啬。

因为不是耶稣，你们白做了犹大，所以我悲伤。

能做到有人求见，我不见，已经很像样了。

最怕的是有人要见你，你不能不见——警察、法官、命运女神……

少艾时写的是用嘴唇读的诗

青壮时写的是用舌头读的诗

暮老时写的是用牙齿读的诗

与我同辈的读者都朽掉了牙

少壮者呢，没长牙

看来他们是一辈子就没有牙的

文艺不是"反映"时代，是"反射""折射""镭射"一切时代中的喜欢射的东西。塞尚画的苹果，不是十九世纪的苹果，不是普洛旺斯的苹果，不是可以吃的苹果。

托尔斯泰是俄国革命的镜子吗？那么镜子里照见的还是列夫·托尔斯泰。

绘画是我的女儿，文学是我的儿子。我流亡海外，卖儿卖女过日子。

一九九四年夏天，伦敦勃朗斯旅馆。我听见锤子敲打的声音，说远不远，有人把铁钉锤进木头中去——这是我童年听惯的声音呀。

她演技劣劣，很会做戏，在生活上。

智慧好像就是为了解决悲哀的。

他们没有理想，故而成了理想主义。

多的是，还没有成为朋友，已经不够朋友了。

记得少年时，鲁迅所讨厌的以及非常讨厌的那些人，我也讨厌以及非常讨厌。鲁迅所喜欢的以及非常喜欢的那些人，我不在乎以及非常不在乎——我在少年时已经比鲁迅还要孤独，所以自得其乐起来就特别乐，乐不可支地支了半世纪，还帮别人支着哩。

总是闹些单方面的桃色纠纷，我方不动，彼方大军压境。

文学的潜流、潜质、潜力。

在爱情上，他像一个技艺登峰造极的钢琴家。可是，钢琴没有了。

任何影响，都该从影响中解脱出来。

人是一支乱思想的芦苇。

人可以做到什么呢——即使无所成就，也并非虚度一生。也有功成名就，踌躇满志，结论是虚度一生。我对此类型的人看得特别清楚，大概因为看得特别多的缘故。

鬼谷子的学生，都还没成熟就下山入世了。也对，假如成熟，就不下山，什么事也不会流传下来。

开车的人，天天死里逃生。

无嗜好者，不足友。嗜一好者，不足友。百嗜之中，以嗜"人"者为至高境，陀思妥耶夫斯基是也。予历尽"人"祸，犹缱绻不舍。人不人，人哉人哉。

我很后悔，应该是从八岁开始积蓄养老金。

为当代所理解、定位，那就完完大吉，绝无希望。

人人都想挨进去的主流，总不会是主流。

多次殉情皆未果，终于成了人瑞。

这是极短篇小说，其中含浪漫主义（殉情）、现实主义（未果）、悲观主义（未果）、乐观主义（人瑞）——十三字以蔽之，可谓极短矣。

自恋，只不过是少见多怪的意思。

人生如梦，是对人生的礼赞。人生不如梦，才是伤心的太息。

作恶是不合算的。

象牙之塔

世界各大博物馆中的藏品，可以说都是属于"象牙之塔"的范畴。

"五四"时期流行这样的高调，"出了象牙之塔，走向十字街头"。青年们都很激动，骂起人来便是"你是什么东西，你躲在象牙之塔里，早就落后了"，被骂者也自觉理亏，缩紧脖子落荒而走——其实被骂者并没有真正生于斯塔，长于斯塔，而骂者更不知斯塔为何物，而且他自己并没有走向十字街头。双方都是误解，以为自己是"艺术家"。如果是，都是，那么都有好作品命世而传世。

地下的葡萄

　　失去了天空，又失去了地面，我只有活在地下的份，但呼吸系统、消化系统、血液系统仍然按自然的生物规律而日夜运作。

世俗之美，殆终为亲情，而艺术之美，苍苍者爱情也。

孤掌难鸣，孤掌拍案则鸣。

掌声——欢迎，好的意愿，诚切的期望
书声——逐篇的读后感
歌声——对话录，回忆录，研究专著

主啊，兄弟得罪我，原谅他七次够了吗？
主说：不是七次，是零点七次。

地球村，村东村西之争。

"笔墨当随时代"，笔墨当先时代。

继承技法易，继承精神难。

姜，辣的老，辣的才好称老。

直到七十岁以后，才体味到人在大笑时感觉是很乐的。

月夜的庭园真美，这时，我已七十三岁。

这些痞子，既骂娘，又乱伦。

暴君死了，书呆子活着。

书呆子寿长，皆因呆在那里不动，死神也不注意。

我想，也许我是以画求利，以文求名，再说下去就更难听了。

他老是写些没有警句的大块文章。写几万字而不出一个警句，真不容易。

他不愿做我的学生，要做我的老师。我这样含垢忍辱十多年，获益良多。

兵家之乐乐何如，名扬天下人不知。

兵器在晨光中真美丽
大海亦是
我们的马群奔驰
横过没有杏仁的大地
我们之中尚有一年
麦子的主人，盐的主人
以及合理决算的国事

刷牙男

坏小子

安薇儿

骑车人

亮发子

食品子

野虎

小曹

老林

小流浪

燎原子

黑儿

交通警 NO. 1

交通警 NO. 2

酱油店

盆菜摊

油条

鱼儿

太湖

新雅

高觉民

路过儿

修车儿

胡钢先生暨上海季风图书有限公司执事诸公钧鉴：[1]

溯自今秋谨奉"木心文集"委托书，现已岁阑，迄未得贵方音文答示，致使事态形同虚作。加之我对集子的名称有所改变，故我决意撤销此委托书，原件请寄还，由我自行处理作废。再者，我习于潜心写作，必须屏却世务之纷沓。凡有关我在中国大陆的著作出版事宜，一概委托胡钢世侄为我唯一的全权代理人。附上该项委托书，付胡钢先生收存资用。耑此。敬颂

　　献达

　　　　　　　　　　　　　　木 心

　　　　　　　　　年　月　日

1　编者注：上世纪九十年代末，上海胡钢先生拟出木心文集，后因故未能持续。

他极少正面呈现理念，也许从来就没有这样的荒疏。

他总是侧面、半侧面地调排一己的理念，尤善于反说、逆说、颠之倒之——读者迷茫了，很多训练有素的学者都一步而踬，再起再仆……

他遣字造句，素拒晦涩，是一位最严格的修辞学家，丝毫不苟且，整个文体始终保持高度透明。唯深，乃一望见底而无底。要歆享他的文字功夫的乐趣，开始务必要经得起颠簸。诗人不指路，不预警，不致歉。读者上够了当，吃足了亏，慢慢就随之而学得该疑处疑，该信处信。因为已经历过无数次该疑时信，该信时疑。

诗人愚弄读者，他无所不用其极地愚弄你，为了使你智慧。终于智慧，履险若夷。

过程，或说整个的过程，是虔诚的，纯朴的。诗人不玄虚，就像爱，爱是不事玄不弄虚的。不摇不曳就不生姿，诗人要生姿、得姿，故作种种摇曳，"舞蹈"的原旨殆尽于斯。但奇又奇在他的诗是字字虚灵，统体浅白，有时几乎是口语。常规上的形容、渲染、比拟都不见了，而他的"诗的话语"在"日常话语"的境域中却是不可能有的。他"步虚"，可是又不同于道家的凌空。道家的"虚"是目的论，而他的"虚"是方法论。

至此，还不可能说明他的诗的原旨之万一。而谁都有过"童年"，凡儿童无不贪玩。在孩子的眼里，什么都好玩，都可以取来玩的。小动物亦复如是，幼狮玩妈妈，玩爸爸。

哲理不在平面上，不在立面上。只有在坡面上，在折角处，哲学不在了，好像还有哲学的影子。

噢，尼采先生，如果神话解得了理性主义和工业文化之祸毒，那可是最大的神话了。

神啊，赐福于俄罗斯吧，它苦得太深太久了。

奇怪，艺术是不正经的，一正经，就不艺术了。而思想家呢，大的思想家也是不正经的，因为他们已经近乎艺术家，其中尤其是庄周，特别不正经——艺术家本人是正经的，稍不正经就不是艺术家。

世上只有老的新闻纸　没有老的诗篇

讨好读者　那一定是很低级的读者

任何男子总得有一件深蓝的羊毛衫

上帝没有钱

贾宝玉身边一文不名

我从小到十六岁　口袋里一分钱也没有

十六岁踏进社会　有人向我借钱了

记得第一次受骗上当　很有成就感

艺术么——爱它，别理它。

忍住，别出名，年轻的朋友。

在技法上比聪明，在心灵上比伟大。

塞尚表现了物体的量，物的质（重要的是质）。这不是答案，问题还刚开始。问题是物的质和物的量有什么好迷恋的呢。但所谓"视觉艺术"，其实是一桩"物象之恋"，而物象之可贵、可爱，首在其有质、有量（质感、量感）。千百年来，美术家都在追求，却不自觉。塞尚觉了，画出来了，得大欢喜，看塞尚的画的人也欢喜。后来学塞尚的画家恐怕都不明白物象的质、量感何以有如此大的魅力。不知道，而都着迷——这也很好，留一点神秘供人思索。

碌碌然

栗六中

仓猝中

遽

颠沛中

苍茫中

白桦——金黄

胡桃木——棕黄

山毛榉——暗黄

枫——橘红

印地安芒果树——赭红

橡——深红

取人，如偈，拥楫，少年早餐，怀柳永，英格兰的鹧鸪声，韩家潭，记秋峰，公主，殷必佑赶考，归途，旅舍，书房，茶馆，河水，抱背，一个青年。

我收到许多年轻得像疯子一样的信，甚至是芳香氤氲的。

我收到许多年轻的信，各有一番旖旎的交浅言深。

民族有民族的性格，性格即命运，那么民族有民族的命运。

穷得仪态万方，穷得一筹莫展，这样的日子也都过去了。

趣联：集晚清民初人名

张之洞中熊十力
齐如山外马一浮

桃花太红李太白
杨公无宜柳无忌

人道是：早饭吃得好，午饭吃得饱，晚饭吃得少。我则比较简单：早饭吃得好，午饭吃得好，晚饭吃得好。

凡我不欲说而又不得说的，概作吹牛论。

中世纪之被称为"黑暗时期"是过后定名的，而人类的第二个黑暗时期是从二十世纪始，至二十世纪末还没有直接公认。可推知此黑暗时期正在继续深化，而望不见有结束的可能性。倒好像是会一直黑暗下去，直到永远。

我非尼采，你也不是华格纳。我与你的分歧、对立，那是要严峻得多了。

本人不一定有洁癖，夫人、佣人有洁癖，最好。

喜爱刘天华、阿炳的，不喜爱贝多芬、萧邦。

曾在某本旅行杂志上阅到：

"一个人若是感到家园甜美，表明他涉世未深。待到每块土地都像自己的国族，他就是个强者了。然而还要到看整个世界都像异国，才算圆满。"

我也想起一些事理，一些感喟。如果按上述所说，我允是已臻于圆满的一等了。整个世界在我眼里心里俨然皆"异国"——其实我所看取的是"异国情调"（美学的，非伦理学的）。在任何国，我总归是异端。那么，岂不任何国对于我无疑是异国。

"笔锋常带感情"，殆谬，笔锋常带体温足矣。

在艺术的门外成家立业，以失败的例子入美术史，泛滥所至，无非如此一笔笔糊涂账。

大庭广众所讲的话，不必在酒吧中说，反之亦然。

文学无情人，无情人而情话绵绵。

"分离焦虑"——传统理论认为幼儿恋是因为母亲提供食物，但此依恋关系包含了生理与心理层面，始于婴儿期而纵贯一生。

陈向宏先生钧鉴：

今接×月×日大札，多蒙垂怀，欣愧奚如。所询关于孙家旧宅事，我意如下：

一、残剩之迹，宜即拆除，此已属危险房屋，不宜近人。

二、我暌离乌镇已有五十余年，于故乡无功无德，不足有"故居"之类建筑。

三、一九九五——一九九六年间，桐乡市编辑地方人物志的主事者曾示意徐家堤先生，要我提供资料。当时我即复信，自明心迹，因个人碌碌无成就，无颜忝列故里群贤，敬谢不敏。此次见阁下所赠《乌镇》一书中出现贱名计三次，今以此专函，竭诚恳请全部除去（1.第×页底下的一行小注；2.第×页第×行；3.第×页第×行——第×行）。

以上所称，决非矫情，实出于"明智"的

抉择。日后事实将证明唯有这样做，才是"息事宁人"的良策。而所谓雕像、画像、石碑之议，更属浪漫蒂克的想入非非，我是不配的，决无同意之理。

将来我归国之日，自当作为一个游客来看看乌镇的新风貌，届时希能一叙为快。

I am convinced that the best part of human history lies in the future, not in the past.

—— Bertrand Russell

我相信人类历史上最好的时代不是在过去，而是在未来。

—— 罗素

人类历史的最好时代已经过去，未来，一步比一步烂，直到毁灭。

—— ××

后来，人类历史漫漫演化过去，出现了一个称得上最好的时代，比过去所有的时代都好，好很多。于是，人类为罗素铸造铜像、金像，尊崇罗素为"大先知"。这时，有一个男人走过来，他穿长长的白袍，宏亮而低沉地说："你们来看什么，来看芦苇吗，来看先知吗……"

这荣誉极大，然而我曾经受过极大的侮辱，我也可以承接极大的荣誉——荣誉来了，我的第一意识不是幸福，而是痛苦。

"唯美"是一大隐私，说出来，就粗鄙不堪。

美是艺术的初极隐私和终极隐私。

魔鬼不会觉得天仙好看，只感到不顺眼。

"最后的审判"即将来到，罪人们紧张，双手瑟瑟发抖。

朝夕相处，你看到的是希望，我看到的是绝望。

诗和文的作者，时而比读者傻，时而比读者智，读者就感兴趣了，像上了你的当那样地读完你的诗和文，而且叫好，乃至叫亲。

美术家，然后艺术家，然后魔术家。

天子脚下，不如天才楼下。每日里听贝多芬弹钢琴，一个上午误触两键是常有的事。

予遣辞不避奥僻，但取恰适其义，与任人唯贤同。

能坐山观虎斗，可见自己也是一只老虎。

我是，我是新大陆发现了哥伦布。

少年无知，无人事经验，无思辨能力，所以要有只能是有这么一点出于本能的审美观念。如果少年时期不是个唯美主义者，那么将来恐怕什么也不是。所以唯美的少年不用害羞，不要自卑，祝你到时候如蛇蜕皮那样地脱出"唯美主义"。

拿破仑说："大，就是美。"依我所见，美，才是大，然后你去美吧。

"流亡作家"，后来不作了。"流亡家"，后

来流不动了。再去一字，"亡家"，后来家破
了——亡。

噢，是在作家之间流亡，所以叫流亡作家。

少时读《基督山恩仇记》，以为然，以为
可效。尔后六十年遭遇，悲惨诡谲，恩者仇者
无算。海外挟名利而归去，才知好人坏人都已
经死了。仇不能报，恩无可酬——长寿者荒漠
如此。

善人之纯良与艺术家的仁慈是相通的，歹
徒的狡黠与艺术家的智慧是不同的。

杜牧偏爱李贺，这已是不太对头的事了。及闻"使贺且未死，少加以理，奴仆命骚可也"，谬哉，屈灵均气质才调之高岂李贺可望其项背。平民而少加以理，即可命贵族乎？况"奴仆"二字，如此粗口，简直昏了头——我一向心许小杜，以为能，见此论调，以为不可亲近。

　　朋斯称缪思诸神为"九个吉普赛女人"，倒是诗意盎然。

不御时装
御一身肌肉

不戴桂冠
戴一头妄想

不要旋律
要亡命地节奏

不爱孩子
爱稚气的成人

纪德的尼采，是女尼采。纪德以自身所含有的女性因素接纳了尼采，再输出尼采，于是尼采显得阴柔，但毕竟尼采是阳刚的。

我一次又一次地看到西方知识圈中人士因同爱尼采而彼此亲密友善，这是个无形的圣家族，可称为"最纯洁的党性"了。

尼采哲学有暴戾的一面，但这是他没有想通又没有表达好的缘故。他急于求强，可奈他这样就弱了。

M少年青年受到尼采的影响，是最纯最美的影响，所以后来发展了尼采哲学的精粹，完善了尼采力所未及的（　　）[1]

他身形瘦小，可是他的世界比身形还要小。

十年前买的一套极好的玻璃杯，我单身生活，都失手砸碎了。再买一套是容易的，不容易的是再难觅一群喝过茶的朋友。他们比茶杯碎得更快，更无声无形。

1　编者注：作者付之阙如。

美色与美食同出一源

画家莫奈在画布上烹调

在厨房里作画

印象派画家大吃其色彩

笔触，点和线，块和面

吃得杯盘狼藉

米勒的小面包

梅里美的炒蘑菇

塞尚的腌鳕鱼汤

剧场世家贵特里家族的

烤猪肩，焖羊肉，洋葱

布莱德·彼得的貌

波却利的声

山普拉斯的球

与我的诗同在

同时进入二十一世纪

二十世纪没有要我做什么

是十九世纪寄望于我的

我做着做着须发渐白

从少年起，凡我答应了十九世纪的

我一一做下来，未完成的还有多多

换句话说

我跳过了二十世纪，好像

就好像没有二十世纪这回事

有时也翻翻那张血泪斑斑的大事年表

喔噢，沙皇的葬礼我不参加

彼得堡我从来就只叫彼得堡的

反正二十世纪是邻家男孩的世纪

坏男孩与坏男孩打架的世纪

我丑陋，嘶哑，根本不会挥拍扣球

诗是我写的，怎么样

写得是否像布莱德·彼得那般俊

十九世纪苦苦期待的人

像彼得那般飒爽稚俊

像波却利那样清亮雄浑

像山普拉斯那样大度狠辣

他们都是十九世纪期待于二十世纪的人

而我，痛苦在于被迫跳过了二十世纪

诚如那位德国的波兰贵族所言

从一个峰顶跨到另一个峰顶

我差一点就摔死

我未参预

我也不在行

他们双方比下流，当然是并列冠军。

穷人的嘴里，多的是发财的消息。

鲁迅说：救救孩子。

孩子说：救救鲁迅。

地上本已有路，走的人太多了，也便不成其为路。

谐拟（parody），谐的性质扩充到把"庄"也包括进去。

读者起居注　春树暮云录

暮云录　晚晴记

政治上，没有永远的敌人，没有永远的朋友。

艺术上，永远的没有敌人，永远的没有朋友。

一个俗人，要他莫吸毒，做得到。要他别贪财色，做得到。要他不俗，他死也做不到。

在皇帝的眼里，只有他是主，其他的都是奴，故而愚民政策必扩大到愚臣、愚军、愚后妃，乃至愚国教的僧尼——最后的恶果是愚及皇帝自己。于是，亡。

爱情，不来也不好，来了也不好，不来不去也不好，来来去去也不好。爱情是麻烦的。

imaginist

想象另一种可能

理
想
国
imaginist

木心遗稿

(三)

上海三联书店

目录

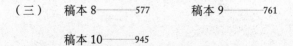

稿本 8

的过程也，而使读者舒服、舒服。

主见多、强盛，松是天性，强制主见注
接，又何自古来。过往拉很深、同福楼拜的
主张，不容在一起中谈、议论。但也那样
就束缚了你，也失去让那论的粘法，无粘法
托法。（纵观同情）为了拔擢"主见"，
而除"初位置"，我就课这地苦熬了一阵子
（这一阵子，足足长达二三十年）在什论、较
量、待中。"主见"无论如何得不到它的位置
地位。要见到人强将"主见"挤入括法，就山东
待中，我主即心烦意冷——啊，我心中也
调潮澎湃此"主见"似呀，看手任你是死之了。
或被强迫逼出此坑、死在坑外。

到了美国。意思是接我在美国写了二十
年。在大量的失败中不免有少量的成功。我接
连犯连逗而逗定地救活了我的"主见"。在《
同主人的唠话》《如游的兔到新手来》《
退药着围旧记》《诚修寿年华》······以及
颂红待篇中。我统理，纵雄梏疲披捭选辨
，而《哭天无救哭了》《倒影之仙剩》五大辈
张揉，一落不可收且拾。上帝啊，为我们鼓
掌了。因为他们把我的"主见"说现生"即客"

再大的荣誉也抵消不了我所受过的耻辱。

祝我的仇人们健康长寿，硬硬朗朗地看我逐步成功，到达顶峰。

骗子有用不完的诚恳。

区区者一不为津梁，二不竖浮屠，大抵出手如萧邦，结局若贝多芬，中间颠沛流离于东西诸子百家，惫矣甚。

区区者大抵出手于萧邦，结局若贝多芬，

其间东西方诸子百家，颠沛流离，以至今日。

　　苏珊·桑塔克就"9·11"事件批评了美国的外交政策。《纽约客》以"政治上不正确"罢黜了苏珊·桑塔克——这是美国的错误的外交政策的继续。将来 [若非][1]《纽约客》向苏珊·桑塔克道歉，重新隆重聘请她，否则美国的前途是危险的。

　　他们所说的现实，可怜都是很不现实的。

　　伪善是最巧妙的真恶。

1　编者注：编者补充的文字。

五百年前，达·芬奇为土耳其君王设计一座当时最宏伟的石头桥。由于施工难度高，未被采用。五百年后，这座拱形建筑物在挪威奥斯陆郊外落成启用。

一五〇二年，土耳其君王巴贾兹二世委请达·芬奇为博斯普鲁斯河的出口处设计一座长达二百四十公尺的大桥，横骑所谓的"黄金角"。达·芬奇将桥面设计为弯曲弧度较小且优雅的拱型造型，由底下的三座相互交会，弧度较大的拱型物作支撑。以二十一世纪的眼光来看，还是非常前卫，无奈当时的君王视如怪物，弃而作废。

一九九六年，挪威艺术家桑德在一场达·芬奇设计展中发一座模型桥，由三根交错的拱型物支撑，造型美极了，便为它取名为"蒙娜丽莎桥"。

桑德大力游说挪威公路管理局，工程师也极爱此拱型桥，在桑德主导下成立了"挪威达·芬奇计划"。经多年努力，一座长达一百公尺、高八公尺的缩小版"蒙娜丽莎桥"在奥斯陆近郊的艾斯镇落成，桑德说："这座桥天衣无缝结合了美学与功能性。"

达·芬奇设计的是石桥，造价昂贵，挪威采用松木，造价也高达一百三十六万美元。

这座由三具浅色木质拱型物支撑的桥，横跨东十八号公路，只供行人专用，是一座天桥。

桑德和达·芬奇迷上月（2001.10）30 日在附近举行派对，彻夜守护，挪威桑嘉皇后前来剪彩。

桑德说："我们的计划证明，这座桥可以用石质，也可以用木质来建造。我们希望在各大洲都能建一座，下个目标是美国。"

逻辑学就是锻炼出一身壮丽的肌肉，修辞学就是找一个优美的姿势站在那里——希腊雕像便是这个意思，希腊便是这个意思。完美的身体，站上千年万年也不疲倦的姿势。好多西方的思想家（艺术家）肌肉是发达的，姿势却很难看，站在那里很难看，好像是叫人看其难看。而好多东方的（中国的）思想家艺术家或太瘦，或太肥，姿势是很好，很别致，但触目不免有所惊心的是何其之瘦，或何其之肥。

小说、散文、诗，都不可放进"说理"的成分，其理就如在音乐、绘画、舞蹈中不可夹入"言论""教训"的诉述。哈代说了也做到了"多记印象，少发主见"。托尔斯泰是个最失败的例子，在小说中大发宗教思想，热狂到了忘其写小说之所以。福楼拜是说到做到，"小说"为主体，"小说家"为客体，为了主体，客体就逊退，甚至掩脸而消失。

搁开托尔斯泰，那末哈代、福楼拜他们还不是以"主见"见强的人。幸亏他们的"最爱"是"印象"，他们拥有的是"印象"，他们擅长的是表现"印象"。所以苦的是另一种人，即"印象"与"主见"同时旺盛的人。如果要他们自己全部抹杀主见，只发挥其印象，那末他们是残废者。

情况显得无路可走，但还是有人走了出来，那便是纪德和梵乐希。要说里尔克，他只不过是好像有什么"主见"，其实并没有（所以他后来看到梵乐希的诗就觉得自己不行了）。纪德是杰出的，他是调酒师，把尼采的烈酒调成了可口的香槟。《地粮》是主见的、说理的，而使读者舒服、膺服。

主见多，强盛，殆是天性。强制主见湮没，又何苦来。昆德拉很认同福楼拜的主张，不要在小说中发议论，但他哪里就克制得住，还是这里那里地"犯法"，知法犯法（我很同情）。为了权衡"主见"与"印象"的位置，我很认真地苦恼了一阵子（这一阵子，几乎长达二三十年）。在小说、散文、诗中，"主见"无论如何得不到它的合法地位。每见别人强将"主见"塞入小说、散文、诗中，我立即心烦齿冷——啊，我心中汹涌澎湃的"主见"们呀，看来你们是死定了，或者驱逐出境，死在境外。

到了美国，意思是指我在美国写了二十年，在大量的失败中不免有少量的成功，我积重难返而返之地救活了我的"主见"。在《同车人的啜泣》、《此岸的克利斯朵夫》、《温莎墓园日记》、《战后嘉年华》……以及颇多诗篇中，我说理，我雄辩狡辩诡辩。而《明天不散步了》、《倒影之倒影》更大肆张扬，一发不可收拾。上帝啊，读者们鼓掌了，因为他们把我的"主见"认作是"印象"哩。上帝啊，原来可以把说理的东西写得像抒情一样地蛊惑人心，进而回其肠，荡其气。我的"主见"俨然以"印象"的名义取得了存在权。我的"主见"合法于"印象"的境内了。于是产生一种似印象非印象的印象，另一种似主见非主见的主见，例如，"新大陆""哥伦布"是印象，而"相互发现"是主见（"土地""航海家"就不是印象，"找到"就不是"主见"）。

世界上所有的湖没有超过五万年的，贝加尔湖却有两百五十万年。它的形成是由于地层断裂，最深处达五千三百十五英尺，而周围最高的山高达八千四百四十五英尺。

我的感觉是交运比倒楣好。

请你帮助我早日离开你。

美感是慰安的初极和终极，哲理是励志的初极和终极。

噢，他呀，他是中国汉学家。

怕就怕顺风顺水那样地翻了船。

中国曾经有过的"现实主义"，是最不现不实的一种主义，所以中国还需要真现真实的现实主义，不必提倡鼓励。

夜半私语，那么尼采终究是个浪漫主义者。

所以浪漫主义离我有多远，也就是尼采离我有多远。

那些采访者的提问,足够显示你的庸凡浅薄。

化妆，在自己的脸上画了一张别人的脸。

那么我也有快乐的时候，当我看见自己所作的预言竟成了诺言。

一个下午接待两家刊物的采访，有点臣门如市的感觉，而臣心如水的水却是纽约市的水管里的水，故不佳，明当不集，不相见。

没有幽默感，只有正义感，什么正义呢，不知道的。

他们没绝望，所以他们不快乐。

伦敦塔

位于英国泰晤士河北岸的伦敦塔，在十一世纪建造之初，原本是作为水域要塞之用，但后来却成为国家监狱。从威廉一世起，到二次大战结束，有不少知名人物成为这里的囚徒。如今只保留了七百多年前的卫兵交接仪式。

你这篇文章写得好，轻声细语地把我延进了历史。我读后，有点像走乏了的旅行者，躺倒在干草堆上的那种感觉。而且，人在历史的位置，也不过是一个床位。

右边是几个风尘女，左边是两三流浪儿，中间不能是别的，只能是耶稣基督。

他被虚荣心断送了一生。

仁者非必寿，仁者多寿也。

卖五香豆的人交运，就是五香豆卖得比平时多。

我非大器，却也晚成。荣誉来到时，并不快乐，多的只是感慨。

各宗教所主的神，都是对神的误会和曲解。故"神"是属于"无神论"这边的。唯无神论者庶几偶或与"神"同在。

好的作品，大抵一望而知，不思不解。

李聃与道教无关，耶稣与基督教无关。

他们是薄积厚发，积了些薄，捏在一起，发将出来。

一忽儿封笔了，一忽儿开封了，敬祝九封九开。

当上帝有意恩惠于我而他也力有未逮之时，我总是巨细靡遗地上前帮衬。事成，我颂赞上帝的全智全能全爱全信。

他离开我三天（不知道他在这三天内做了些什么），他以为这可超过了我了，于是上门来较量，一席家常便谈，其头灰，其脸土。

不以一眚掩大德，然而还有那种大眚，也不能以一德掩之呀。

先知者的行为，像他的箴言一般，是要到后来才被理解的。

如果由堂吉诃德取代霍拉旭，哈姆雷特就苦了。

举东西方两个人物为例：一、陶潜；二、巴赫。

陶潜的诗文，南朝是不被重视的。当时以虚言浮华为时髦，这倒是历代"时尚"的必然特性，而怪的是刘勰也只字未提陶潜。钟嵘将陶诗列为"中品"。萧统虽是第一个承认陶潜为大诗人的"先知"，然而也没有透彻地中肯地理解陶潜。到了李白、杜甫、白居易、王维、孟浩然、柳宗元等才淹然铺开对陶诗陶文的赏慕。南宋陆游还知道自己不能造陶诗之微。苏轼差劲了，逐首追和陶诗多达一百零九篇，已经是存心不良，更且自诩"不甚愧渊明"，则实在令人惭惺无地。苏轼在这种地方是极恶劣的。

（　　）[1]

---

1 编者注：作者付之阙如。

越谈越显出他的浅薄无知，这样谈了快八年了。

简·奥斯汀对法国大革命只字不提，查尔斯·兰姆也未曾理会这么一件事。对于华兹华斯、葛德文，法国大革命是时代的黎明，黄金的端顶。

博大精深，是起点，基本点。

不入画廊，不进拍卖行，不接待采访，不作讲演，不发表文章，不收礼物，不题字——此七"不"，归国之日的态度也。

塞尚本人还不足以理解他的画。

列夫·托尔斯泰尤其是把自己的伟大理解错了。

既是艺术家，又真正理解自己的艺术的人，很少。

贾可布·伯哈特（1806）论历代所称的"文艺复兴人"：锲而不舍，取得最高成就的具有世界性的人。

艺术家与人类世界之关系，是意味着的关系，而其间大半是连这层关系也没有的。

他说："我的人浅薄不打紧，只要我的作品深刻。"

鲁迅是克制不住地要讽刺，我是克制得住要想讽刺而不屑讽刺。

鲁迅的讽刺，好，而后来他的"讽刺"成了一种病。

全师得胜，然后大败而归，是最痛快的事。

予庸碌无作为，人们却像对付天才那样地追杀我。

尼采伤在：尼采太尼采了。

我二十入尼采，三十出尼采，四十而出入自如。

儿时最喜放风筝，折纸船下水氽去——出版自己的文学著作，也就是这种心态。

对人类世界，我是快已绝望的。我的能耐在于一直会绝望下去，这就叫生命。

要伟大的人佩服容易，要渺小的人佩服真难。

我很忙，没有空来自杀。

康德的著名的散步，路人遛狗，康德遛哲学。

《艺文类聚》："子未闻杨都之巨伟也，左沧海，右岷山，龟鸟津其落，江汉演其源"——演，水之长流也。

也许，从达·芬奇的蒙娜丽莎的背后，开始了我的风景画，这是我的意大利师尊始料所不及的。

兵法家还得靠运气，说来真不好意思。

称我为思想家，但思想能成家么？称我为哲学家，No，我不喜欢哲学。

我把中国画的散点透视用在哲学上哩

西方哲学到现在还是焦点透视的

有了钱，就俭朴，没有钱时，你尽管豪奢无度。

在乐器中，钢琴最有生命力，我是指它与演奏者的幽契。弹琴，有一种生理上的美感（或称之为"快感"，但层次嫌低）。音乐，当然是"心理"的事，心理上的美感，但真是还有这种"生理上的美感"。一位钢琴家，如果毕生享尽了"心理上的美感"，而不解"生理上的美感"，那就到底还不是大师（不是艺术之神的嫡亲）。话说回来，也有享尽了"心理上的美感"和"生理上的美感"的大钢琴家，但他（她）说不明，说不出来。那是什么呢，那是他（她）的嘴笨，不懂文学，缺少修辞学的训练。噢，你啊你啊，你懂了，说了，生理上的美感就更圆满了。

雅，非吾愿也。因有俗，不雅就俗了，故以雅对之如敌——理想的社会是无所谓俗的，也无所谓雅。

警句不可解释，警句供领悟、喝彩、节引——学者们热衷解释警句，噢，这还算什么警句，这是警察了。

我说："甲对我说话，常是带有凌辱性的，他对你也这样么？"乙说："倒没有。"我说："那你还是罗汉，所以免于着粪。"

古人类尊自然为天父地母，到希腊时期，奉自然为师范，艺术不过是对自然的模仿。从达·芬奇到哥德他们，都一心崇敬自然，而印象派起来后，有点顽皮嬉乐——我与自然是朋友的关系，我的风景画都与自然量略斟酌着办的。

一个失意的小政客，在那里大谈其治国平天下。

瓦恰（Vaccha）问佛陀："至尊入灭，证其终极涅槃时，其人到底存在或不存在？涅槃到底灭不灭？"佛陀曰："远离戏论。"又问："圣人死后，归于何方？"对曰："问题摆错了地方。"

我以为乌镇的自我定位的理念应当是"中国江南水乡的几个市镇之一"，而由于你们的努力，目前已达到了旅游事业兴旺发展的效应。

哲学是三言两语的事，写一部书，那还算什么哲什么学呢。

一个人，默默无闻，不是也人情味十足么。

回想从前独自个籍籍无名，多恬静大派。

世界怎么这样的笨呀，又不能换一个。

《红楼梦》中最迷人的一个是贾宝玉，曹
雪芹也最宠他，暗底里羡慕他。

纯粹独立，不接受联展邀请。

不成立与"木心"艺术有关的研究组织。

不作讲演，不接受采访，不接受任何荣誉性的称号。

我从小爱看别人的"回忆录"，从小不以为自己也写回忆录。日记、信札、回忆录，这种东西太原始，写好了，也不是艺术。所以像福楼拜那样，不会有《福楼拜回忆录》这种事情发生的——但我终于写出我的"回忆录"了。因为我假借这个世俗的名称，意思是："喏，'回忆录'喏，大不敬，你们这些人哪，只配看看什么回忆录。"

我所拥有的"兵力"，计童男六十六，童女三十三（即手稿六十六纸，画三十三幅），以此敌整部世界美术史，其难度之难，可想而知。

　　王泰舜　王泰逊

　　老年痴呆，是一种症。另有一种"老年不痴呆症"，不仅不痴呆，而且经验丰富，手段精崭，这种人最使年轻人头为之痛——"老年不痴呆症"是可怕的，看来我就是患上了这种绝症。

自知之明，弱者的原旨行为，所以唯有特别强才可能执着而且应用"自知之明"。

"修既治滁之明年，夏始饮滁水而甘"——文章作法尽在其中矣。至此等地步，东坡逊欧阳一头地。

这个苍老而幼稚的世界，以童贞而精炼的方法对待它。

从小我就从骨子里羡慕谢安的那一场"淝水之战"——羡慕了六十年，契机来了。地点是美利坚合众国，耶鲁大学博物馆，兵力只是三十三幅画（每幅如女用手帕的一半之大）、六十六张手稿。二〇〇一年十月四日（岁在辛巳），开幕酒会由资助者和监制人主持，我不出席，在家静等消息，也没有朋友陪我下棋。终于，电话响了，展览意料中的意外成功——维伐，扬曼，我好像听得自己叫了一声。

葩经，葩经演

为人所慕何事　暗暗的荣誉　默默的爱

博学，就是博了许多人家的学。

红　倒影之倒影

黑　牙买加随想录

灰　西班牙三棵树

红　温莎墓园日记

黑　巴珑

灰　我纷纷的情欲

红　诗经演

黑　伪所罗门书

灰　诗经演疏

他们都是赤胆忠心以谋私利者。

全盘西化，盘子是没有的。

雅俗共赏，不行，必然是俗赏雅不赏——
雅赏，俗随雅而赏，可。

天性是体质，朋友是补剂。

好就好在那些伟大的艺术家，自己是知道
伟大的。

我懂一点艺术，他们一点也不懂，差别只
在乎此。

由于自身的平庸，始终与高尚者无缘。

幼小背书　青壮买书　中老读书

举重若轻之力在于有举轻若重之心

听说居里夫人自诉很胆小，余以为然，在下亦胆小甚。

六十年后回故乡，水土不服。

我说："你饭量很好吧。"
他答："热饭三碗，冷饭两碗。"
——这就是巴赫。

你在那里归真返朴，他们在那里走火入魔，看起来都很忙。

很佩服，能看懂我的诗，真不容易。

我喜欢跟树在一起。

花是我情人，树是我知己。

《审美还原论》。一七九七年九月十一日席勒致哥德信中提出，艺术的根本原则是：要把"经验的形式还原到审美的形式"上去。

所有现实的、具象的事物，都是为人的经验所感觉到的形式，而审美的形式，则是柏拉图所说的那种"理式"。艺术家的创造，是一个向"理式"还原的过程。这个"理式"，既不是机械的理性抽象，也不是情绪的感性复制，而是一种特异的、充满生命力的精神运转，会产生快乐、感动、净化。

表现主义的美学，企图将这种"理式"还原出来。

康定斯基在《论艺术的精神》中鼓吹一种"通神论"（Theosophie），认为抽象的形式的活力在于有一种神力的凭附（这使我联想到韩波，他以为诗人是通灵者），但康定斯基与韩波都还没有通神，但没有与神通而能有这样的感知，那也真是了不起的。

民主，既是手段，又是目的。

读古今名人演说一百篇，还是雅典的伯律柯斯在殉国将士葬礼上的那番话最好。

政治上没有永久的朋友，也没有永久的敌人（经济、军事属于政治）。艺术上自始至终分清朋友或敌人——这样通俗明显的道理，人们想也不想一想，以致乍听起来觉得毫无意思。

"后现代"是人类文化的黑暗时期，比之中世纪因宗教的愚昧残暴而形成的黑暗，那么"后现代"是更黑暗，因为商业消费的专权极权。

骗子的下一个节目是行骗。

骗子不下岗。

孔子所不愿直说的仁，其实是人与人的正常关系、理想关系。

孔、老、庄，他们的魅力就在于不肯说清楚自己的心里话。

十九、二十世纪都与我不合，现在正是我发表诗作的时候，但真不是时候。

在"不自由"的境况中获得"自由"是个目的，一旦目的达到，"自由"就归于"方法论"的范畴，而美国却将"自由"作为"目的"来坚守。所谓"坚守自由"是语法不通理念不清的，美国人竟以为"坚守自由"是一种冠冕堂皇的说法（最高纲领），可见美国的主政者的糊涂——美国尚有好一段历史可以称霸世界，而终于败落，败落在它的"自由"里，因为人人都有败落于"自由"的自由。

"自由"是善所喜欢的，更是恶所喜欢的。

恶以自由的名义，战胜善。

美国将败落于"自由"里。同样，其他国、整个人类世界都将经"自由"而败落、败坏。

全球性的文艺复兴，大家都绝望——就有
希望了。大家都不绝不望，那才是整个绝望。

我一生就这样绝望过来，好像是成了绝望
家了。

因为我长得丑，生来笨，才有许多话好说。

我曾三次成为断头台上的生还者。

大家都等待我说出经世济民的话——你们
为什么不说呢。

我的书，只求流传，不望赞赏。

不爱华丽，华丽使我哑口无言。

中国大陆二十世纪七十年代末八十年代初，国门乍开，西方自由世界资讯和物质涌了进来，似乎样样新样样好，照单全收，没单也收。这种全民心态，可以叫作"洋饥饿"。连大学教授（当初出过洋，留学归国的）也不例外，书架上摆出瓶瓶洋酒，觉得美丽极了，见者无不艳羡。

说穿了，不怕见笑，我也有过剧烈的"洋饥饿"。直到移民西方，二十年过去，不饿了，有点饱胀。

伟大的读者

艺术的成立，艺术家只能管创作，而读者架构了美学行为的扩大和进展。规模之浩荡，意义之深邃，奇妙得使人忘了去想象、去观望。所以至今只知"作者"之伟大，竟懵懂不知"读者"之伟大。况且，这读者就是你，好的作者也必定是好的读者。

纯厚温柔的人，一旦讽刺起来，特别地尖锐刻薄。莫扎特如此，在下不免亦复如此。

他不知道他堕落了，这才叫堕落。

不是艺术家为时代作见证，是时代为艺术家作见证。

大家都绝望，就有希望了——这是我的方法论和目的论。

一辈子挣扎在网里，还自以为是个渔翁。

能说得出来的悲伤，那么不说也罢。

当别人评论我的艺术作品时，我毫不费力地退而为旁观者，抱同情的态度，冷静自持，没有爱的可能。

时代是共存、共有，个人不能说"这是我的时代"，也没有脸面说"这不是我的时代"。

她不要做艺术家，她想混进文艺界。

这些上下文坛的老精新秀，本质上都是失意政客。

我曾暗暗经过浪漫派，悄悄经过象征主义，六十余年，不失古典和现实的本性。

那种推辞不了的象征性，隐避不了的光荣感，迫使我掩脸沉没。

一盆忍冬花，有亿万条根须。科学家曾在实验中发现，在他栽种在木盆中的黑麦，有一百五十亿条根毛。若将其根毛连接起来，长达一万公里。

塔戈拉玛干的胡杨，千年不死，死后千年不朽——人的精神也有无穷的根须。

巴赫、莫扎特、贝多芬、萧邦、修培特……永远解释不完的。

在美国（其一）

　　莫要电话电传

　　来封手写的信吧

　　赞美我几句

　　这里荒凉得

　　自尊心也所剩不多了

在美国（其二）

　　中年的她们常是很有意思的

　　多经历，少经历，总归经历过来了

　　不化妆，干燥，也算天朗气清

　　她们向我采访，关于艺术的事

　　好像世界上真有艺术这回事的样子

2002.4.24

在美国（其三）

　　一下午接待两位艺评家
　　第一位不想结束，第二位已到门口
　　尝到臣门如市臣心如水的味道了

两个不懂艺术的人，以艺术的名义接交往来，这样朋友好得了吗？久长得了吗？

兵家无言，略存乎一心，写出来的理念和法门都是滑稽的。

好几个良善的女人，都被他遗弃了。后来遇到这恶妇，他顺顺当当结婚而生男育女。

其实，十年风水轮流转，六十年则好多事情看不到了。

那么幼稚的愚蠢和老练的愚蠢，哪种好？

答："我想一想噢……是幼稚的愚蠢好吧。"

在我童年时，西方欧罗巴文明文化就强烈地感召我，直抵于勾魂摄魄。凭照片、印刷品、唱片、电影……所认知所感受的欧洲，因为历时久长，寝馈以赴，实在称得上沦肌浃髓，刻骨铭心——我想到巴黎，而后遍及西欧东欧南欧北欧，但命运的意思不是这样，而要我先到美国。

在美国，我间接地亲炙了"欧罗巴"。

人们喜爱我的画，是对的。人们评论我的画，是错的。如果诚然像他们评论的那样的话，我的画有什么可喜爱的呢。

人们还要评论这个画画的人，上帝啊，召我回去吧。

像达·芬奇那样，他自己又不想神秘，是人家把他弄神秘的。蒙娜丽莎是芬奇的自画像，多少人编了罗曼蒂克的故事硬套上去。

六月的热风迎面吹来
叶丛中飞着成群的细蠛蠓

因为我无所作为地闲在家里闲久了，结果形成了"神秘"。唉，神秘是这样容易的么。

如果一种艺术诞生，人人都喜欢，都懂，都着迷——这，恐怕不是艺术吧。即使是真理，天大的真理，也不会人人都喜欢、懂、着迷。艺术比真理要小多了。

稍稍有点漂亮的人最爱打扮。

凄凉，我不怕。凄凉怕我。

印证了艾略特所说的："一位艺术家，在十分诚恳地为其艺术工作时，即等于为其国家和全世界服务了。"

草本植物中有一种叫作"玻璃花"，真的是透明的，肉嘟嘟的。诺伐利斯就像玻璃花。在我一生漫无边际的阅读过程中，这里，那里，别人的文章中时常看到诺伐利斯的句子。总是很有意思的，清澈可爱的。评赞莎士比亚的宏论千千万，而他，诺伐利斯，轻轻地说："这些戏剧也是大自然的产物，像大自然本身一样深刻"——不，诺伐利斯先生，是艺术就非自然，是自然就非艺术。自然，也许是上帝创造的。艺术，是人创造的。所谓"深刻"，那是因为人太"浅薄"了。大自然和艺术的神奇，都不能用"深刻"来形容。艺术也一样，伟大美妙的艺术是无所谓深刻不深刻的。

萧邦当然是唯美的。秋天，要离开马约卡岛了，写信给巴黎的朋友："请找两个套房，相隔不要太远，墙纸要鸽灰色，边缘要墨绿色。"鸽灰和墨绿，萧邦色。

萧邦，他说："我不会假装比别人更认识巴赫，但我深信我了解他。"

沿着波兰诗人的语径，我低声道："我不会假装比别人更认识巴赫和萧邦，但我深信我了解他和他。"

他说："普希金呢，读来如兄似弟，莱蒙托夫么，莱蒙托夫就是我。"

莱蒙托夫的眼睛里充满悲哀，不过是别人的悲哀。

拜伦说，早熟的恋情标帜着一颗爱艺术的心。莱蒙托夫添说，这样的心里会是充满音乐的。

笑，是人权。可后来"笑"只是人权的剩余价值。

笑已死亡。

笑忘书乎，笑亡书哉。

莱蒙托夫爱高加索，我爱高加索和莱蒙托夫。

他是一个容易受别人影响的人，我是一个容易影响别人的人，我们成了朋友。很好，我不觉得他受了我的影响。后来，分离二十年、三十年，又见面了，我才明白自己已经大变大异，他却还是从前的他（从前的我）——我回不了从前，因之我们无缘再成为朋友。在他身上我重见了从前的我。傻呀，真丢人。这也说明自从分别后，他就没有遇到可以影响他的人了。

人，是什么呢？人是这样的，一个人决意要自杀，这时如果出现另外一个人，可以谈，谈了很久，就不自杀了。

别林斯基是俄罗斯旧式的人文主义者，唯其诚实热情，他的全集中总能有发人所未发的思想、观点，他说：

"在平庸的诗人那里，主观性常是其才智局限的表现；而对于一位伟大的天才，他的个性成分的内在丰盈，则是深度的人道的特征。当他提到自我时，便意味在他的心灵中，任何人都会发现自己的心灵，因而视为自己的兄弟。"（《别林斯基全集》第四章，第五二六页，意译）

他是简陋，一点也不单纯，所以难做朋友。

不懂呀，不懂呀，沙漠似的不懂呀。

　　鲁迅《鸭的喜剧》中，叙俄国盲诗人爱罗先珂沦居北平，其实是一种落魄，他叹道"寂寞呀，寂寞呀，沙漠似的寂寞呀"，诚是值得同情的。淡泊未必就能明志，宁静也不容易致远，何况俄国的盲诗人是个另类革命者——我们不再寂寞了，因为人不在本国，而在外国。美洲欧洲目前还不好算沙漠，还有些事好做，做，就不寂寞。剩下的挂念是写了中文的书，到中国去出版。读者看不懂，中国的土地、人口又这样大、多，所以浩茫浑沌，有此"沙漠似的不懂"之叹。若以用字造句言，那是不通的，可笑的。

双目大张的真理，我怀疑。睡眼惺忪的真理，我接受。

陶潜的超迈，在于什么信仰也没有。信仰就是宗派，就是目的，就是功利，就是归不了真，返不了朴。

陶潜非释非道非儒，比起来，唐代的诗人就世俗了。李白是道家的，王维是释家的，杜甫是儒家的……都没有完全"自然"，所以还是陶潜好。人品好不等于诗也好，而陶潜确是人诗俱好，他的写作技巧没有谁比得上。

《诗经》的作者是谁，不知道，但奇怪的好像作者都是素人。陶潜开始的时候纯粹学《诗经》，后来终于写出他自己的风格来，而且没有"素人"气。他找到了他个人的真，个人的朴，返之，实在好，莫名其妙地伟大。要说还有什么遗憾，那就是作品太少，好的作品太少。他的生活也太简单，没有什么东西可写。

耶稣

屈原

陶潜

杜甫

柳宗元、杜牧、李商隐、柳永、秦观、李
清照

谭元春

曹雪芹

有信仰，就是有局限，就是不自然。

作为人，作为思想家，那么如果有信仰，就不是好汉。

陶潜没有脱俗的一点是自炫祖族门庭。这，屈原、尼采、萧邦都免不了这种虚荣。其实，以陶潜为例，陶姓的前人后人有谁比得上陶潜的伟大呢。

任何艺术家（思想家）到头来总归是"俯仰终宇宙"（"宇宙"根本不睬你）。而所谓"不乐复何如"呢，亦即是"不悲复何如"。"乐"与"悲"，在文学审美上宁取"乐"字好。其实陶潜是知道自己碰壁，碰一鼻子宇宙灰。饮酒是什么呢，饮酒是玩弄自己肉体上的感觉。酒入口经喉而落胃，然后从头脑心脏脉络筋骨皮肉中把酒的作用反应出来。这样做会得到快感。快感强了，足可以对抗宇宙的虚无（由性器官所造成的强烈快感，又是另类对抗"虚无"的效验）。嗜酒（纵欲）是"人"所能享受生命的最巧妙的招数了，但是"人"用这种方法手段来对抗宇宙的大虚无，对于"宇宙"真是"小意思"，小到根本没有意思——陶潜的伟大，还在于他是一个无神者，他有足够的自尊。

人们只认识牧师，不认识耶稣。

肉体都是诚实的，所以心灵只好虚伪。

不悦我的艺术的人，以为是理解我的艺术的。喜悦我的艺术的人，我知道这是出于误会——所以真实爱我的艺术而又为我所钦佩尊敬的读者和观众是极少的数位。但我很快乐，很满足，认为这个世界没有将我抛弃。我还是在艺术家群中走来走去，煞有介事。

有的门没有声音，好。有的门咿呀作响，好。要有声就有声，要不响就不响，更妙，那就不是门而是人了。

传球、布阵，都是逻辑学的，而突入禁区，临门一脚，是修辞学的。

我喜欢吹牛，因为我曾有十二年的牛龄（"文革"十年，我迟迟不得平反，当了十二年牛鬼蛇神）。

为了精神的生存权，他把思想写在作供词的纸上，代表了人类最基本的自我表达的需要和继续自我葆贞的两者之见证。

朝红的诗：

那饱含湿意的乌云哟
莫使我的青剑锈黄

你是一只慈鹰
需要到处翔行
请你为我停下来呵
你说：不能

从深处出，从高处下，从远处归

带根的流浪人，行程在继续

他曾写作长诗，有故事有情节有主题的，向《浮士德》挑战。他也曾写作哲理论文，向《查拉图斯屈拉》挑战。结果，都被他自己否定了。

我的一生中，没有几件大事，听卡萨斯拉大提琴是一件，而最初的一件大事是听爱尔曼的《圣母颂》。

我的文章在报刊杂志上发表，我没有什么感觉，一旦出单行本了，望着它们，怜悯之心油然而起。它们要分散进行它们的航程，绝大多数是极不幸的。一万本书中，不知有一两本是被珍视而珍藏否。

　　出书，真是糟蹋、残杀，十万二十万本书，诚是尸横遍野。

　　在精神的王国里，可怜我是见过世面的。

腾空而去，挥手谢世人，也不过是做戏。

宗教是弱者的欲望，一种渴念受统治的癖好。

宗教太现成了，任何宗教都使我反感，是"你的""他的"，没有"我的"。

神，是有的，然则他不叫"神"。

灵界是存在的，但不知道是怎么一回事。

事物有报应，更多的是没有报应的事物。

上帝，是有的，但是他不是上帝。

色斯举矣

翔而后集

山梁丽雊

时哉时哉

好德如色

好色如德

切切偲偲

怡怡如也

棠棣之华

始反终合

礼云乐云

玉帛钟鼓

爱之勿劳

忠焉勿诲

四五岁的男孩女孩，再坏也坏不到哪里去。四五十岁的男人女人，再好也好不到哪里去。

笨人，是他一定要笨，不笨不行。

她不要做艺术家，她只想进入文艺界。

现代伯乐嗜马肉

这一代中国少年，幼稚得像豆芽。男的黄豆芽，女的绿豆芽。你说有希望成为森林，那好，你去希望吧。

俗不可医，土不可救。

张爱玲当年被称为"文妖"，并不全然是恶誉。胡兰成自命为全方位的"忤逆"分子，倒不见得，他是"魔"而已。读了几本书，不安分，口出大言，心无大志。

到了所谓"民心不死"，岂非什么都被弄死了，只剩一颗颗的"心"还没有死，很可能是未死而将死——这是被侮辱与被损害者的豪言壮语。

中国古代的星相家有个说法：

"木居东位仁发生"，木之德为仁，含生生之机。

什么"世俗"呀，"民俗"呀，"随俗""适俗"呀，反正"民间社会"正在那里苦苦复苏，倒也是看得见的。

我们小时候吃东西，认为红烧是浪漫主义，清蒸是古典主义，油炸是现代派，现在想想还是觉得对的。

禅宗是佛学的掘墓人。

上帝呀，在文学上，喔，在艺术上，我不要有传人。

我的意思是，哈姆雷特打高尔夫球，赫拉旭作杆弟。

军舰被服室里的那种辛烈的气味。

逻辑是机械，机械主义一直表现到将爱因斯坦的脑子解剖殆尽，而谁的脑子也都是属于大自然的，而大自然不是机械主义，而大自然是神秘主义，而爱因斯坦是属于大自然的，所以爱因斯坦是神秘主义。

美得看不完的才是美，看得完，就不美了。

半世纪不回故乡，回去可要入境问世了。

无以名之而名之为"灵"的，是存在的，但没有因，没有果。

向宏先生：

上次丹青来美，漫谈故里情事，感喟甚多，而总之一句话：乌镇是得庆更生了，是我等老一辈人所意想不到的——钦佩你的才干，祝贺你们的成功。

我浪迹天涯数十年，精殚力竭，当然很想有一安静之处，恬淡岁月，以竟未尽之志。而乌镇，在我的观念上概念上已全然陌生，要从头适应，在想象中是很困难的，然而更使我耿耿于怀的是你们期待我的一番感情雅怀。我想，于东大街186号旧址筑一"诗亭"，亭中石碑镌我一九九五年所写的两首古体诗，碑背则由陈丹青撰文以明此举之命题所在。亭周植树种竹，略成园林景致——而我又想到，仅此而已则太淡。作纪念则可，作游览观赏则是否可以在碑亭之后建一排精致小轩，发售木心的文集、画册、碑拓、明信片……如此则碑亭为静态的，小轩为动态的，合二为一景点，倒或也自有其逸趣。因系细水长流，诗亭不致寂寞。

你们如此诚意对待我，我是由衷感激的。"礼遇"而源于"知遇"，唯有使你们满意，才算我尽了答谢之心。

碑型、手书诗篇、背面题跋，待丹青带上。亭子造型可由建筑设计单位选择古样而定，最后拷贝几则款式，让我过目而定夺。

丹青又转告了你们盼望我回故乡的热切心意。拳拳之意，一而再三，不能不使我感动。但我年岁迟暮，唯安静素简是取，已无兴会和精力来中国营窝布巢。若说有待我来乌镇造一别墅，我实在没有这份精力和兴趣。丹青说，你们有意为我建造一幢住宅，当然我是由衷领谢。

贵方的隆谊雅怀，如果我启用了这座房子（不论是长住短住），我必定会将生活和创作的轨迹和物件留在其中。

在我漫游欧陆的长程中，从莎士比亚故居一直到托尔斯泰故居，无不仔细地盘桓浏览，凡他们生前用过的物品，尤其感到亲切。

我至今犹处于拼搏状态中而不思身后之事。自少壮立志，（　　）[1]四海，慨慷不作归计，而今故乡出了贤士（　　）[2]

不论我回乌镇作长住短住，既然为我造了屋，我一定会留下我绘画方面的代表作及一系列自选自藏的图外，文学上，我的一部《世界文学史》讲稿（数百万字）也可能付于乌镇，而以后在乌镇生活期间所写的原稿，我也愿留

1　编者注：作者付之阙如。
2　编者注：同上。

在乌镇。

　　将来，"晚晴小筑"不是一个博物馆，而是一个纪念馆。因为博物馆的设备要上世界水准，否则藏品要坏，也要有防盗的先进技术。而纪念馆是侧重艺术家的身世、生活，是艺术家对待人生的审美观念，处世态度的细节体现，使观者特别感到亲切。一支签名的金笔，一只长链的怀表，一支用旧的烟斗，一条项链，一枚指环，一双行万里路的破皮鞋，印有莎士比亚签名的领带，我都愿望留给"晚晴小筑"。在世界各国的伟人纪念馆、故居，最吸引人观瞻的就是此类伟人生前用过的物件，借以"想见其为人"。而艺术家的作品，那是以图书馆、美术馆为阵地了。

乌镇，其始是我的故乡，其终是我的养老之地。但，很奇怪，在我原始的心理上，我十六岁一别故乡，从未有"归思"，每一念及，情同隔世。"回乌镇定居"，我拾不起这个概念。"浪子回家"是古人的伦常，我是属于"飞散型"的。美国的论家、评者、学者都将我归于"飞散型"一类，而且是"尖顶"之一，这样强横的一个浪子就这样"回家"了么——所以我的思想至今还别不过来。誓不回而回了头，岂非是失信了么。To be or not to be，我希望有新的说法、新的角度来说服自己。或许我把这种"浪子不愿回家"的心声写出来，成为一篇奇异的散文，这样就疲乏而平服了。像一个年迈的瞎子，由人牵着我的手，在微雨濛濛中走回陌生的家，在家中等着我的是潮湿的空气。

二十年来之起色，乃民间社会的复苏，众民挟半世纪以来的怨气，夺利争名，胆大如天，聪明才智没命地发挥出来，但本质上还是邪火的，反理想主义的。

作家发表小说、诗　健美先生发表他的肌肉

要说哪里是我的生长地　那是地球

上帝捉弄世人已经那么久了　也该厌倦而改悔了

苍蝇最喜穿门入户　很得意

柴可夫斯基，梵高，好像他们知道结局是悲惨的，所以悲惨还没有来时，已经翻覆痛苦了，这种预言前程的本能是极奇怪的——也还有预知前程洪福的本能。他独坐在阳光中，他是被监视的，市声在远里沸动，洪大而低沉，有一种不是语言的语言，告知他，"你将伟大，世世代代永传美名。"

人之相犹物之形，见杯盏即知用于饮，见舟车即知乘而行。人的好恶良莠，焉廋哉，焉难辨其所以然哉。

到了那天，把《论语》当作闲书读时，就觉得好玩而大有深意了。

屈原是有宇宙观的，他对怀王的绝望，对楚国的绝望，其根源还是来于对宇宙和生命的绝望。

陶渊明、司马迁，都有叛逆心，都是恨世的。

比照起来，唐代的李白、杜甫等等，在作为人、作为艺术家，境界还是不高的。

屈原、陶潜，都不迁就宗教信仰。而对宇宙、生命，限于当时的知识深广度，只能含混解释，不了而了之，但已经超迈与他们同时代的人。我们是后来者，对物质世界的理解当然是多些。而关于精神世界的探索，还是与古人差不多，甚至更少，更糊涂了。

好像是任何人到了我的面前，都成为智者。

人际关系，要算作者与读者的关系为最微妙了。

拉丁美洲　文化像风，风是没有界限的。

俄罗斯文学是一条棉被，先要用自己的体温去暖热它，然后它包着你睡到天明。

台湾　裘马轻狂的绝望总比筚路蓝缕的绝望好。

台湾　绘画有裸体的，文字也可以是裸体的。

新加坡　已经错到鞋子穿在袜子里了。

美国　多用幽默感，少用正义感。

中国　文艺腔

木心的文章，从来不出现"应该怎么样，不应该怎样"。

西方是英雄崇拜，东方是偶像迷信。

苦中捉乐，要会捉住乐，才不是白受苦。

美国的实用主义，俨然是一种动物哲学。

在美国二十余年，喝过两次可口可乐。

走在街上，热浪滚滚，对自己说，这是夏日盛暑，多美呀。

有些作家，噢，有一个作家，他写的书是给弱智的成人看的——弱智成人哲学。

一个思想家，一个艺术家，通过我来作朋友，常常争吵，真头痛。有时他们和好了，算是我快乐的时候。

是的，爱因斯坦先生，真理并非不可能，爱情才是不可能。

致陈向宏：（第二阶段）

　　真材实料，为永久着想，白墙，莫故意"做旧"，应听其自然旧化（人工的旧化，总是做作的，假惺惺的）。围墙的内外，可植常春藤、爬山虎、薜荔、紫藤、蔷薇，白墙就不呆了。

卧东怀西之堂

木居东兮

居东怀西之堂
居东堂　居东位之堂

木居东位仁发生

为仁含生之堂　含生之堂

含生发仁之堂　生生不息之堂

有木居东之堂　居东发仁之堂

居东堂

在一件建筑艺术品中，住着一个文学绘画的艺术家。

"晚晴小筑"的总格调，朴素幽雅，服膺古典，挑战未来。

一概不收门票

木心诗亭

晚晴桥

晚晴小筑

木居东

作而不述之斋

卧东怀西之堂

木心画廊（温度、湿度、保安）

后部西北角，筑一小轩。

前部池塘，繁荷花，置桥石上，碑朝南，笼以亭，东侧（　　）[1]

1　编者注：作者付之阙如。

向宏先生大鉴：

　　我的目的是艺术创造，美国有利于我创造，所以我定居在纽约。如果中国也有利于我创造，我会回来，可能定居在中国——什么是我要选择的地点呢，首选是上海。如果乌镇能使我更安宁而全心投入创造，那么乌镇就成为我的首选。

　　　　　　　　　　　　　　　　木心

　　余由丹青面议。

我的文学方法：若无其事地写其事。

骈俪、引典，使汉文臻于极度的精致典雅，但成了另外一种俗，乃至俗不可耐，沦落为"大文艺腔"。幸亏白话文取代了文言文。白话而要骈俪，没门。故典呢，国典、洋典也继续流行，可以不理它——总之汉文还算死里逃生，只是逃出来的一大群中没有几个像话的。汉文的成就是烟波浩瀚的，骈俪引典仅一小患而已。今文（白话文）要写得好，几乎一定要具备古典文学的底子。即使翻译外国文，亦必得古文好。意思是要懂文学，那么先要从母语的文学懂起。

不知为何，夜将尽的时候，景色会很凄惨。

老子的祸福观的原理是很概念化的，还是生硬的字面逻辑学。世上事物多的是祸兮祸所伏，福兮福所倚。凡是浩劫性的大灾难，都是祸祸相伏，而某一独裁者的上升全盛时期，也都福福相倚。

你们比中国式的成功，我愿比法兰西式的永久。

你们有满满的信心，我只剩藕丝般的耐心。

你们打知名度，我抱住无名度。

你们搞炒作，我睡西班牙式的午觉。

我呀，我是双人床上的单身汉，拥有足够的空间（仿福楼拜）。

　　民间社会，植物性大行为。

　　历代霸主枭雄，只知道攫取国土，残害庶民，骄奢淫逸，卒致被虏灭身。

　　象征主义是假嗓子，逼尖了喉咙唱，毕竟不能直通天庭。

　　写现代诗而不经历过一番象征主义的折腾，那么你再现代也是大老粗、小市民。象征主义是最管用的淬炼。

在码头上，船要开了，他突然对我下泪，这雷打不哭的小伙子。

问我，我不知道，我有很多的事都是不知道的。

博学到头来易成汪洋的无知。

你回中国了，对于我来说，纽约从今无市长。

他爱传喜讯，我爱听喜讯，好像是一个愿打，一个愿挨，说的都是西方人如何疯迷于我的小说、散文、俳句。

木心诗亭　　斋

东大街 186 号

波型围墙，荷花池，碑亭，书店

晚晴桥（石砌）　财神湾运河上

桥联：天意怜幽草　人间重晚晴

（李商隐诗）朝东，朝西的一面不用联

晚晴小筑

东栅对岸树丛中

三者合成一景区，为乌镇之游的最后一站。

留下未来发展的余地。

让世界各国来的旅游者，看看中国建筑艺术在民用住宅方面怎样的继承传统，又迸发新的才思和技术。

整个乌镇的建筑群体，到这里可以透一口气，抬起头来瞻望未来。

卧东怀西之堂　作而不述之斋

《岩洞中的圣母》，最初引发达·芬奇的兴会的是岩洞中的天光，幽森神秘。而当实际作画时，达·芬奇只有心于画那些天使。所以留下来的两幅，一幅是芬奇毕全功的，另一幅现存大英博物馆的，芬奇主画天使，其余由他的学生画——为什么芬奇不画圣母、约翰、耶稣而只画天使呢，可知芬奇实在是个无神论、唯美主义，宗教不过是借借名义。古代的伟人，很多是"不自觉的无神论"，这比后世的自觉的无神论要好。标榜无神，斥信神为妄诞，这是不懂礼貌的表现。在事物的最高理念上，我没有定见，只有礼貌。

假如世界杯球赛踢进两球的是你，你高兴不高兴，答：我，我还有壁画没完成呢。

最好是以身体去迷人，如希腊。次之是以文体去迷人，可怜见，不过也很堂皇。

身体朝露，文体千秋，不过我爱的还是身体。

依仗逻辑学，我奋斗了一世。剩下的岁月付于修辞学，了此残生。

中国民间有正气，在一个手指一个脚趾地醒过来。

你想知道魔术吗，最好不要知道，因为爱情也是这样。

一件难事，总归有一个很容易对付的办法，可是他们不用——个人、民族、国家、整部人类历史，都就是这样。

宇宙的原理，一定是极极简单的，但无法知悉。

人类的文明文化的进程，是幼稚不完的幼稚。

不是希望，是渴望。渴到受不了了，希望
出现了。

相对于宇宙，人类当然是幼稚的。

释家、道家的参、炼、修、悟，都为过去
的知识水平所限，已成为荒谬。哲学老，文学
不老，苍劲中跃出姿媚，大抵是这个意思。

已快将满头白发，我在朋友家的书架上翻
书。啊，《金银岛》，我小时候很喜欢这本书，啊，
史蒂文生，我的朋友史蒂文生——小说写到最
后，一个一个人物都有了结局，生死荣辱都是

不同的沉浮成败。小说最动人的是最后的一章，而必须要从头看下来呀，这就叫作人生，叫作文学。

"性情中人"，档次很低的。彼等自称性情中人，是因为不知指的是什么，还以为很优雅脱略。那么凡以"性情中人"自诩而谀人的人，大抵不性不情之流。

"人生朝露，艺术千秋"，少年时读到这两句，感动得不得了。其实自己的人生还刚开始，艺术呢，美术学校一年级生。奇怪的是，一触及这八个字，立刻觉得怆凉庄严，把自己列身于艺术殿堂之中。文字欺人，一至于此，但这正是人生青春之美。伟大的人，想必都是糊里糊涂地伟大起来的。莽莽千秋，亦一朝露耳。

　　将一警句，生化发挥成一篇大文，必定是失败的。我们与真、与美、与善的缘份，都限于碰触一下（touch）。因为"内在"与"外在"的关系始终是意味着的关系，你要执着，就什么关系也没有。

　　回顾童年，没有人会觉得自己是一个玩够了的孩子。

手工劳作发出来的声响，里面都有"人"的情味，远远传来世道人情，分外可爱。我的故乡是中国江南的小镇，河对岸有人在修船，船底朝天，大太阳照着。修船的男子裸着背，戴着草帽，使用锤子、凿子敲打，咚咚咚咚，架空的覆身的船体发着共鸣。我并未目睹，因为我在家宅的楼上听教师讲课，四书五经都比不上这种修船的声音。世界和平，新的生活用品在增加，我将会到巴黎去，柏拉图式的恋爱不一而足。家庭教师没有告诉我这些，不知怎么的，我已知道得很彻底、全面、钻心透骨，好像是修船的声音一直是在响的，在预告，在激励。可不是吗，我到了巴黎，称心如意的生活用品，世界呢，在大街上看来是和平的，唯一的憾事是我没能闹成柏拉图式的恋爱，好在我也不是那么容易灰心的。

——修船的声音

但世上事物一律是荒谬的。

时：二十世纪三十年代

地：中国江南小镇

人：一个富家少爷

事：没事，是在想一件事：到巴黎闹一场恋爱

配音：不远而远远的锤子敲打船肚的声音

他们是深度的不理解我，好深呵。

烈士篇

我总归是死心塌地地认为，要美国人懂得我的文学是难上加难——很快，接二连三地出现真挚热烈的读者，计有大学生、教授、作家、编辑、文评家，他们她们提前三百年赶到了（我一直以为要理解我的文学，至少得经过三百年，这也是套前辈的说法，达·芬奇对他自己就拿这个分寸，我迁就老章程）。

加州有一颗电影明星，在我的画集上读到了我的一篇对话录，又读到了"狱中手稿"的五个片段。他把这几页文字拍了照，放印得老大，贴在墙上，解衣盘礴，高声朗诵——这是加州大学的某教授电告我的。教授他问道："你喜欢这样的读者吗？"答："喜欢。"再问："你是否觉得他疯了？"答："他健康，那些不喜欢我的文章的人才是疯了。"又问："你怎样估价他呀？"答："我封他为烈士。"

"我要给他一个封号哩。"

"对。读者可以给作者历史定位，作者也应当给读者历史定位，那么，什么封号呢？"

"烈士。"

"什么？"

"烈士。他为我的文学慷慨牺牲了，他是烈士。"

一年四季，只要不雨雪，我都在阳台上写作——文学外光派。

兴国也罢，亡国也罢，丧权辱国也罢，北京人凭一张嘴，日子总过得下去。

其实"玄之又玄，众妙之门"是众妙无门。

艺术门类中，最早成为一项专业的是"行为艺术"，太古就有了，到魏晋时期高度圆熟。所谓"魏晋风度"，就是"行为艺术"的表现——有的人行为乏善可述，但作出了艺术品。另有的既是文学家（或画家等），又是行为艺术家（如屈原、嵇康、陶潜、李白等等）。

真正的爱情，可使罪人变为圣人。而后，圣人有了爱情，就变为罪人。

"人心不古"这句话早已成了古话，新新人类听来以为是首赞美诗。咱哥儿们个个人心不古，飙现代！

好，来吧，我的力气比你小，我的命比你大。

年轻的时日，竭尽所能地去爱人，一次次失望、失败，可是心里有个强大的信念：那最好的、忠实的达·芬奇、弥盖朗琪罗，一生没有快乐可言——人生和艺术一样，深，就不快乐了。伟大，也是不快乐。庭园中的假山是快乐，溪水曲折湍流是快乐。崇阿海洋是不快乐的，而且是解不开的忧郁。山之高、水之远与人的体积能量是不成比例的。达·芬奇和弥盖朗琪罗，他们是人中之山、人中之海，他们与凡夫俗子是不成比例的。所以当凡夫俗子快乐的时候，巨人不快乐，快乐不起来，但生命的目的还是在于快乐。巨人在现世生活的命题上是整个儿失败，情欲、官能、肉体的戏剧性，他们没有经历，他们忙碌于"伟大"，他们不知道有"渺小"的存在——我想，他们知道自己是悲苦的，但不说，装作不知道，这就是常人所说的"高贵"。而"文艺复兴"也只有这样一次，不会再来了。

莫忘波提却利，他的画是快乐的，他在自己的画里快乐了一阵子，而把快乐传给了后世。我尊达·芬奇，恋弥盖朗琪罗，悦波提却利。

没有读过荷马、但丁、莎士比亚、阿拉伯数字1234——他是全世界尊敬的伟大诗人屈原。

"侬当小弟是好人，小弟呀坏透坏透。"我说："勿要紧，侬坏得过伊格，甩伊三条马路。"

兄弟哪，许多话只好你来讲了。

他虚荣，虚荣到了丧心病狂。

拉马丁说："至于我，我从来不思想，我的观点为我思想。"

单身汉睡双人床，有一种虎落平阳被犬欺的感觉。

两虎相争，必有两伤，再争，必有一死。

我手写我口，我口咬我手。

成功以后，一败涂地归去。

精于酒，精于烟，而非滥酒滥烟。

不可能是愤怒的基督，可能是怡静的基督。
不一定是抒情的诗人，一定是批评的诗人。

无信仰的基督，放弃现世，他又放弃天国。

他信仰一种主义，因而被关在牢狱里。他坚贞不屈，释放之日，才知道这种主义已被历史和现实证明是谬误的。

我常常有些小思想
滴沥嗒啦
如果不把它们写成诗
它们是活不下来的

我不喜欢卡夫卡，我爱卡夫卡，他诚实哩。即使没有天堂，卡夫卡也该上天堂。

嵇康卜宅，陶潜卜邻，吾从陶。

常久枯淡的生涯，上街买一只冰淇淋，呀，世界上有这么好的东西的哪。

有一种人是绝顶聪明，还有一种人是灭顶聪明。

少年时如果遇见了一个从地牢中历尽艰苦而生还的传奇人物，那我是钦佩羡慕极了——后来，我三度入狱，死而后活，没有谁来钦佩羡慕我。

我也有快乐的时候

居里夫人胆小
莫扎特说话刻薄
我听了勉慰而得意

胆小才能成大事业
刻薄，这个世界也实在太坏了

断层之塔

我们走出地狱之门
又望见满天繁星
　　　——但丁《神曲》

秀美，安详
乔托画了但丁

自然不快乐，机械不快乐，快乐是手工做的。

从农业时代转向手工业时代，是最可能得到快乐的时代。其实还可以更快乐，而当时的人哪里就知道自己的时代是怎么一回事。我们是知道了，过去了，不会再来了。

他们以死殉道，我以不死殉道，并传其以死殉道之高贵。

辣辣的太阳，凉凉的风，是指那种夏天。

有凉风，有树荫，夏天越热越好。

如果《红楼梦》由曹雪芹毕全功且修改定稿，而宝玉真的沦为乞丐，那么，啊，那么《红楼梦》是全世界古今小说中的最伟大的小说——从头脑、才能、心肠三者来考核，曹雪芹是能够达到这个高度的。

乞丐

　　在我儿时的故乡，即使没有大灾害，乞丐是很多的，沿街求布施。在我的记忆中，这些苦者都很斯文，语气柔和，动作滞缓。

　　在我看来非我族类的人，在他看来我亦非他族类。我惊叹的是那个精准，万无一失。

融合东方艺术和西方艺术，不是我的志趣，我几乎想也没有想到过有这件事。

和年轻人是不能对话的，他们有博大精深的无知。

如果认为我说的都是假话，那我不说。如果相信我说的句句属实，那么不要在听后说我是夸口、吹牛。

为了保持体型，十多年不喝啤酒，到慕尼黑也不喝。所以，有大喜事，开一小罐，罗曼蒂克极了。啊，美丽的禁欲主义者哪，要纵欲就纵在像我这样的人的身上吧。

微风是神的传话，从早到晚，神赐了我多少箴言。

本来古代也确实并不好，而比之现代，那是情愿生在古代，窝囊得简单些。

狂妄得有道理，那不是狂妄，那叫狂放。

蝉声慢慢响起来　慢慢低下去

什么是理想呢　凉爽的夏季

高个儿不美，是中等身材最美，最有味，有意思。

所谓模特儿身材，意思是看过作废。

在极度的受侮辱中，显出极度的高贵来。

蜘蛛喜欢傍晚结网，结好，天夜了。

我不是拓荒者，也不是精神领袖。我是一个不疲倦的实践者，证见的是古与今的文化艺术应该贯通，东与西的文化艺术可以融合。

譬如"五四"新文化时期，那么在文学上应称为"鲁迅时代"。这是从两方面来认知来肯定的，一是鲁迅的文学成就为一时之冠，二是鲁迅的思想风格在当时是先进的。

两只蝉在园中躁，一个人在阳台上写文章，这是我的处境。

李商隐当然没有见过"象征主义"这四个字——李商隐实在象征主义得比法国人还厉害。

没有谁启蒙中国人民，中国人民是自己醒过来的，硬是自己醒过来。这一点，真正令人钦佩、同情、悲伤。

他们深入鸡窝捉凤凰。

好像是人靠天性，动物才靠教养似的。

忽而慷慨慈悲，忽而尖酸刻薄，忽而剑光闪闪，忽而香风习习。当然，这是文学上的需要，美学上的需要，但奇在这种随时随地的小规模的二律背反、矛盾结体，显示出作者性格、思想、情操的深邃复杂，全然脱出技巧方法的范畴而形上为灵感的实体化。

合情合理、别出心裁者，谓之奇。装腔作势、做张做致，谓之怪。

我静等读者来发现。

既然是宠辱不惊，辱来过了，好吧，宠过来吧。

木心先生早就预测到他的读者百分之九十是汗滋滋的年轻人。

往年以打"擦边球"为好汉，旋踵又不许打了。现下所见的新招式是打"球边擦"。球来了，擦你一擦，沾点球味，不及桌板。

在古诗中，像曹植的"高台多悲风，朝日照北林"那样的句子，真好，可惜子建没能以这样的风格来创造他的整个的文学大业。他看不起文学，这就糟。吁嗟乎，八斗才子亦有限。

懒，是一种瘾。

但，勤，也是一种瘾。

我是以耐心替代信心的。

萧邦在法国成名，那是法国人的光荣。

飞来又飞去的才是天使，飞来不飞去的是
凡人。

归国回乡　水土不服
功成名就　壮志未酬

他浓郁亲近，却又淡漠疏离。

他已成文本，却又轻轻抹去。

他【俨】¹然登台，却又无故缺席。

他为了免于受辱

他害怕沦于疯狂

他的前例是萧邦

我们所知道的悲观主义者是有成就的悲观主义者，还有更多没有成就的悲观主义者呢。

"上海"有幸成一"赋"，沧桑无情已百年。

上海的怪异在于它是殖民地资本主义社会，是国际的多元社会，是各国移民共创的消费社会。更宏观地看，上海是一个浩大的财力丰富的民间社会，却又是没有主流的自由主义社会。它的结构是舞台结构，从前的上海人个个都是戏子，个个都是主角，所以上海人骄、娇，碰不得。他们的阶级观不以贫富分，而以上海和非上海分。上海以外的概作"乡下人"论，乡下头，乡下赤佬，乡气，阿乡，乡是乡得来，是上海人的口头语。

写上海盛暑街头的众生相，大笔挥挥，粗犷中跃出姿媚，长空的探照灯，江海关的钟声，"夜来香"的歌声，席子，臭虫，蚊烟，救火车，冰糖银耳羹，大麦茶，纹布拖鞋，120支麻纱汗衫……昏昏然构成热的漩涡，而画面的主体是"黄黄的肉"，摊满在街边弄口，路灯之下，黄种人真的是这样清一色的黄——这幅几十里方圆的大画面，木心是画家的概括力，笔触遒劲奔放——其命意是作者的同情和悲怆，慈悲而不流于姑息，愤慨中饱含同情。艺术的美育观照，原理上的规则（写意写实），与所描写的形象同荣辱、共休戚，既要居高临下，又要体贴入微。《上海赋》的作者始终能举重而若轻，见微以知著。作者是文体家，他创造了一种悲欣交集的文体，而也因此显出"白话文"的好处长技来。古赋是一个个宏丽的文字建筑物，而木心的赋是流动的、汪洋的，而这又是他的文体总貌的一部分，乃至是一小部分。

秉澹荡之心逍遥方外，展鞭辟入里之笔 [1]

当年多少提倡"白话文"的作家，自己就写不好白话文。到现在，白话文是普遍成熟了，但难说谁是将白话文的功能发挥到卓越神奇的高度。

读者是个现象，很虚，而作者作品之存在、之价值，全在于这个现象的强弱。一本书，在月亮上，立即毫无意义。要等到月亮上布满了读者，书才有意义。

一个两个读者，等于没有读者。所谓读者，

---

1 编者注：作者付之阙如。

一开始就是指一群、一大群读者，但像是影子部队，不会保护作家，侍奉作家，但只要有这样一大批影子部队，作家就可以神旺气壮。

影子是一种天然的概括。

作者必然兼读者，读者未必就是作者。

读者不一定是朋友，朋友无论如何是一个好读者。

好文章是莫需解释的。《上海赋》是以其旧上海之特殊性，作者采用了世俗文体演化之，令人难以想象还有别的更合适的形式可替代。中国古赋无不充斥典故经史以丰富质量，《上海赋》力避陈规，而

一年三百六十天，天天逢凶化吉。

如果改为一年三百六十五天，多一"五"字，就劣。叠出三个"天"字，中间一","，再将"逢凶化吉"这句老成语紧连在"天天"之下，就免去了成语的呆板。

试读"一年三百六十天，天天逢凶化吉"，婉婉流利，音节非常好听。而行文到此，再多表述就累赘了，于是发一感叹："到底是上（　　　）[1]

"五四"新思潮来了，七老八十饱学鸿儒，他们面对新时代就显得十分幼稚，而当时的新青年（鲁迅一辈）的，天然是幼稚的。

---

1 编者注：作者付之阙如。

百年幼稚

作者作赋，用的是"彩笔"，而非"史笔"，而且指涉所及的是"物"，"物的上海"，人则由物托出来的。赋者，敷也。古赋皆不免说煞一个东西或一件事、一个地方，《上海赋》却汪洋郁勃，有足够的空间来与世界的大都市争雄长，正如作者在文章开头时就一言以蔽之："畸型繁华"。这种特殊性只有用另类美学来接待，所以才引起木心一写之的欲望。

他笔锋到处，五味杂陈，而且香气扑鼻，而且"括拉松脆"，"有咬劲"（沪语，香港人叫"弹牙"）。

玛莎传

我开了一家糖果店，早晨

临街玻璃窗："招请帮手"

Help Wanted

过了十分钟，出现一位灰发的妇人

"我从十六岁进糖果店工作

复活节、情人节、圣诞节的糖果

样样拿手，而且我就住在对面

晚上班我也能做"

这样，她就被我雇用，十年后

主召她归天，在天上做糖果

天上每日都是节日，所以她很忙

她叫玛莎，雪花们都认识她

雪花们飞下来的时候，都在叫

玛莎，玛莎，玛莎的糖果最美丽

雪花也说好，那一定是好的

他从桌边站起，将手掌放在我的手背上，说："你对朋友总是温和，总是这样礼貌。"

一时之间的感觉是我犯了罪，而后徐徐看到一个温和的有礼貌的我，印象并不好。

上海人自私起来，拼命地自私。上海人的邻居关系是妒忌，连你头上生个疮也妒忌（那光景，生热疮可由医生开证明以购得西瓜）。

没有先知，没有启蒙者，中国人是一个手指一个脚趾地在那里醒过来。如果这样也能整个儿觉悟，就真是一个伟大强项的民族。

肉体是诚实的，譬如饥，它就发出饿感，不会假装非饿感来欺骗你。要把肉体升华为精神，是不可能的，而且，幸亏是这样。

我看到很多他爱艺术而艺术不爱他的人

更多爱真理的人，总是因为真理不爱他而送了命。

想象不出罗曼·罗兰大笑的样子

凡事都有个狡猾的说法，充其量是个小政客。

男人当然有性饥饿，而梵高苦的是爱饥饿。

我从来不敢叫自己是流浪者，那还了得。

我不是流亡作家。流亡，那怎么行。

我流浪不起，难得有时在邮局门口的台阶上坐一坐，已深感很阔气了。尽我一生，最多是个"仿流浪者"。我可以不停地走半天，不喝水，不卸背包。

　　张爱玲并不伟大，但敌伪时期以上海为中心的文学光景，可以称作"张爱玲时代"，只有她写得好，别的一个也不行。

天才，在任何时代中都是天才，而评论家认为天才是特定的时代的产物。

文学的锁，用史学的钥匙是开不了的。

纪德在《地粮》中称他的读者为"奈带奈蔼"，多 Nocks[1]，我们中国是叫"看倌"的，真土气。中国人取洋名，台维，玛丽，益发显得"土"。如果我呼我的读者为铁柱、阿三，也不好，与我的文风、修辞不协调。

1　编者注：此处系原稿字样。

咏茶

学生赠我"桂林桂花茶",一叶可泡一杯茶,咏曰:"桂林茶叶大如席。"

如茶,如咖啡,受得了的淡淡的苦,是人所喜悦的。生活也这样,我很怀念从前的淡淡的苦的年年月月,但不愿它们再来,再来的苦是不会淡的。

吃苦趁年轻

吃苦要吃新鲜的　老宿的苦不好吃

虚荣　绝对是虚而不荣

我是一道门

门上挂着锁

批评家拿着比锁还大的钥匙

怎么开呢

　　谢安的"淝水之战"很酷，首起是修辞的，中段是逻辑的，结尾又是修辞的。所传"八公山上，草木皆兵"，纯乎是修辞大家，帅死了。但于军而言，上智能如此，于政治论，下愚不可移，谢安也只好认了。子曰："唯上智与下愚不移。"哀哉。

请原谅，经过五十、六十年消灭文化的持续努力，再要收复秦汉魏晋唐宋元明的精神遗产，三百年也不知能否为功。

又是一个值得不相信的诺言

一天一天的夏天

读者是无名的好，简直都是天使。

递名片的读者，多半没有看过你的一篇文章，何况是书。

好吃的菜，每一筷都好吃，文章也是这样。

好喝的汤，每一匙都好汤。如果一匙好喝，一匙难喝，这还像话吗。

下午寂寞　傍晚更寂寞

因屋顶锐角的斜度，形成楼上的房间有点畸形，我喜爱，是产生散文诗的场所，在欧洲。

就一个家等候你回去总是好，就怕是一个烦怨丛生的家。

单身的住处不是家，是窝。

一言以贬褒之　艺术家已非人

渐渐的连人类的远房亲戚的关系也断绝了

我喂养着一只野猫，它持庄老哲学的。

我差堪列为一个成功者，但我不是一个胜利者。因为当我成功的时候，我的仇人敌手都已不在世界上了。没有谁看见我的成功。我无由振臂高叫，倒像是一个失败者，在暮色苍茫中低下头来。

宇宙不可知，宇宙也不是不让我们知（前一句是我的宇宙观，后一句是我的世界观）

生命是不可知的，可是好像生命非常喜欢我们去知它（前一句是我的人生观，后一句是

我的艺术观）

若徐志摩者，鲁迅耻之，余亦耻之。"诗哲"之称，可见时代之幼稚。鲁迅刺徐志摩，句句中；徐志摩讽鲁迅，句句落空。

中国古文名篇，篇篇值得读，中国今文则只读鲁迅就够，还可以看看张爱玲。

我很怕那种电光闪闪、雷声隆隆地爱上来了的人。

在怪异的人中，我是很平常的，所以在平常的人中，我显得很怪异了。

也许，也许本来我是不笨的，都是因为几十年地与笨人相处，使得我这样的呆头呆脑。如果上帝恩典，遣一智者前来，与我为友、为师、为弟子皆可，我还是有希望的。上帝啊，我与笨人周旋得够了。

例如在中国，普遍地晚餐之后，四个人坐下来，不是打麻将，而是合作弦乐四重奏，巴赫的，莫扎特的，那么中国称得上文化古国现代先进。

鲁迅他们的现实主义等于是"写在日历本上的文学"，剪贴报纸加批。

二十世纪三十年上下的电影中，主角都是成年人，成熟，老气，少男少女没有地位，这就使我们感到单调，无由钟情。因为当时我是一个少年，而饰朱丽叶的瑙摩希娜据说已经三十岁了。我们的青春时代只吃蜜饯，没有福气吃到新鲜水果。

一颗丑陋的小行星要来与美丽的地球撞击了，什么经济计划、战争策略、环保措施、教堂、博物馆……都完，恐龙也活不了，我们怎能不死。二千年世界末日是指这个吧，算来，平安死在二〇一九年之前的是福人。

一九四八年秋，登台湾中部的关子岭。峰顶有一小庙，敝败荒凉，而神龛之左角俨然有签筒签书安在。我无所乞佑，但很想与神灵对话，乃恭敬行礼，拔一签，对取签书：

尔心所思皆有益
决意之中保清吉

我复行礼谨谢。

此小庙建于何时，不知。此签书谁人拟句，谁人刻版，不知。关子岭山势颇峻，经林丛，越火山口，中途我还借宿旅舍。我也不知山顶有庙，庙中有签，但神灵亲切地对我说话了，勉励我，几乎是赞赏我了。

对于我，精神是不痛苦的，痛苦的是肉体。
（一个四年囚禁地牢，十二年强劳苦役，
三十年失去自由的人的证言。）

他们把愆赖窝囊叫作"平常心"。

对世界绝望不等于不吃牛排。

人人有原罪，天才者，原罪特别大的意思。
"原罪"是冤案，天才的冤案特别冤的
意思。

像被针刺一样的退缩，我要开阔，但害怕。我想知道来者是谁，但畏惧惹事。我愿说一句温存的话以表感谢，但如果黏糊上了，无法脱身……如果与读者通讯，谈论写作经验，那岂不还是写成文章去发表更爽快吗——所以，有志于文学的青年男女哟，让我做你的读者吧。我与你不可能携手逛公园，不可一同参加派对，仇家是："咱们公堂上见。"亲家是："咱们文学上见。"

　　写完了这篇杂文，心里又空洞得发痛。夏夜，信宿于山顶的寺庙里，独自凭栏放目，漫天星斗，月亮还没有升上来。在诗文中好像这个人非常有兴趣地一直望着天空，而实在也是没有什么好看的。大片深蓝的天幕，无数的亮点点，多看也没劲。要问我此生此世何者最关怀，答：天地君亲师都是次之又次，第一重要的是我的读者群。脚也走不到，手也摸不到，他们在哪里，在做什么？但，不是我相信，而是我知道他们是在的，在读我的书。有的是曾经读，有的是将会读，有的是正在读，喜者笑者怒者骂者不一而足。你读过我的书，你无法抵赖是我的读者。

奇妙的是，"读者群"存在而无组合。其中必有人与作者的性格、志趣全然不投合，但他是读者，甚至是很忠实的热狂的读者。更有或人，其心智学养都不下于作者。

人们所论证的"大断层"是实在的。文化断层的显现必然连风俗、习惯、人情、世故一齐断的。老字号、老照片、纪念馆、××故居之兴起、成风，是虔诚而可笑的。怀旧不成其为一种社会动力，"民间社会"的没落不是衰败，而是被取缔的。

　　读者之存在，我不忍看作是一个现象。使康德感动而惊叹是天上的星辰，心中的道德——天上的星辰在位，心中的道德缺席，于是，使我惊叹而感动的是：天上的星辰和地上的读者。我对自己说："你要知道，你真的拥有很多很多的读者。"但更早的时候，我就对朋友说："艺术与世人的关系，仅只是意味着的关系。"实际上是没有关系，以此推论，读者与作者的关系是意味着的关系——在这样宏瀚的宿命律令下，虽然剧烈痛苦，但也因之而平静下来了，从此我学会了如何接应"读者"。凡具体的有姓名的读者，是我的"读者观念"的一个基本粒子。可能此"个人"是位大师，超一流学者，新的天才，而作为我的读者，他总归是一个基本粒子（我也同样是别人的"读者观念"的一个基本粒子呀）。作者复读者信，我看意义是可疑的。一个"观念"化成一个人而来到你的面前，是可怕的。我不期待读者来信，来了也不拆不退，但心里总是一阵激动。

拟《读者论》

对于作家，那么人人都可能是他（她）的读者。设想起来，浩荡幽森，而直觉上又是虚无缥缈，不成其为挂念。

十四岁我就开始写稿，抗日战争时期，但我好像没曾参预"抗战文学"。我本能地觉得文学一定要与现实有距离，才会有东西好写。所以后来不断有人以"逃避现实"责我，我一点也不着急，不惭愧，当然不会奉命改过。作为人，生活、工作，我是很现实的。人，是真诚的。生活，是正常的。工作，是尽职的。但凡一牵涉到文学艺术，我就想入非非，胡天野地，极尽自由之能事。同时，看到别人在写"现实"，不看我也可以判断，那些东西是白费心机的。既然是现实，那怎么写得好呢。就像"历史",历史是无从着笔的,也没办法结束的。

读者像天上的星,只能远眺,不能近亲。太空物理如此,观念情操亦复如此。我在台湾发表文章时,由报馆转来的读者的信,可谓频繁,热度亦多极高——我知道伟人们收到各方来信都是一一回复的,爱因斯坦如此,卡萨斯如此,那么微小如我更应该恳切地一一回复——也许是时代不同了,也许是来信者的动机有偏差了,我实在招架不住,难以忍耐那种低级趣味,但选择性的复信还是写的。

桃李能言，下自成市。

徐志摩假如生在唐朝，一诗无成。

只要开始工作了，我的病就没了。

存在主义，未成年的哲学家的思想。

《等待戈多》和《城堡》，同样是谜底置于谜面之前。

绘画只有第二人称。

音乐之强，强在脱出我你他。

酒杯颂 [1]

酒杯不知酒
酒在酒杯里

酒是快乐
酒瓶是痛苦

酒喝完了
酒瓶倒下死去

1　编者注：此处系原稿字样。

绿茶若不含一点点苦味，总感有所欠负。某某人，像绿茶了，清明，器识俊爽，但缺那么神智，一点点烈——还没有正式开始交往，已懒怠下来了。我追慕健全鲜活的生活上的烈士。嵇康过头了，不好。陶潜太老实，苦死。韩愈，有时候像中学教师、班主任。不多想了，我喜欢柳宗元。

　　画家最笨，怎么笨到真的去画了出来。

　　文学家是老实人。写诗呢，还聪明一点。

　　无论如何，还是音乐家最可爱，最伟大。

　　对修培特，我有一种说不出的爱，想起来就难受，推开不想了。

　　在地球上，没有一处适合竖立贝多芬的墓碑。

末路是短的，如果是很长的末路，也值得走。

顽皮是为了讨好你，你对我好了，我就更顽皮了。

我一说话就显得粗鲁，不说话呢，又没有礼貌。

植物对我说话是多么文雅啊。

他们的科班出身是，小儿科，值夜班。

杰美卡，我一住八年，写了五本书。那里景色绝美，老想去看看，十年也没能做到。这就叫作生活，噢，不，这就叫作人生。

　　想起杰美卡的大树、小路，心会软下来，好像真有一颗心的。

　　追日九霄　　万念俱灰
　　绕树三匝　　一枝可栖

　　雨过池水碧　　风来桂香浓
　　垂虹无人看　　影对木芙蓉

多用幽默感，少用正义感。此最低纲领，亦最高纲领。

每个男人都该有一件深蓝色的圆领羊毛套衫。

希腊无胸罩。

Robert Rosenkranz 收藏家

Fiona Eberts

Suzanne Charter   PERSIMMON

William Zimmer

Owen Mcnally   《艺术》杂志评论家

Andrew Solomon   《纽约时报》评论家

Olivia J. Sand   《亚洲艺术》评论家

David Ake Sensabaugh   耶鲁

Nathan Kernan

拟作：

嫉妒（喂鸽）

醉猫（琼美卡）

蓝调，侧写罗辛。

前先写既看不起他，又看得起他。这样一来，蓝调，挽思，人生凄凉……都落空了。我该更看得起他呢，还是更看不起他？

烟弟（二人对礼）

军礼（挥旗的男人）

我憣然自鉴我的性格里有这样的一面，侍机突露。别人会认为我轻薄佻达，迹近痴癫。我自己却很喜欢这种下意识的行径，一遇好机会，就不可遏止地爆发出来，可以得意洋洋地大半天。可惜这种机缘是极难得的。

老人（鸽病）

我与朋友也不是天天见面的，而与老人则一日之间不知要看到多少次。凡用洗手间，不免要从小窗口望见路面。

他是个孤独的老人，想说话。

没有人听他的话，很可能一年也没有听到自己的嗓音（我在监狱中时，也半年一年失语，有时轻轻的自语，觉得声音很怪，很远，我可怜这个声音，停止了）。

赠笔，换夹克（地下车遭遇，美国人的孩子气）

邻家的夫妇

王浩

小帅（黄猫）

祖鸦片，父雪茄，在下雪茄莱特（幽默胜王权）

小镇，其实是一个王国。

小镇无隐私。

小镇的每家、每人，彼此一清二楚。

小镇是一出不下幕的戏，一部没完没了的长篇小说。镇上总归有一个绝世佳人，有一个混世魔王，一个傻子，一个疯婆，壮志未酬的无能之辈，滑头码子，踩上西瓜皮而滑倒在地的拳教师。

都会是魔窟。

毋与无知者近，彼说出话来都是石破天惊的。

普希金、海涅，他们都不这样写的。看到了我的诗，他们会一愣，然后笑起来。

跟王子做朋友，跟乞丐做朋友，都不好。跟王子末不像王子、乞丐末不像乞丐的人做朋友，最好。

老年回家乡，真要有点勇气。

夏季并没有战争，秋风一起，好像打败了。

01 年 10 月 21 日，《纽约时报》所罗门撰文

01 年 10 号 Orientations David Ake Sensabaugh
木心：带根的流浪者（Mu Xin: A Wanderer
With Roots）
01 年 11 月 15 日采访《　　》[1] 季刊
苏珊娜 M. 查理（编辑），专题撰

奇怪的是，我自稍稍懂事起，便爱西洋的一切：教堂的尖顶，咖啡的香味，荷兰的风车和木拖鞋，面包，牛油，父莱茵，母伏尔加，红军的长大衣，意大利的阳台，法国的凯旋门，罗马斗兽场，慕尼黑啤酒节，阿尔卑斯山，西班牙斗牛。

大学者所应作的两本书（公正评估）：

1. 写清末民初以来中国文士的败绩

康有为、梁启超、辜鸿铭、章太炎、鲁迅、周作人、陈寅恪、瞿秋白、胡适之、林语堂、钱穆、陈独秀

2. 写"五四"后直到当代的诗人

（　　）[1]

---

1 编者注：作者付之阙如。

稿本 9

在文学的体式中，排句是可以只是一句便成一首诗。我写了

　　暴雨　情

你已很傍意，那页的课孙留妙绝，我对上帝说：请主结束，请我再来它么一首排句。

上帝打了我一记耳光，紧接着的，所以他没有什么。

<u>民间释为"狂攘"　　——的诠释（注）</u>

写文章的首要秘诀是：你一落笔就要全错，从错的结构，到一造句，错，一分段，结，到结篇，大结铸成一错误的法门就是一字一句一段都不错，到结篇它美体面，谁也看不出你的结构过。

<u>荒诞　　英雄</u>

荒诞没有把戏，没有原谅。

和

中国江南水乡的镇民的客宅，大门都是开着的，门一早就开着你进去是天井，穿过厅堂，退堂，又是天井，都开给人影，要再入内客堂，就功要西趄展宫，才会见到男仆或女佣在主动——意思是向天井，谁也可以径不应招地走入别人的客堂，按约定在路途上同是不通的。岭外游民乞丐都可以无颜走入任我青年时所见邻都民的境境，其细民是这样，1度不是有岭外贫民入镇，坞都有石马车在大天井间摆整之地叫女儿门头会歇歇冷饭冷菜饰蒲席，叫安歇，就一件篷。

　　——诠释　　　　　　　　——报影

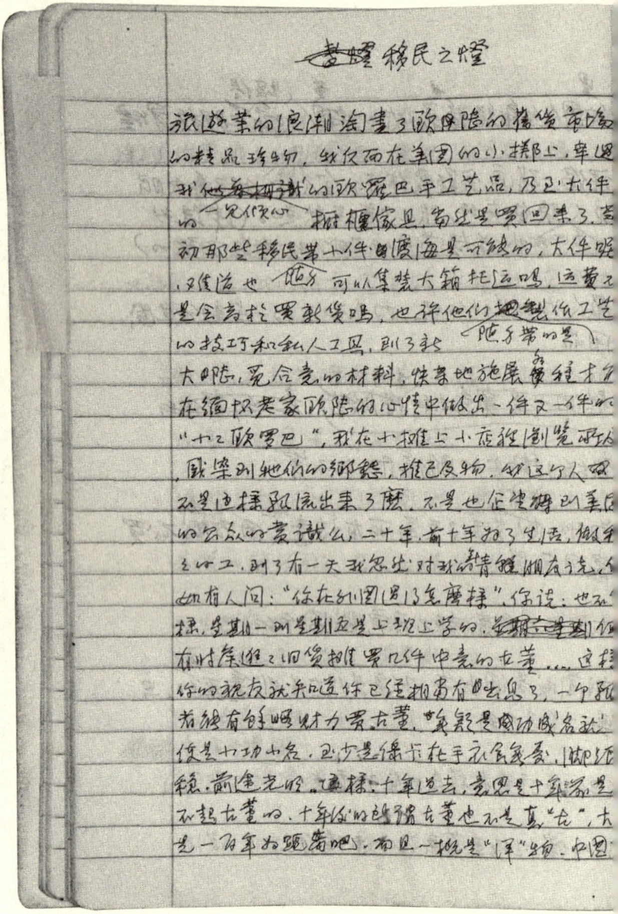

移民之燈

旅遊業的浪潮淘盡了歐陸的舊貨市場
的精品珍物，然後而在美國的小鎮上，陸續
我一兒似的的歐羅巴手工艺品，乃至大件
的櫥櫃傢具。当然是買回來了。當
初那些移民帶小件的渡海是可能的，大件呢
，难道也随身可以集裝大箱托运吗，运費之
是会高於買新貨吗，也許他們随身带的是作工藝
的技巧和私人工具，到了新
大陸，覓合意的材料，快意地施展手藝才能
在缅怀老家歐陸的心情中做出一件又一件的
"小小歐羅巴"，我在小攤上小店裡瀏覽那些
，感染到他們的鄉愁，推己及物，然这个人
不是这樣飄流出來了麽，不是也企望帶到美國
的公众的意識么，二十年，前十年為了生活，做着
之之工，到了有一天我忽然对我的青年朋友说，假
如有人问："你在外國過得怎麼樣"，你说：也不
樣，星期一到星期五是上班上学的，假
有时候逛逛旧貨攤買几件中意的古董……这樣
你的親友就知道你已經相當有些出息了，一个孤
者總有餘暇財力買古董，幾乎是成功成名就
使是小功小名，至少是保守在手衣食无憂，慨还
穩，前途光明。這樣，十年過去，意思是十年都是
不起古董的，十年後的所謂古董也不是真"古"，古
是一百年的距离吧，而且一概是"洋"物，中國

程中见识多。身在外国，我无表示玩中国去著。伤心。
置了。见物思国人，见物思国，思民族。无法眠无见而
主观我的美国的通信意，偌有一件中国崇尔拳表态生的
过他。偌有美国的现代体置，希望我有机会眼睁我
幸福的不满，不知不觉竟也也无法想。

我常会独对一件手工艺品设装装修着的方人。伤似那
是作烛（我在柯R委伯爷演海的市场卖的）一看就知
是一个孤独者的灯了。手工不很精密，但他要尖丁座间也
，意思是主体是实用的，作用是坏灯。而精灯是装饰
依伴伴随着他。可见制灯的人即是是孤独的有思，还是希
一灯涅磐。既然人情内容意那别以尖丁代人。电丁现器
克，可也是一程语言啊——当暗的间关才以调亮再幸
灯。电子拧灯亮调，暗调下光了。一个孤教约人，见立四郎
的孤器，接接这方以取决他是什么而要生产定什么
是他最低的权力意志。实现这个动机，是他孤在的主屋
一程肄乐。而且灯是他做的。上常龙气亲着。改有了
住宅制灯人不是个设计师客。磨主的，扁用了这程约段
定没见13兄挂面的灯光型的山灯泡。用是实败的。他
嫁乱之志。我用一方案酷纪灯程贵纱布平抖在玻璃
遍，烛泡不见了。但有一程眼度，辅红丝。小人电弧夕阳
者地词诗才论，出来了一省意灯还是传统者约
用约品牌，我为他塔约尼这一程设计。他会高兴。咐好
好地做等高喜约。所以每次看到烟摆磨或拭拎拎
这之地，但思那中氧灯的人。引以为知保，两个孤独约民栈民

（剪报：1784 年的 8 月 28 日，在离开纽约的六个多月之后，美国终于正式的参与了对华贸易。各国船上的官员，甚至连英国也不计前嫌，都登船热烈地欢迎这新来的伙伴。中国人见到美国船上多彩的星条旗〈那时左上角应该只有十三颗星〉，就叫美国为花旗国，这名字一直沿用至今。）[1]

两百年后，一九八二年八月二十八日，一个中国人从上海来到纽约。

---

1 编者注：这段话录自遗稿中的剪报，并被作者用黑笔圈出。
报纸名称不详。

二〇〇二年七月二十九日

在美国展画和手稿，他们看我的作品，我看他们的人，都还是诚实的。

西方人重物质吗？但他们还是保留精神的空间，所以我有位子坐。

他的手也不问问脑子，就上下其手去做了。

我虔诚地读一篇又一篇的评文，感到作者们在全力以赴地论述我的绘画作品。艺术是拒绝解释的，不由人指名道姓的，但没有评论就没有知名度，艺术品就不值钱，就被埋没，所以艺术家必须争得现世的知名度，以保存作品的存在权。艺术多可怜，他从来不能发怒发威，只好任人摆布。艺术真是植物性的，一点动物性也没有。时人只知"前卫的""有争议性"的人物。如果不是"前卫"，而是"无限的未来"，不是"争议性"，而是"永恒的价值"，现代人、现代的评论为何不想到这一点，这一点可大着呢。

星，散布在太空，古代的星象学家制图时用一条直线把两颗星连接起来，成了狮子型、天鹅型，于是有了星座的名称。人呢，人的命运是由某一星座决定的——于我而言，批评家也像星，散的，如果也用线把它们连起来，也就成了星座，那就只好以我的名字来命名这个星座了。

"灵"，是无以名之而名之的。"灵"与"神""佛""真主"等宗教最高主宰概不等同。无神论者可以知识"灵"，而有神论者是把"灵"归于"神"，含义就小了。宗教的神的观念，功利性极重，而"灵"是没有功利性的。只是"灵"与"邪俗"有对立性的，所以灵与邪的对立会以善与恶的形式出现。一个有灵的诗人，变邪了，就写不出诗了。画家也如此，他的心邪了，画也就没有灵气了。

中国论画品分神品、逸品、妙品、能品，就是这个意思。神品几乎是纯灵，逸品是指有灵气，妙品在于技巧，带一点灵气，能品是纯为技巧功夫，已经俗了。

我感到奇怪、高兴、慰安的是，西方人竟有爱灵之心，接受灵的襟怀。他们回念起意大利文艺复兴（他们只能想到文艺复兴），西方人受后现代主义折腾得忘了自己有多少人文遗产。他们应该意识到目前的贫困，而他们原是多么富有啊。中国从来没有"文艺复兴"。中国最可贵的"魏晋风度"（总的一个风度），魏晋并没有产生大艺术家、大思想家，只是一群高人合成了一个"风度"，没有宗主，没有首领，但言谈行为构成极高的大境界、大比赛，完全可以媲雅典学院，而魏晋风度的精神是一直不死。鲁迅不是魏晋系统中人，思想、文章、生活都与魏晋风度无涉。他的《魏晋风度及文章与药及酒之关系》，不三不四，出言轻薄。我们作为后人、后来者，对于古人，万不可占居高临下的架子，好像古人都是傻瓜，活该遭今人嘲谑。鲁迅的这篇演讲稿，大大地有失忠厚之心。嵇康以死殉道，阮籍以不死殉道，都做到"竭尽所能"，此之为"厚"，而鲁迅则"薄"了。鲁迅应该是、可以是"厚"的，故为之太息。如果当时我在旁，我会说："周先生，这篇讲稿可以不用，要么另写一篇。"我想他会同意我的谏议的。盖厚薄亦一念之差耳，鲁迅性格的厚的一面亦多次昭显于他的作品中。

坐在阳台上

夏季好像要过去了

草木很厌倦的样子

我懒得去买报

今天的新闻是别人的

其实市声是昼夜不歇

这里是纽约

世界最大的繁华都会

我独自守着个小园子

什么纽约不纽约

一点感觉也没有

远方的，异国的朋友

他们想到我，想到纽约

其实是个错觉

我住在纽约吗

住了二十年

也不知身在何方

晚上吃什么

啊，生命的延长

突然，我想起杭州的西湖

柳丝飘拂的白堤，两个人

莫名其妙就恋爱了

啊，过去了的杭州是真实的

眼前的纽约全然虚无

巴黎虚无

坐在阳台上

夏季好像要过去了

草木很厌倦的样子

懒得去买报

今天的法国新闻是别人的

其实市声昼夜不歇，很恐怖

这里是欧罗巴中心

致命繁华的大都会

我守着个河边的小园子

什么巴黎不巴黎

一点感觉也没有

远方的、中国的朋友

他们想到我，巴黎

其实是个错觉

这算住在巴黎吗

赊赖三年，拖拉五年

也不知身在何方

晚上吃什么，麦修

清粥，酱瓜，一块白乳腐

乳腐加少些醋，杭州西湖

柳丝飘拂，白堤，苏堤

莫名其妙也就吻在一起了

过去的杭州是真实的

眼前的巴黎全然虚无

回想起来　我们青年时的接吻　都是左倾幼稚病

童年　大舅舅带我去看马戏团是不买门票的

我和家中的男仆都有很深的友谊

我的上一辈的人，旧知识已无济于事，新知识到底不够用，都失败以终。

虽与巴黎无涉　巴黎害苦了我

掌纹为什么显示着人的命运　光这一现象就够神秘了

青年人是既自恋又喜欢牺牲

豁出去了　也没有什么好豁

人世一切罪孽　在我看来都是幼稚

少年时，我觉得"一雨成秋"这个句子真
是好。

真、善、美，三大皆空。

也许因为我是越人，所以自小就憎恶"伤感"（伤感情调）。十二三岁的时候，表哥偷看我的日记，发现有"怅然久之"句，恣意嘲笑了我。我不怪他偷看而引以为戒，虽然我后来的全部文学写作中可能仍有伤感的东西出现，但我的本意是讨厌伤感情调的。当然也有看似伤感，其实是恳切的微妙写法，那是我不想避免的，有点像反讽而又要人看不出是反讽。

在美国，我自己料理餐事，一仍中国习惯。到了英国，住在休谟先生的庄园，厨娘是名家，全盘欧化，蔬菜沙拉绝妙，几乎天天有得吃——回美国，自己又继续起油锅炒菜。想想真不好意思，中国人几千年都吃熟的菜，是保守落后，因循苟且——后来在一本书上读到，生果生菜下肚后，都要用身体的热量使之熟后才吸收为养料，生的是不能吸收的——噢，中国的文明哟，西方人何其野蛮无知。

唯中国之艺术青年难养也，近之则胡搅蛮缠，远之则骂爹骂娘。

定睛看去，他（她）的一身一心一生全在眼里了。

读人比读书容易，而且快速。一本书要读半天，一个人半分钟就读完。

尽管你城府深奥，什么都露在脸上，越想隐瞒就越显著。

卡夫卡最后对自己的作品也绝情，这是他痛苦的顶点，我深深同情，但以为不必认真到这样子。

笨人，一旦知道自己笨，前途光明。

艺术是我的树，我在树荫下。

宅边有一棵茂盛的大树就够我幸福终身

很奇怪，少年时我认为"学者风度"是很好的，后来我却非常瞧不起"学者"，而且没有"学者风度"这码子事。

喂，夫人们，先生们，你们写一封中文信也是结结巴巴的啦，你们给张爱玲擦鞋也不配。

大师、英雄、天才、智者、流亡作家，这些称号我都羡慕过，而今都像童年的衣裤，再好看也不能穿了——我对兰姆如是说，因为我借用了他的比喻。

不懂幽默是一件极为严重的事。不懂幽默，意味着什么也不懂，或者什么都懂错了。

《阿斗回忆录》，必定精彩。

贫贱母子百事哀。

好的天性，已经可以说很有学问了。

鲁迅的文字功夫好，稍有小疵。周作人的文字功夫好，太平稳亦疲。张爱玲懂得用文字，有时过了分，她缺了中国文字的古典训练。

敬读者而远之。

早年我就知道我是怎样的一个人。很久之后，当我趋于成熟时，惊讶我竟是这样的一个人。

蝉是很美的，好像只有中国的工艺家发现蝉的美而雕成装饰品，古代中国人真是可爱可敬的。

弄巧成拙　愿寄立峰塔
视归如死　疲于作津梁

弄巧成拙愿为峰塔
视归如死疲于津梁

读者泪，不好——笑，好。

昔者哥德泪，贝多芬大恚。

从不见天鹅是一边哭一边飞的。

鹤鸣九霄，从不会声泪俱下。

读者见了作者往往会失语，应看取表情。读者乍会作者时，脸上的表情是丰富的，达意的。我已收藏了很多可爱的"表情"，是偷不走、毁不掉的珍宝，我出门时随身带着哩。

脸上一无表情的读者，好像新的全白的稿纸簿。

在文学的体式中，俳句是可以只是一句便成一首诗，我写了：

塞尚　晴

自己很得意，朋友们认为妙绝，我对上帝说：求主佑我，让我再来这么一首俳句。

上帝打了我一个假耳光，民间称为"头搨"，所以我也没有什么。

写文章的首要秘诀是：一落笔，一触键，你就要错的。你一造句，错。一分段，错。到结篇，大错铸成——解救的法门就是一字一句一段都不错，到结篇，完美体面，谁也看不出你曾错过。

　　艺术没有抱歉，艺术没有原谅。

中国江南水乡的镇民的家宅，大门都是关着而边门一早就开着的。进去是天井，然后厅堂、退堂，又是大天井，都阒然 [无]¹ 人影。要再入小客堂，东西起居室，才会见到男仆或女佣在走动——意思是白天里谁也可以不通报地直入别人的家里。按说，在情理上是不通的，盗贼、游民、乞丐都可以长驱直入，但我童年时所生活的环境，无非是这样，不曾有盗贼、游民入侵。偶尔有乞丐在大天井里轻轻地叫，丫头会端出冷饭冷菜布施，还交谈，找一件敝衫旧裤给那女丐。

---

1 编者注：编者补充的文字。

艺术的伟大，是一种无言的伟大，抵挡住百般亵渎咒诅，保护着随之而伟大的艺术家。博物馆、音乐厅、画廊、教堂，都安静如死。死，保存着生命。

纸、布、木头、石头、乐器，都是死的，是这些死的物质物体物件保存着人的哀恸的心，乃至智慧、情操、喜怒哀乐、诗和箴言、天大的隐私、地大的欲望——是死的东西保存了活的意志和封疆。上帝把地球恩惠了人类，孩子们，你们要爱惜啊。爱惜你的邻人，因为你也便是他的邻人。邻人即天堂。我们原先进的是地狱的前门，地狱已经走完。站在地狱的后门口，望见的是满天的星星，每一颗都在恭候你，向你问好，并且祝贺。

鲁迅好，鲁迅是有文学天才的。"寂静浓到如酒"，单这一句，郭茅巴老曹，一个也写不出。

鲁迅与当时的作家和当今的作家，是对立的。看不到这个对立性，那你也在这个对立面里——要么你是文学，鲁迅不是文学。要么鲁迅是文学，你不是文学。

拍艺术家传记片，好莱坞是最会胡搅蛮缠的。我们年轻时向往欧洲浪漫主义，日日价痛不欲生，看到银幕上出现巴格尼尼、巴尔扎克，简直要晕过去——五十年后，在美国再看《一曲难忘》，再见巴格尼尼、巴尔扎克，觉得难为情死了。

翻译很重要，如果莎士比亚自己不写，专事翻译，当然是名家高手。

傅雷的翻译，在理念上是有错的。花心力于找到与中文相同相通相印的字、词、语汇、典故、口头禅……用以译制为中文本，大家以为精崭，巧妙，功力深——中国读者看了，心想：噢，原来外国人与中国人是一样的，男的貌若潘安，女的宛如西施。

鲁迅主张"硬译"，从理念上说，倒是非常的对的。译俄文为中文，就要完全俄式俄化，这样才使中国读者懂得俄国。翻法文，一律法式法化。"硬"是开始，熟练了就会软起来。

都已分析过鲁迅与其当时的好一批文人在思想上、政治上、人生观上的明显对立，但都没有从"文学"上看出鲁迅与其当时和现在的整个文学的理念和方法上的严重对立。

我孤独，这只是在中国人的眼里的表象。我的背后有欧罗巴文化，中亚细亚文化，乃至玛雅文化，东南亚文化……而鲁迅，没有这个背景。而各种文化中最有力的支持我的力量来自音乐，鲁迅偏偏是无心也无知于音乐的。虽说五四时期的中国文人都昧于音乐、绘画（郭、茅、巴、老、曹，都不涉音乐），（　　　）[1]

1　编者注：作者付之阙如。

中国的大写意水墨画真是玩命，一笔差，一点差，就完，无法救的。对于西方画家，立在旁边看看也吓死了。

每天买一份报，多奢侈呀。

见你毫不在意他的妒忌，他越加疯狂妒忌你了。

A: 你在文学上有所师承吗？

B: 有。

A: 请问老师是谁？

B: 耶稣。

A: 怪不得一开言就有大气澄清的感觉。

B: 岂敢。只是弗至于越讲越糊涂，像现代德国法国的思想家那样。

予有幸亲见中国传承五千年的民间社会之末尾。

现在，目前，这里那里的爆出一点民间社会的芽，遥看煞有介绿意，但终究不行的。人心腐了，哀莫大于心腐。

是读者们在那里星光灿烂

作者这里始终是平静暗澹的

不通信，不电话，不见面，这样的读者是
"纯读者"，否则就可能转化关系，书也不读了。

我的版本，艺术是阿波罗管的。

他的版本，艺术是维纳斯管的。

潮平，水要睡觉了，我小时候就这样想。

借用我的脑，我同意。借用我的心，不行，也无法借。

脑子或可公用，心是私有的。

船长抡起大斧劈他的船，因为船不听他的话。

不以一眚掩大德，但十眚百眚地眚过来，我只好一一掩了。

读普希金《假如生活欺骗了你》这一首诗，我心中暗暗叫道："真是诗人。"

读普希金的短篇小说，啊，莫扎特。
听莫扎特的时候，我并没有想到普希金。

一个不才的屠夫，杀了一头非常有天才的牛。

大都市总是魔性的，神性在乡野。

瞧这些凭吐口水以灭火的消防队员。

人们以为监狱的生活是三年五年一阶段一阶段的，经历过的人才知道那种困苦是一秒钟一秒钟地磨蹭过去，而且监狱并不平静，囚徒要作践囚徒，你没判死刑而还不如死了的好。

读者与作者的关系，是一种意味着的关系，没有实质的。你在地铁中看到有人正读着你写的书，你也只能装作不见。看书的人笑了，你也不知他读到了哪一句。如果这作者找机会近去与读者兜搭，那么可以判断这是一个文侩——因此，作家只能以书来和世界打交道，人是不可出场的。

终日烟不离嘴，到晚上才点火，今日第一支。

海鸥的叫声与海的景色是协和的。一只画眉在海边叫，就不行。画眉不行，海也不行。

我十几岁的时候，一上来就讨厌胡适之、徐志摩。鲁迅骂一个，我开心一番。因为我小，嘴和笔都不管用，但我信鲁迅先生，他无私、有理。我很想端一碗莲子红枣羹，说："周先生，吃了再骂。"

　　不要与我交往，不要称我老师，一旦你破门而去，就一定会堕落。本来也无所谓上进或堕落，你上进过了，再不继续上进，就堕落了。深渊，下去也是前途无量的。

　　艺术追他，要抱他，他站着微笑不动。

有塞尚走在前面，路总是宽广的。

我初到西方时，看到马蒂斯，有过时之感。毕加索，也老派了。而塞尚、梵高，仍然很新鲜，伫立不忍离去。而康定斯基，竟还有新意，他在他自己的画里发现了"神"，当然也不了了之。

从前的小镇上的繁华，是挨肩搭背的繁华。人人一肚皮妇孺皆知的隐私。除了乞丐，大家都很满足，而且因为想象不出外面有更好的世界，就认定本镇是最好的了。可以说小镇无闲人，有一点闲便去花掉，就显得是忙人了。小镇有塔，有亭，有私家花园，有教堂，有庙，有寺，有警察局，有监牢，就是没有救火会。一发生火灾，大家提了水桶来救火。桥是最多的了，且是石桥，桥名是地标，是方位指明。

　　要我回忆呀，真是受难，因为我一埭路上过来都是受难的日子。

一九五九年，北京，王府井大街，下午到傍晚，汉子们的人造纤维的裤子又长又大，风吹飘飘然，自有一种王道乐土的气象。大抵是职工们下班，带孩子逛街，吃个爆三样、木樨肉什么的——我当时也只是大块面地麻木，然而终究能保住独来独往的本色。

我没有资产，没有思想，而当年中国大陆最反对的是"资产阶级思想"——我便一贯以"资产阶级思想"来保护我。我工作踏实，技术精通，效力很高，看起来总归是个危险分子。日子久了，舆论构成了结论，"他呢，倒不是反革命，是资产阶级思想严重"。于是我吃得好，穿得好，活脱脱是个资产阶级思想严重的模式。只要不是反革命，事情就好办。

天哪，多少苍生，穷得叮当也不响了，还谈什么资产、思想呢。六亿八亿人口，一个思想家也没有，但闹来闹去都怪什么资产思想。人类的理想，正是一有资产，二有思想，到那时就没有"资产阶级思想"了。

我曾良善到可耻，长期地，幸亏我命长，还能有时日努力于雪耻，但对于我，良善是另一种绝症，不断要发，故要防要治要施手术——我看到任何人，良善之心油然而起，所以我隐居了，不交游，亦不见客。我的可耻的良善宁肯置于文学和绘画以及音乐之中，生活上，无良善不良善可言，总好了呗。

老师与学生同时出场，学生高大一点，老师矮小一点——你看，学生多有出息。你看，老师何等厉害。

我画画的时候，心里想着千千万万的批评家将要扑上来指责挑剔。好吧，我先在画幅上对付了你们。

我的艺术充满陷阱，跌下去，阳光明媚，鸟语花香。

人多的海边，是人，不是海边。

海轮上有球场、游泳池,海神普赛顿摇头太息。

我只想写借喻性的"我",实际的我太窝囊、繁琐,能写出来的都是乏味的。

我活在虚构的我的身上。

艺术全在于虚构,家庭不能虚构,所以我不要家庭。

世人为的是什么呢,为来为去为一点新的生活用品。

意大利街上的雕像什么也不穿，意大利是时装国。

为什么唐宋人生活得更美丽有诗意呢，因为都不买家用电器。

古典世界名著，都不用电脑写作的。

移民之灯

旅游业的浪潮淘尽了欧陆的旧货市场的精品珍物，我反而在美国的小摊上幸遇一见倾心的欧罗巴手工艺品，乃至大件的橱柜家具，当然是买回来了。当初那些移民随身带小件渡海是可能的，大件呢，难道也可以集装大箱托运吗？运费不是会高于买新货吗？也许他们随身带的是制作工艺的技巧和私人工具，到了新大陆，觅合意的材料，快乐地施展各种才能，在缅怀老家欧陆的心情中做出一件又一件的"小小欧罗巴"。我在小摊上小店里浏览所及，感染到它们的乡愁，推己及物，我这个人可不是这样飘流出来了么，不是也企望得到美国的公众的赏识么。二十年，前十年为了生活，做种种的工，到了有一天，我忽然对我的年青朋友说，假如有人问："你在外国过得怎么样？"
你说："也不怎么样，星期一到星期五是上班
上学的，假日有时候逛逛旧货摊买几件中意的
古董……"这样，你的亲友就知道你已经相当
有出息了。一个飘流者能有余暇财力买古董，
无疑是功成名就了。即使是小功小名，至少是
绿卡在手，衣食无忧，脚跟站稳，前途光明。
这样，十年过去，意思是十年前是玩不起古董
的，十年后的所谓古董也不是真"古"，大致
是一百年为距离吧，而且一概是"洋"物。中
国古董，我从小见得多。身在外国，我矢志不
玩中国古董。伤心，伤透了。见物思人，见物
思国、思民族，还是眼不见为净。是故我的美
国的住处，没有一件中国文物或家具，也不取
美国的现代布置。知我者，当会明了我对时尚
的不齿。不知我者，由他去怎么想。

我常会独对一件手工艺品，设想制作者的为人。例如那盏台灯（我在柯尼爱仑滨海的市场买的），一看就知道这是一个孤独者的灯。手工不很精密，但他要灯座也发光，意思是主灯是实用的，作用是照明，而辅灯是装饰的，陪伴着他。可见制灯的人虽然是孤独以自处，还是希望有一点温馨。既然人情冷漠，那就以灯代人，灯无语而有光，光也是一种语言——这灯的开关可以调节为单开上灯，两灯并开，单开下灯。一个孤寂的人，在四顾无人的夜晚，捻指之劳可以取决他要什么而果然就是什么，这是他最低的权力意志。实现这个动作，是他孤苦的生涯中的一种快乐，而且灯是他做的。上帝说要有光，就有了光，而灯是人创造的。但这制灯人不是个设计家，座子的小扉用了透明的玻璃，这就见得里面的灯光型的小灯泡，那是失败的，触自有烦乱之感。我用一方淡赭红的粗质纱平挂在玻璃后面，灯泡不见了，只留一种明度，赭红的，似夕照非夕阳，想说的话终于说出来了——当这灯还是制作者的私用物品时，我为他增添这一设计，他会高兴，叫好，那我是非常乐意的。所以每次我为灯掸尘或拭抹时，总是淡淡地追思那个制灯的人，引以为朋友。两个孤独的移民共用这一盏灯，不，一个欧洲的男人做了一盏灯，留给了一个亚洲的男人。

1. 灯

2. 咕咕钟

3. 铜烟匣

4. 巴珑

5. 皮酒瓶

6. 秘书、文具箱、首饰盒、手杖、烟斗、长瓶、我的怀表、打火机、指环。

我会很达意地说出我的无知。

首任"人类的公共秘书"是马基亚维利，第二任是谁呢？

餐室的墙上挂一张自己的照片——天天见面呀，烦透了。

极短篇：
恨自己丑，她自杀了——经过殡仪馆技师的化妆，美艳惊人。

对于他，老婆第一，老板第二，老师第三——我不收这样的学生。

蓝天，白云，绿树，可爱的夏。

我最喜欢在文句中力挽狂澜。

人家是惨绿少年，我的少年却只惨不绿。

鲁迅看世界，什么都以讽刺的角度对待。那么多东西要讽刺，怎么忙得过来呢。

鲁迅所写杂文的题材，充作朋友闲谈的话题，相对大笑，笑完人散，独自写他的虚构的莫须有的小说，如《理水》、《采薇》之类的东西，这样才真的是现实主义的文学大师。

他的一生，很像那场楚汉之战。奇的是既要打败项羽，又要打败刘邦，耗时六十年，他俨然胜利了。

上海洋过了头，就成了土，且此土再难真

正洋起来了——无知之孽。

柳永近萧邦，但毕竟差得远。黄仲则有萧邦遗风，但到底不可拟。音乐本高于文学，而最终见高低的，在于人。

语气与语旨的一致，才好。

咕咕钟

"咕咕钟"的起源，也许是荷兰，总之是在北欧吧。款式之繁多，几乎可说一钟一个样。相同的是以木材为主，故归起类是木雕的手工艺品。在小户人家，它就是一屋之精萃，全家都敬重它，信从它的报时，品赏它的韶美。这件作品的主题是在于钟面的上端必有扇小窗，每隔一小时，小门乍开，探出一只小鸟，咕咕咕咕叫，接着钟声锵然，毕，小鸟退进，门阖——这段情况似乎很严重，又很俏皮，人人都觉得美妙，可亲可爱。听说，从前家宅如果发生火灾，第一要抢出咕咕钟。现代人则先救照片，因为其他物件都可由保险公司赔偿，证件亦可申请补发，唯一家人的照片是无法补回来的。咕咕钟多半是世代相传的，寄托着多少休戚与共的记忆，所以当我第一次听说欧洲人爱咕咕钟而奉为一家之圣物，我更珍视，也更心折于欧洲人的习尚和情操，真要在好字上再加个好。

钟座，或说钟体的木雕，就看出制作者的匠心来了。有取舞蹈的人形，有取屋舍，有取花果、松鼠、小鸟、鱼、贝壳，情调趣味全是中世纪风的。这正是最佳选择。太古气，不亲切。时髦了，就媚俗。唯中世纪手工业时代的气氛，最宜成全咕咕钟的风貌，仿佛时间也变得慢了，懒洋洋了。所以，评价咕咕钟，第一要着眼于有没有静气，中世纪的味儿足不足；再则木雕的构成，要繁，繁缛感。如果简单朴素，那还算什么咕咕钟。而难就难在这种繁，不是华丽精巧，倒是很土气的，像一个朴讷的乡下少年说情话，说来说去几句话，但听起来却很丰富。中世纪的繁缛出于内心的厚道的表述，而非假惺惺的卖弄。他们突然简练起来是不讲情面的，所以我对中世纪总是小心翼翼，别惹怒老实人。

　　小时候读童话神话，稍长，那就读英国德国法国的小说，很容易在插图中见及咕咕钟。但生在中国的孩子，要得到英国钟、瑞士钟还可希望，要拥有一只旧的北欧的咕咕钟，那就欲哭无泪，此生绝对是没有希望的。所以在电影上倏然见到咕咕钟，心为之惊，魄为之动，可惜一瞬即逝。因为影片的制作绝对想不到有人不要看绅士淑女，而要看一只破旧的钟。

　　到了西方，我已记不得童年的"咕咕钟情结"。偶然见到这类钟，貌不合，神大离，大抵是旅游商品在第三世界成批生产的，简直是对中世纪的一种亵渎。在我的诗集里，多次咏叹那个"黑暗的中世纪"，但那时的生活中还有一带一片的薄明。宗教是疯狂了，贵族是糜烂了，但芸芸庶民是正直的，互爱互助的。人的元气不伤不泄，情是情，爱是爱，举目有亲。但文艺复兴是一场梦，不是历史的规律，历史的规律倒是"永远不会再有文艺复兴了"。逛旧货摊是我在西方生活的最大幸乐。记得初到纽约，入苏荷区，满目白种的艺术家，准艺术家和艺术迷，个个旧衫旧裤旧鞋，背个包提个袋也敝败不堪，这个气派可是大，压得我新来的黄种人无地自容。衣履备戴要弄得这样旧，是多么多么的难呀，而配在一起是多么多么的雅逸自在，一动一定，句句是诗。破旧而不脏，不褴褛过时而新意迭出。我心想，比打扮，我输到了爪哇国；比画，我将一跃而在你们之上。但想归想，脚步却加快，逃离苏荷区。一个人的自尊心难免要受伤，但不能受到这种程度。不过，是需要这样子的见见世面，而且古人十年磨一剑，今我十年磨一裤。后来再去苏荷，混身旧气，而且是全球闻名的"素描中心"主任邀我，与法国维克多·雨果同时举行展览，妙在两者都是画家兼作家，我看了场地，嫌小，不愿意——这有什么好吹的呢，不吹。我要说的是"自取其辱"的故事。当时的那种自卑感真叫铭心刻骨。情节属实就不叫吹，是唱。

衣服要买二手货，放出眼光来，自己动手改制。身体要锻炼好，发式要应时更换，神态表情要懒洋洋，问心无愧的样子，其实谁的心里都是有愧的——我懂旧，喜旧，太阳月亮都是旧的。

所谓旧，是指历史感、时光感、人文感、生存感，多感混合便是一种悲情，华严而沉痛，使我静，使我恋念生命的可爱，应该敬重生命的一体性。他人即地狱么，他人即天堂，我终于买得了一只咕咕钟。

回想起当年的我（十岁到十五岁），可怜哪。

现代青年缺了人文脊髓、礼仪弹性，是故总是挺拔不起来。

文学的流传，或说文学的生命力，闹事闹场面的是主流、显学、畅销书，而我所见、所知、所寄望的是"潜流"。文学的潜流，也即是文学上的清流。作家是见不到他的读者的。读者爱作者，只放在心里。台湾有一位编辑，那是资深的名流，他说："木心，你在台湾的读者可以成立一支军队。"我出了一惊，我一不懂政治，二不懂军事。

安东尼手册

　　还是在上海美专做学生，一日，赵城南来约我去会他哥哥，赵安东。我很敬畏此人，一是年龄大我好几岁，二是他已是印染厂的技师，三是左倾，精读黑格尔、费尔巴哈。待到见了面，居然是剃光头的，可见境界之高，越想越发窘。那哥哥与弟弟说话时很柔和，转与我谈，脸色立刻显得冷淡，我真想逃跑。这是工厂的会客室，椅桌简陋，颇像公安机关的审问室。俄而那哥哥以肘轻撞弟弟之臂，他俩悄然转入后面的小间。我是外人，他们有私房话，我很愤懑，一种剧烈的失落感。我还不及回过神来，已听到其哥哥说："艾青已经到了延安。"弟接："那好呀，好极了，好极了，好好好好。"哥的声音轻，弟的声音响，他们配合得非常熟练。

前者是机密的，越轻越神秘越有味道；后者是无内容的，没有人知道高兴些什么。我再笨也猜定赵安东是中共地下党人。印染厂技师是个社会身份，他在上海是共产党地下工作的领导骨干，大小不知，总是精明强干的。我呢，我也是有点觉悟的，我马上认为赵安东同志的光头是不智的，太招人注目，而知识分子剃光头，无非是马雅可夫斯基心态，未来派，横空出世。我十八岁，也看不起这种惊世骇俗的作风，不过又很羡慕马雅可夫斯基剃了光头果然漂亮。赵家哥哥的光头也自净圆，煞有介头。那年月，正是英格丽·褒曼当红，赵安东很滑润地问我"看过了《卡萨布兰卡》吧"，"看过了"，"好，好"——我当时还不知好到怎么，怕他问下去。

我是决计不再去印染厂的了，但赵城南与我之间书籍往还频繁。某次书中夹有一片小小的狭长的练习簿，是英国货，雅致，惠罗公司才有得买的暗紫练习簿。翻开来，"安东尼"年月日，这是那哥哥的手册，钢笔字要写得如此安详秀逸，真是难得。赵安东改为安东尼，一下子就洋了古了，简直罗马意大利腓尼基迦太基。啊，原来是手抄了世界大诗人的最精妙的短诗。安东尼的眼光是厉害的，小手册的精神面积是世界性的，遴选的都是拔萃之作，从波斯到南欧，历历磊磊。因为是手写的，读来益发亲切温馨，最后一页是英国兰姆的散文诗（短句）：

童年的友伴，像童年的衣衫，长大后，就穿不着了。

我大为动衷，十八岁，已经有这样的人

生经验，深深的感叹，一瞬间，自己长大了很多——怎么后面还有一页：

时间是铅笔

在我心版上写了许多字

时间是橡皮

把心版上的字都擦掉了

这拿铅笔又拿橡皮的手

是谁的手，谁的手

这是我十八岁以前在故乡写的诗，后来录入我的第一本手抄诗集《鞭痕》中。猜想赵城南在借书时不告而取地拿了去给他哥哥看。我想他的居心不是推荐炫耀朋友是诗人，而是要听听哥哥会怎样评价我的诗，他自己就看不懂，沪语叫"戤戤斤两"。

少小时，我对自己的诗作既不自卑，也不自诩，只是呆呆地写，一不吟爱情，二不咏悲哀。姊姊看了我的几首诗，说："这是和尚诗，贵胄公子出言如此枯淡，不祥。"姐夫说："我看弟弟将来不成圣，便成盗，希望是成圣。"

六十年过去，美国（　　）[1]

说我"轻易地成为圣者"，是错的。我不是圣者，而是圣徒，并且能有今天，绝非轻易。如今一切都已过去，成为美好的回忆的是，在安东尼的手册上，我的诗作与世界各大诗人并列。可怜的是，别的诗后都有作者之名，唯独最后一首没有我的姓名。我想，这是安东尼的分寸感。在当时，我没有资格具名，何况他也

1　编者注：作者付之阙如。

不知道我的笔名（我的笔名要到一九八一年才定夺，才入世）。事态是诡谲的，《安东尼手册》的最后一页，有诗而无名。

这一段回忆写完了，而我真正要明言的是：当我蓦然看到自己的诗被安东尼以典雅的字迹恭录在他的手册上时，知遇，荣耀，一跃而登龙门的快感，是我的青春年代的最高的幸乐。十八岁，无名的成名，接下来是六十年的埋没，然后在太平洋对岸，再作有名的成名。我的意思是说，我已经极度疲倦了，迟来的成名已不能给我快乐，无论如何，总比不上乍见《安东尼手册》上的我的诗时的那种默默无声的抢天呼地的狂喜。

五十年后，我写了不少诗，出了几本诗集，这首《铅笔和橡皮》始终不入选，而这件事故，比之家教师训更曾经激励我。但愿赵安东大哥能看到我这篇文章。年轻人最爱的是热情和荣耀吗？不，这是一个秘密：年轻人认为热情和荣耀是唾手可得的，期在必至的，年轻人最要的是承认、赞赏，没有比受人承认和赞赏更使年轻人惊心动魄的了。

再倔强的人，也会因受到赞赏而放声号啕大哭，而受够委屈者（　　　）[1]

强者都是弱的，弱得恰到好处，是为强者。

江南水乡小镇，一镇就是一个王国，外面到底是什么世界，镇上人是不知道。

我的故乡，按当时实况，不调查也公认我是最没出息的人。舆论之可怕，在于舆论日久便成为结论，我为此而痛苦。如果我有一技之长，或在某方面确有过人之处，那么我是受委屈，被误解。我可以愤懑、申辩，可以露一手

1　编者注：作者付之阙如。

给人看看，甚至公开较量，战胜别人，但当年的实况却是我确凿无能。我自认我是全镇最无能，以致最没有前途可言的人，这就更无还价地痛苦。

打麻将是二三十年代最盛之风，我不打，也不看。家宴，赴宴，我饮不了酒，豁不了拳，行不了令。琴，我要钢琴，家有的一架坏了。抗日战争，逃难在外省。棋，我嫌烦，学会不久就不屑弈博。书，不能持久，停停消消，不成一家。画，我爱西洋油画。

回到中国的第一个感觉（也是驱之不散的感觉）："我在中国了。"

长篇大论一定蠢。

整部《巴斯卡随想录》只一句佳，而正是此一句否定了全书的理念、观念和总念。

骑马，游泳，写诗，生之三乐。

没有经历，没有世故，没有任责心、使命感，没有理想，没有志愿，没有襟怀情怀，在这样的时代，这样的一代青年中，我的书一本本分头去找读者，会有什么奇遇呢（书的奇遇，非作者的奇遇）？

个别读者，明明是"自为"的，而读者群

却有茫茫的自在感，真似群星灿烂。定义是：读之前，非读者，读之后，非读者，是则读者只成立于读的那段时间里。读者是个什么人，是不可知的，无法计较的。良、莠、智、愚皆可读，而当他（她）一字一句起阅、进阅、阅竟，这段时间里，一个人（读者）被另一个人（作者）吸引了，绘画、音乐等，亦复如是。艺术欣赏始终是这样一回事，多么清，多么淡，人际关系的最无为的一种。人类之所谓"文化"，原来是这样晴空游丝般的无凭借。一本书，强制人读，那么这本立即就失去作用。

回想童年少年青壮老耆，一以贯之者，蠢。黑暗的甬道，半点光亮也没有，竟然活到现在。

文学到明朝，气数已尽。清季十三传，滴滴嗒嗒，总归无以为继。民国"五四"，那是一场大乱。

要谈"酷"，可以，《世说新语》中的魏晋人士，才叫"酷"。

好像分这样两大类：一种是人很可爱，但不是艺术家；一种是人很讨厌，死乞白赖地搞艺术。

树木宜微风，花卉无风，好。

男与男，有话谈，谈球赛。男与女，各有理，一包气。

夏末，蝉声愈烦，它们快要尽了。

中年，是青年的忏悔。

在我年轻的时候，不能设想后来遇到的是眼前这样的社会。这是一个没有历史、没有未来的世纪。陈子昂的"前不见古人，后不见来者"是诗的说法，而今是现实的局面。

我怕肉麻，可是不麻就没有肉了。

品性单纯，思想精深博大。

牧童老了，牛何以堪。

在精神上，青年们落在虚脱状态中，大地的盐分失咸了。

没有风，树都不高兴。

时尚，主流，大众化——艺术三敌。

粗粗的思想，磨成细细的艺术。

思想犹麦粒，文学成面粉。

世界上最大的快乐，想来是战略家才能有。

男人应该个个是战略家兼诗人。

作文之乐乐何如，连改九遍犹踌躇。

艺术无完美，却好像真有完美可求。

毁灭之前，力求完美，这就是悲剧精神。

雷奥纳多·达·芬奇，天生一颗追求完美的心，所以痛苦。

谢谢上帝，让塞尚知道自己是伟大的。

哲学老了就老了，艺术是会蜕变的，但艺术

也会死。哲学之死，尚有艺术来为之行葬礼。艺术之死，再也没有动静了——艺术无葬礼。

要叫年轻人不要追求时尚，就等于去其手足。

吃菜要吃菜味，看人要看人味。

文学——作家一定要居高临下地看自己的文字。

不欲老气横秋，如果老气横春，多好。

善鸣的鸟，它自己是觉得好听的。

不管形上形下，构成人类世界的是一些日常生活用品。

单独写《论海派》

作为《上海赋》后继

外文书店老板（伙计）

饭店老板娘

面店掌柜

书摊明信片

吃生煎馒头

辣菜女招待

"怡静"午餐

高觉民

马志虎

《上海人》

上海有人

上海味

上海精

原拟作《论海派》，想想又觉得何苦来。微言大义则说不上几句话，大言微义倒埋没了自己。聪明的史家是不谏的，因为史笔不是拖帚。艺术家坚守"好自为之"，史学家只能"由他去吧"——我不写《论海派》了。

生活在上海计三十四年。我十八岁起定居上海，第一课自我教育是："要在上海立脚，必须先学上海人，从而以上海人的办法来对付上海人。"用外省外地甚至外国的经验是对付不了"上海"的，因为文不对题。三十四年的过程中，也常有露出我本籍浙江人的马脚来，好在上海人还没有觉察。我自己来省悟，狂澜未倒，已为我挽过来，混入黄浦江苏州河，宛然一色。然而真正精乖的老上海，都冥冥之中认定我是异上海分子。那种硬跷跷的作风，还是属于"拎勿清"范畴，不够糯，踏着尾巴头不动。但他们都不知道，我是上海人最犯忌最看不惯的绍兴人。一个绍兴土著来写《上海赋》，简直岂有此理。三十年代，十里洋场，几乎没有绍兴人的份。

出国千难，回国万难。

海水的浪花都是即兴的，幽默也就是这样。

但愿人长久，三里共婵娟。

他们不是用话来表达思想，他们是用话来代替思想的。

西方哲学是个积木游戏，中国哲学到头来都是战略兵法。

去时无所悲，归来有事庆，试问行路人，何如神经病。

在监狱里，还要追求时尚。

凡是别人不能说的，对文学可以说。

从前的家庭，不论贫富尊卑，都有一种天长地久的感觉。

从前的生活，那种天长地久的大氛围，凭当时的人是感觉不到的，我也要直至现在方才回忆而如梦初醒。

　　从前的生活，人情，世故
　　那种天长地久的大小氛围
　　当时的人是茫漠无感觉的
　　我也要经过六十年后
　　方才凭回忆而如梦初醒

——论节奏

从前，上海多的是弄堂小厂。那里面的荣辱兴衰、勾心斗角，远比《红楼梦》复杂。每家厂，总有一个霸王，一群马屁精，一朵花，一个傻子，一条可怜虫，一副硬骨头，而忠臣烈士倒是没有的。

写一九四八年杭州的春天的一段生活。

黑暗的青春。

朝红，泰舜，春天自然界之美，西湖有荒凉处。

有人说，鲁迅的论敌都配不上鲁迅。我反而想到，凡我爱过的人都不值得我爱。

仇敌分两类，一类求其速死，另类祝其长生。

"开放"是回复人性，哪知回复的是人性中的坏的一部分。

尘与土三十功名有志竟成
云和月八千里路无家可归

归国还乡水土不服
立身扬名心志未酬

书名：四对话

木心—童明

分：夏季对话（文学）

　　春季对话（绘画）

　　秋季对话（绘画）

　　冬季对话（文学）

对评论家的反应，都持感谢的态度，而也表白画家的原旨、主见。再者，美国人士看我的"画"，我看的是美国的"人"。我自来忧心"后现代"的一些胡作非为的艺术品败坏了美国人的"胃口"，因而排出我的"滋味"，但幸亏事实并非如此。这也正是我暗中祈祷的大愿，就是爱默生所说的文化的"潜流"。"潜流"即命脉——美国知识界还有形而上的底气。他们到我的展览会场来，站在我的画前，状况好像是忘了"现代"，忘了"后现代"，只记得艺术，认知"艺术是这样的"。法国的【　　】[1]就说【　　】[2]这是我们最需要的，是当代最缺少的，而作为画的制造者的我，我从来就没有在制造

---

1 编者注：漫漶难辨的文字。
2 编者注：同上。

时想到这些、那些。而且，二十世纪七十年代的中国人，有谁知道西方世界是怎样的，欧美的后现代艺术的绘画流派是怎样的。若说是要与之抗衡，那么连影子也没有见过，谈什么抗衡呢。我以最单纯的理念来作画，是工具、材料、技法启示该怎样应用，怎样怎样发挥，所以画家的教师，是工具、材料、技法，是这三者联合教导了画画的人，而这三者是包涵着无限量的偶然性、可能性。画家的本领，第一要会发现，第二要会取舍，第三要会结晶。当一幅画完全了的时候，"偶然的"都成为"必然的"，评者文（　　　）[1] 对一幅画的整体控制，是要有长期的实践训练。单靠偶然性吗，偶然性才不听你指挥哩。画家毕生的功夫，就在于驯

1　编者注：作者付之阙如。

服偶然性。中国的水墨画的偶然性特强、特多，所以我喜欢用纸、笔、水、墨、彩。然而油画、版画都有大量的偶然性，而且大画家也都极为用，但他们不标榜出来，也不专门地研究。像魏拉斯贵斯、维美尔，当他们的画的细部摄成影片而放大在银幕上时，"偶然性"就显露出来了，就知道画家是多么熟练地控制着"偶然性"。相反的是，画者死扣住真实、写实，放大了细节，木然无生命，没有偶然性可言，这也是大师和小匠的宿命区别。

画，要经得起缩小，经得起单色印，经得起局部放大，方为真正的好画。

不好的画（也可说"虚伪的画"），一经局部放大，会显得丑恶，这好像是遭到了审判，昭示公平。而好的画，用现代技术放大其局部细节，精彩纷呈，有一种强烈的"真相大白于天下"的痛快，人心大快。

什么叫技术训练呢，譬如说画树，我在六十年中画过的树何止三千五千，而在这幅画中只画了两棵，这就叫技术（训练）。以前的三千五千棵树是看不见的，这两棵树却在画上，观者的感觉是：他从来不画树的，这是他第一次画树。画水，也是这样，流水、静水、死水、海水、湖水、飞泉、乱涧……有评家认为，达·芬奇研究了水的现象和性质（　　　）[1]。我不在乎物质的物理的水，我画水的表象。作为画的组件，因为是水墨画，以水表现水是最恰当不过的，但中国古典画派中，不论南宗北宗，涉及水，皆以空白付之，至多是以波形细线略作示

1　编者注：作者付之阙如。

意，要靠观者想象。纯乎以水作主体的中国画，几乎一张也没有，而云，也不曾作主景。水和云，中国画是以"虚"对待，这是很聪明的做法。水云虚，山石实，岂不洒脱空灵。还有，灯光是不入画的，自然物的逆光边缘效果也不取——并非我有意补空门，只觉得水可亲可爱，云也大有语言效果，夜景明明有人家灯火，逆光有时比正照还蕴藉风流，我便都取来放进画里。乔治·桑和（　　）[1]都喜欢画中的"三度空间"，说起来眉飞色舞。因为她们由衷喜爱，而我自己是一无感动。三度空间本来就是的么，不值得诧异，而我所惊喜的是这些美国人（评家、观众）的内心（思想、情操）有着精神的三度空间。在他们的基因里，至今还流传着欧

---

1 编者注：作者付之阙如。

罗巴人文传统的要素。美国是火鸡帝国，没有古典、没有遗传可言。最早的白种移民，都是欧洲人。我的画触动了他们夐远的天性，如纪德所言"沉睡因素的唤醒"。没有沉睡因素，那就再唤也唤不醒。在市场上，在街上，美国人是一味粗俗，但在大学里，在个人的书房里，美国人是有学问、有教养的。

"9·11"事件，是国际性的政治事件，在多种性质的揭露批判之后，它还有一重不为别人所重视的象征意义，即是：在文化上，美国的意识形态并不占世界主流。记得当年加加林上天，美国白宫主者大为震动，集智者倾囊之智，以分析何以美国落后之原因，穷思苦想，终于找到了原因：苏联社会主义尊重古典文化传统教育，而美国轻视甚至忽视这方面的继承和发扬。我听了也付之一笑，美国的缺陷何止于此，所谓"美国生活方式"，我们在作大学生的时代就领教过，是一种没有头脑的生活方式。

"9·11"事件，使美国朝野一齐吓昏了头，几乎像世界末日到来，而受害的对象毕竟还是局部，而非全国。纽约灾区也不大，救灾的战士和将领临危不乱，局面很快稳定下来。

而美国人的心灵大大受伤了，号称强大无敌的新大陆，竟是如此脆弱。自以为现代科学技术天网恢恢，疏而不漏，不料是一下子疏而大漏。美国的"坚持自由"的立国概念，在"政治准确"的考核下是大有问题的。

卡莱尔的"英雄崇拜"，不失为一家之言，而他遴选出来的英雄典范，我就未必认同。英雄，要有悲剧精神。美国一味追求快乐，美国没有悲剧精神。欧洲虽然在衰落，而在文化层面上，他们还是有所执着，还不致全面失忆，也就是仍然有悲剧精神的底蕴。

印章

休也（小），休息（小），杰也（小），橡之心（花），美客（花），街命（花），正葩而绝（花）

木心（大中小），越人（小），作不述（中），怀西堂（大），绝子（小花），双绿斋（中），天昌我亦战之功也爱，这怎么行呢，我是个怀疑主义者。

蚕作茧自缚，西人作逻辑自缚。其哲学，茧也。

书市兴旺，纵观出版物装帧恶俗不堪，不必一一启读，即可断言这是个万劫不复的文化断层。

舞蹈、体操、武术，呈显出来的肢体之美是有意的，劳动、工作、休憩中人体构成的美是无心的，特别美，富诗意。

艺术与世界的关系是意味着的关系。

在地球的二十四小时的自转中，贝多芬的音乐不停，同时总有人正读着莎士比亚，这就是艺术与世界的实在而非实用的关系。

绘画，其特性规定是一种可悲的艺术，它不能动。它没有过去式未来式，它没有侧面背面，但它的强项是它找到了动中之最优越的动势而固定之。它包涵过去，趋向未来，它在感觉中自由操纵侧面背面——绘画很不幸，但绘画很聪明，它想尽法子摆脱平面静止的局限，直到抛弃所有的要素，成为极限艺术。

我与现代中国的画台、文台都略无关系，过去如此，当前如此，未来如此。但西方的评论家都习惯性地将我置于"中国的"什么什么，我感到很孩子气。当然，我是黄种、中国人、汉族，而这些因素与"艺术"实在不足构成艺术的因素。除去三十三幅风景画，其他很多画都毫无一点中国气中国味的。

自从我全力投入文学写作而停绘画，我的心灵和眼睛一直是在画的。哥德很好，他说有绘画才份的人，他不画时也在进步，而没有绘画才份的人，一停止就退步。他属于后者，故放弃了作画家的愿望。很抱歉，经过反复测试，我属于前者。

四对话

木心—童明

1. 一本译文

——论艺术之为物

2. 一部手稿

——论再生之再生

3. 一次画展

——论喜悦之强光

4. 一群作家

——论飞散之永恒

四者皆贯彻了悲剧精神。

1. 动物性，植物性

2. 第二重意义

3. 飞散

4. 后现代

正而葩（演讲题目）

木心艺术（书名）

把自己的快乐建立在别人的艺术上（另用）

爱情上最深重的痛苦，是自惭形秽。

乔伊思以流亡为美学，多幸福呀，而如果以美学为流亡，岂不更阔绰更逍遥么。将来地球成村，世界大同，再也无所谓流浪、流离、流放、流亡，你要流也没得流，岂不羡慕历史上的故事、人物。"飞散"，是最大的罗曼蒂克哩。

我们好像是最后一代"飞散者"，已经不作多余的悲怆，不兴过时的乡愁，意思是不再有罗曼蒂克的滋味。所以我不是对你说过的吗，假如我十八岁时成为一个流亡作家，身穿风衣，斜靠在海船的栏杆上，强风吹乱了头发，这样的一张黑白照片，多美呀。可惜我十八岁时什么也不懂，政治也不来迫害我，诗的手抄本薄得像张希腊面饼，算什么作家——其实在男人中，最有魅力的是流亡作家，已经快绝版了，不再版的。这样算来，首一代到末一代，也不过三代，不过一百年，而从古到今则有几千年的家谱，我们有幸忝为末座，真是愧不敢当，也只好当之无愧了。

四 对话

木心—童明

1. 关于一本译文　　木心像，童明像，书影，对话，
   加照片（人、物）
   艺术之为物　　　　对话
2. 关于一部手稿　　　手稿画面
   再生之再生　　　　老虎唧子
3. 关于一次画展　　　场景，评文
   喜悦之灵光　　　　评文　影
4. 关于一群作家　　　照片　伊卡洛斯
   飞散之永恒

曼哈顿最繁华地区的书店里，看到我的画集与毕加索、梵高、塞尚的画集并列在一起。

大都会博物馆的卖品部，我的画集平摆着，是个引人注目的位置——奇怪的是，我一点也没有荣誉感。像巴士站排队等上车，巴士开往何方，我不知道，哪一站下车，我也不知道。

秋天，我成名了，这像是秋天的一件事。我，没什么，就这样一个快乐不起来的人。成名的意思是，再要无名是不可能了。回想那默默无闻的六十年，每一秒钟都是潦倒落拓的，但很静，很乐，很像人。街头小摊，几个朋友用一个杯子喝酒（　　　）[1]

1　编者注：作者付之阙如。

卡夫卡的痛苦是真痛苦，我的痛苦常是假的。其实是美丽的快乐呵，但我看一眼就痛苦。

中国人到外国来，穿唐装，剃光头，自诩"前卫"（兼"复古"），混不知畴昔中国上流人是不作兴两截穿衣的，是不上场面的。而所谓唐装，是清朝短袄的简单化，下等便装，正经人是不取的。长衫者亦非唐式汉仪，乃清末民初的过渡性的中装，在设计原理上是很不成熟的（未肯定的款式），不符现代生活习惯。是故想在外国玩"东洋镜"，短袄长衫，光其头，或束其长发，僧不僧，道不道，实在丢尽华夏古国的面子，且暴露了一己之无常识——如果真有一肚子的中国文化，那就拿出货色来，上世界市场，穿着打扮尽可平常人味，在西言西，优雅大方，别装神作鬼地卖"中国式""中国风"。早几辈的留学生倒老实的，不弄这种低级趣味。是新一代的中国青年，才不约而同地剃光头、蓄长发。他们以为是策略，其实是失策。因为当这种不僧不道的家伙迎面走来，一望而知是个"草包"，花也绣错了，全名"绣坏了花的枕头"。

神话和童话一样，是比喻，是诗。童话不可认真，小孩不知道"比喻""诗"，但知道不认真（这便是小孩的伟大，他们能处理童话与现实的区别性）——尼采之于希腊神话认真了，成了"异教的宗教"，自比为狄奥尼索斯，完。小孩是有幽默感的，健康聪慧的小孩特别幽默。尼采吃亏在缺少乃至不具幽默感，诗、音乐、性欲，他都太呆板了。

　　什么东西最管用——沉默。

　　近日有几本关于尼采的书流到我手上来，我也就贪婪地一一读了。别人对尼采的描述，我是不相信的，而他们节引尼采自己说的话，由于是译文，我怎能认同呢——只凭如此芜杂的资料，加上我数十年来与尼采周旋的经验，现在我可以这样说，尼采的哲学，如果只限于朋友间（书房里、起居室里）说说，那是很好的，然则用文字写定，而且成书又发布，那就错误百出，永远争议不清——写作，出书，不能像尼采那样做，像卡夫卡那样做也是错的

（偏巧卡夫卡是尼采死党）。"超人"，是夹在悄悄话中的用词，呜哩哗啦地叫起来，多丢人。

尼采作为哲学家，则太多诗的任性。作为诗人，又太多哲理的认真。他站的位子是谁也不好站的。他不知道这个位子的危险性，得意洋洋地站了上去，那么，完。

纪德就聪明，他认定诗，然后带一点点哲理。

逆论，佯谬，反讽，波俏——这些是诗的语境惯技，用在哲学的殿堂里是失策的。

他眼睁睁地看到尼采的许多问题在他身上一一解答而克服了。他说，如果尼采不是哲学家，是音乐家（作曲家），那么音乐会帮尼采消融那许多问题。反证是：如果贝多芬放弃音乐而成为哲学家，贝多芬也会坏事，会完——合证：有艺术天才的人决不可去作哲学家，没有艺术天才的那种好事家才宜做哲学家。

陈丹青的文章，既非少林，也不是武当，乃弄堂小子之乱拳，一时眼花缭乱，无从出招还手，被他打赢了。

唯有思维的体系性特别强的人，才可以用写短句来构成他的精神世界。尼采的天然的体系性不够强。谁够强呢，没见过。

采用短句小段来记录主见和印象，是个好方式，确是诚实的，确能免于架构体系的虚伪和累赘——我用此方式写了不少东西，近来发觉这也是一种陷阱。"思"者，"丝"也，能拉得长，就尽量拉长。写惯短句，长的就不来了。

不着边际地全面叛逆，结局是粉碎了自身，拜伦、雪莱，莫非如此。

他这种自恋，恋得丧心病狂，只好自我离婚。

平民，大家都是平民，但那股平民气，可以没有。

自为长老　出语始惊其童子

雨过池塘碧

风来残滴（枝叶）重

垂虹无人管

影对木芙蓉

德国三爱

德国的音乐

德国的哲学

德国的马铃薯

马铃薯到了桌上时

状貌依旧平凡

刀切下去，请看

一层层的薄片

片间有奶油和香料

味道和口感可想而知

我爱德国的音乐

我爱德国的哲学

德国的马铃薯与音乐哲学并列

弥盖朗琪罗借《圣经》故事中的人物"大卫"王的名义，作出了他对美的颂歌，爱的圣歌。木心袭《诗经》三百首的语言，写了《葩经演》，也是"酒神精神"的再现。两者不同的是：一为白石雕像，是肉体；一为三百首十四行诗，是纸和字。而两者相同的是：看似坦荡光明，其实幽邃往复。意大利人和中国人都有不可言传、只可意会的至情至性。原来所有的人，等于是一个人，至少在艺术里，在观念抵于终极之际，所有的人等于是一个人。木心在他的一篇散文（《路工》）中曾说："博爱博爱，博是容易的，爱就难了……"——证之弥盖朗琪罗和木心及其兄弟们，他们真的做到了既博又爱，既爱又博。

在画家的群星灿烂的天空里，我爱得多多。自由至今，只要有一技之长、一心之得的，都使我凝眸不去，细细体会他的特性和品质——我最近突然追慕起波提却利和德拉克瓦来，前者是我少年时的最爱，那就是爱了五十多年了；后者是向来所淡漠以对的，而今忽而心热起来，连人带画一起涌上心头——后世的学者会把这件事当一个议题来研究，"为什么木心会那样地喜欢波提却利和德拉克瓦"。我自己偷懒不写，如果写，必是一篇微妙有趣的长论。我想，将来的研究者是难以胜任的。啊，真是的，我怎么会特别宠幸波提却利和德拉克瓦的呢。不是什么理念、原则，是个"人与艺术"的解析。我是秉着"人"的身份，去接触波提却利和德拉克瓦的，所以……啊，不说了。

李隆基不过是个皇帝，

李太白到底是个诗人。

如果悲剧开幕时的演员是十个，剧终落幕时，台上还是十个演员，一个也不死，这才真叫是悲剧，有力道的悲剧。

他幼稚到以为自己成熟了。

西方人得也逻辑学，失也失在逻辑学。东方人得也得在修辞学，失也失在修辞学。

看到塞尚后来默默地退出"印象派"，我真高兴，在原有的塞尚之伟大，再加上一分伟大。天才的艺术家必是知道自爱自重的。

赫伯特·里德的《现代绘画史》，亦瞎子摸象耳。在第一章第四节（塞尚的解决）中，他神来之笔地写道："……我们要肯定塞尚的精神世界，直到他生命的最后一刻，并不是象征主义的，也不是野兽派式的，或立体派式的，他的世界乃是与福楼拜、波特莱尔、左拉、马奈和毕沙罗联合的世界……"

赫伯特·里德说对了，可又说错了，如果他只说"塞尚的世界乃是与福楼拜联合的世界"，好，清爽。加进波特莱尔、左拉、马奈，就混了，而毕沙罗是排不进去的。可见赫伯特·里德是糊涂了。西方的艺术史家，当然也不懂、也无所谓"春秋笔法"，但我还是很快乐，居然有人把塞尚与福楼拜相提并论，多好呀。

含恶意的智慧，不含恶意的愚蠢，都是我所喜悦的，几乎是等价的（大概因为愚者比智者往往长得好看，而自己又不知道，所以更显得憨厚有意趣）。

啊，那种破门而入的美丽的孩子。

我已绝望，你呢。

你快点绝望吧，我等不及了。

他寡言而不少笑，你觉得并非他沉默，有时说出几句幽默的话来，使人奇怪这样有趣的东西怎么藏在心里而不动声色。他爱我，用陈年的爱，意思是很早很早就爱的，若无其事地半个世纪过去了。

超级市场的意思是，那么多的食品，都是我不喜欢吃的——其他事物，我亦差不离作如是观。

以个人的经历来写"成长小说"，以一个家族的变迁没落，来叙述百年的沧桑史迹——这样的文学手法是老旧无力的了，所以一定要改为单纯写"人""人性"，避免"反映时代"。

没有"典型""典型环境"，尽写特殊的人、事、物。

　　好像是女性特别懂得人只有一生（此生），来生是没有的，所以她们要在此生中享尽情欲的逸乐，这样就有了安娜·卡列尼娜、包法利夫人、我的母亲、姊姊。安娜就是托尔斯泰，包法利夫人就是福楼拜，母亲就是我，姊姊也是我。

　　人生像舞台，男人以为演完了这场戏，还可以演下一场戏。这种错觉，每个男人都会有，所以男人就显得傻。女人可是清楚地知道只有这场戏，下一场是没有的，所以她们死命地要演透演够这场戏，连本来是属于男人的戏，她们也要抢过去演。

　　如果我没有读那么多的书，没有走那么多的路，没有结交那么多的朋友，那么我也只能到达安娜、爱玛的境界，也就是说，我只能到达我妈妈的境界。反之，如果安娜、爱玛和我母亲、姐姐读过那么多的书，走过那么多的路，交过那么多的朋友，那么她们也已经达到我现在的境界——什么境界呢，撇开文学艺术，那就是托尔斯泰、福楼拜的"人"的境界，那就是"本该是死的，但活下来了"。我敢于与前辈比拟的，就凭这一点——唉，这些事，这些理，能与谁谈，能与斯当达谈谈多么好啊。

那老奸巨猾的家伙是多么的幼稚呵

上海人，自私，不噜苏。
北京人，豪爽，假的。

极短篇提要

奶粉（潘　北京臭事）

了解她（儿女早餐对话）

开除（纽约学院华侨尴尬事）

得奖（钱　不得奖）

人物回忆

夏承焘

王浩

林风眠

谢海燕

陈士文

王瑗良

贝聿铭

起始我也迷糊，后来才知道普希金喜爱"慵懒"，认为"慵懒"是人生的三种美好之一（其余两种可想而知）。聪明，普希金真聪明。

愿你从别人的身上想起我。

其实间接经验比直接经验好啰。

我已老到了自以为有足够的直接经验，爱的经验，战争的经验，死的经验。

再要的是间接经验。自从有了电影以后，深海、大漠、极峰、太空，我都以视觉领略过了。

傍晚

中学生回家

人行道，她们都不算好看

一律短裙，灰色袜子

但这样并排地走过来

自有一种清幽的气氛

别的不能代替的

我倦于世事，不论是屈辱的、荣誉的，那种场合我都视为"难关"而竭力设法摆脱。

个人皆匆忙，历史有的是时间。

陌生感可能是一种快感。

像搂着别人的妻，我紧紧拥抱白桦树（叶赛宁最好的诗句）。

人道，人权，人文。
人道应广及对待动植物，人权应赋予死罪

犯（可以选择死的方式），人文应渗透到每个生活细节。

嗟夫，不喻管仲而赏乐毅，亦已矣哉。

E. M. Forster，福斯特，一位现代的怀旧智者，优雅沉挚，在爱的收付上，不取同类同辈人，而盘桓于埃及的电车售票员，印度的剃头匠，伦敦的警察。他曾为《查泰莱夫人的情人》的出版商出庭证辩——这些，都好。他力拒把小说改编为电影，秉旨更好，最好的是他说："心不签约。"那么，凡签约的，都不是心。

我的墓志铭——

之一：这里埋葬着一个慈悲而毒辣的人。

之二：缪斯啊，你也该休息了吧。

戴高乐机场的跑道旁的草茵，那翠，那嫩，那纤柔。

墓碑下一束玫瑰，一瓶安眠药片，她生前为失眠所苦。

保重呀，天才的艺术家，善鸣的鸟它自己是觉得好听的。

祝贺的信带来种种快慰，而更多的是自己心中的感慨。

没有一个小孩子是富翁，所以好。

当我生活富裕之后，想起来还是从前穷苦的日子有情趣。

命运决定了性格，然后性格决定命运。

对尼采的"哲学"和"人"，或悦而近，或斥而远，全在读者的性格是否相投——研究别的思想家就没有这样一回事。所以尼采是属于艺术家一类的，可惜他的艺术性还是不够强。

我不反尼采，我是劝尼采。

计划：

塔中之塔

不加题目

第一章　从死开始（本厂）

第二章　苏格拉底走在中间（地毯厂）

第三章　进了修道院（绒绣厂）

第四章　黑暗的青春（回本厂）

第五章　无尽的回顾（美国，耶鲁展览，肯特之评，明星之舞，夏莉之吻，德国青年说是禁果）

（迷恋监狱）

1. 上海工艺品一厂（1970.10—1971.3）

2. 上海棉织地毯厂（1971.4—1972.9）

3. 上海绒绣厂（1972.10—1972.12）

4. 回上海工艺品一厂（1973.1—1973.5）

1973 年开始劳动，至 1979 年 =7 年

作一序，一后记。

序——可以用与童明的"对话"，或另作一篇记实的散文。

生活是什么呢，平凡而多变。

1982
1949
————
　33

　　在诗和散文中，大抵都可以免掉"我"
"你""他"——这是一个秘诀。

我与世人

彼在说

这是我的

那也是我的

此在想

这不是我的

那也不是我的

————————

人，要我喜欢是很难的

不过，我喜欢你

亲爱的

让我看个饱

让我看个醉

提前穿夏装的人，其实都不坏。

上帝把灾难作为礼物颁赐给我，我虔诚接受。最后上帝把荣耀作为奖赏，我已疲惫之极，打不起精神来了。

韩波投巴黎，叶赛宁赶彼得堡，我也不免混入上海。都是十八九岁的糊涂虫，说什么前途光明。无非是挟一卷诗稿，天可怜见，那些诗后来都作废的。

人生最大的不忍是"忍耐"，我整整忍耐了一辈子。

女：我是不结婚，不嫁人的。

男：有志如此，真我妻也。

　　诗人们都喜欢安徒生，因为诗人们都有过童年。

　　我自十九岁始读尼采，至廿五岁，转而读纪德。一直消消停停直到三十六岁光景，两者都不接触了，好像事情已经做毕了。

　　七十岁以后，身寄海外，容易借买到奇奇怪怪的书。其间就有关于尼采的或纪德的"新闻"，颇具"宫闱秘史"的性质，很多细节正合乎我当年的猜测。于是再将尼采的纪德的某些主要著作浏览一过，又好像千古奇冤真相大白似的，着实快乐了一番。

　　如有谁渴望被赞美，我就狠狠地赞美他。

　　都不是天才，吵什么。

　　艺术家是有很多秘诀的，他们没法讲出来。我能讲，但就是不讲，我为什么要这样下贱呢。

　　别抄我，莫吵我，弗炒我。

不抄，不吵，不炒，此生愿亦足矣。

浩劫遭抄，去国犹吵，成名受炒。

我有一个坏习惯：凡约会，总是提前到达，以致常常被人笑话。

非自恋，非自残，乃自我馥郁醍醐。

夏季将尽

这厢那厢的蝉鸣

两只小黄猫睡在阳台一角

树叶都不动，我也不动

哥德说，诗人为神性织制衣裳

啊，我非裁缝哪

早晨的庭院安静

每年待到蝉鸣竟日

秋天将要来了

每年等秋天就像等一个人

我早已表白过，我规避任何象征性。在无
奈无能的处境中，我所保持的一贯是无尽的谦
卑。记得童年时我长期住在湖州的"福音医院"
里，星期日上午，我按时上礼拜堂唱圣歌，其
中有一首是这样：

　　昔在今在，今在永在
　　耶稣不改变
　　昔在今在，今在永在
　　耶稣不改变
　　耶稣不改变
　　耶稣不改变
　　昔在今在，今在永在
　　耶稣不改变

　　至今我还能按曲调吟唱。我从小爱好绘画，

涂抹勾勒以致七十寒暑（　　）[1]

宗教、哲学，其实同样是隐私，至少对于我一直是讳莫如深的隐私。

在"哈佛"时，曾去"最后的采声"酒吧消磨夜晚，听法兰克·辛纳屈唱 *New York, New York*。没错，"如你能在这里（纽约）出头，你就能在任何地方出头"——那么，二十年屈于斯伸于斯，我终于出头了，我可以到世界的任何地方去了，可惜我已经懒得走动了。

1　编者注：作者付之阙如。

我在任何地方都不能出头，所以到纽约来了。

十足的艺术，已打动不了人心，我用了七分艺术三分魔术，取捷于西方世界。至此，那占三分的东西还是归于艺术——既然能将艺术变为魔术，当然也能将魔术变为艺术。因此，我，是艺术家，不是魔术家。

当艺术不再能感动感化人心的时候，逼得我凄惶地借重了魔术。艺术【力】[1]传，魔术弗传。因为魔术落到恶徒的手里，便要杀死艺术的。

---

1 编者注：漫漶难辨的文字。

一直要到我自己的艺术公之于世而引来纷纷扬扬的误解曲解时，我才明白从前的那些艺术家之蒙冤受罪的不可幸免。

我老年所臻至的境界，你们再长寿也是达不到的。

到了成名之日，我才眼睁睁地看着自己被埋没了。

那些大声疾呼的宗教，那些口若悬河的哲学，多么不礼貌啊。

艺术，艺术是黄钟大吕的悄悄话。寂静，是艺术的归宿。

没有"启蒙"，倒有"洗脑"。

星期日早晨，弄堂口一群孩子吵吵嚷嚷，其中有个较大的男生突然跃上垃圾箱，挥手喊道：

"这条弄堂里，要算我阿姐的面孔顶漂亮。"

举目望去，弄堂很短，都是破烂的平房。

回想青年时期，浮嚣，虚荣，懒惰

当年即使有人训诲引导

也不肯听话，阳奉阴违

青年时期的我，真该死

但托尔斯泰的意思是

不浮嚣虚荣懒惰就不是青春了

艺术，也可说是一种"礼"，人与物之礼，授与受之合度。

礼失，求之野，失，求之洋　　12字

略得而詟，詟矣甚，乃归　　11字

美国，我疲倦了。

归国还乡，水土不服。

功成名就，壮志未酬。

扬眉吐气，志趣未酬。

起家成名 （　　　）[1]

尘与土五十功名有志竟成

云和月八万里路无家可归

1　编者注：作者付之阙如。

桃花太红李太白
杨公下忌柳下惠

卧东怀西之堂

张之洞中熊十力
齐如山外马一浮

宁受忘恩负义之恶名，而不能任人损我一身风骨。

看来"安度晚年"这个梦想是不可能实现的，因为我不愿意受人供养。

中国的人文水准和风调习尚，还不能接受这种"礼遇""知遇"的事实。如果美国或法国、意大利有人建屋招待我，我是毫无后顾之忧的，中国不能不忧谗畏讥。

"晚晴小筑"【　　】[1]，地基将来作"艺术馆"用。

1　编者注：漫漶难辨的文字。

我是怕乌镇受到讽评指责，意指过分礼遇优惠某某人，而连带讥嘲某某者名不见经传，何德何能白住大院受侍养。这种舆论的风潮一起，乌镇方面再解释、申辩，已经来不及了。而我呢，不能说我付出的是精神成果，因为观念之大小轻重是不能见之于砝码。

不可拿"木心"作为单独的一个项目来作宣传，只要在"萧统、茅盾、木心"这样的《乌镇文化人物志》的顺序上提及就可以了。关于"木心"的生平简历，文字由我自拟（以后再寄给你），不要更改增加赘语。

怎么能希望旁人了解我呢，有一份想了解我的那种心意，就很好了，至少免得误解我，诬陷我。

最后的感觉，其实就是结论（哲学宗教全包括在内）。

最后的感觉，也许就是结论。

——墓志铭

"他是什么，远比他实际做了什么，更令人神往。"勃兰兑斯如此评说尼采。这是最佳的尼采墓志铭。

他们都有点像艺术品，但一点也不像艺术家。

我是艺术家，可恨我实在不像艺术品。

△凡外露的木结构，须全部涂了有色而透明的涂料，不使木纹淹没（此种材料，当询专业，修补古木器、古建筑都是必需），而木质本身也会因月久年深而变深色。

△竹林很宝贵，希望能归于"小筑"。不仅添景色，且可招待来宾，以为韵事。如竹林原主以取笋为利，可以仍旧归彼收获。

我的出入，是由公路旁的门，友人来访亦复如此，而汽车要进门后再抵"晚晴小筑"的前门，这样才不致淋雨雪——故此路线要安排妥当，有一定的宽度，同时要及停车的场所（估计最多是三车，我一，客二，我不会同时接待多位客人，而停车场太大，空荡荡的很难看）。

厕所可以改设于前面的衣帽间（女）和休息室（男）。

△东西邻家迁出后，不宜再有建筑物（莎士比亚故居，原来四周都有房子，英国政府下令悉拆除之，我问为什么要孤零零地不自然，答曰：防止火灾）。

我想，"木心故居"两旁满植树木为最佳选，而你们有何打算，我当顺从。

不沉之舟

在英国的国家船舶博物中，收藏着一条船，这条船自从下水以后，138 次遭遇冰山，116 次触礁，27 次被风暴折断桅杆，13 次起火——它一直没有沉没。

这条船已经不是船了，但它保持着船的身份，在博物馆里。

据所有形象资料看，基本是成功的。故居三进无甚问题。一进不拟有何布置，作通道论，两进作文学部分，三进作绘画部分。问题是二进三进的楼上难安排，也许各将楼下的内容延伸上去，但很别扭。

诗亭请按现存的古亭复制可也，不必搞新设计。

总纲：

1. 与乌镇原有建筑协调，以翰林第为实例，现在看来偏于"重"，滞重，没有清雅斯文之气，这就说明古代工匠（　　　）[1]

1　编者注：作者付之阙如。

我的诗，大半是幽默，不过已非前人所取的那种幽默。

人类的每一种进化，都是以某一种退化来作代价的。物质的"现代文明"所导致的结果是精神的"文化衰落"。这个代价实在不该付，但落在其中，已经付出去了，收不回了。

四个可爱的东欧人

安娜

天哪
您的名字竟然是安娜
多美的名字，您是保加利亚人吧

我是捷克人
在意大利住过
现在美国小学教意大利文

（她确实在索非亚呆过一阵子
那个盛开玫瑰花的城市）
高谈阔论渐转入窃窃私语

诗人和音乐家

最近不错

连周末都在影印交响乐团的乐谱

诗人会心一笑

告诉音乐家，他将在某个书店朗诵二首新诗

用俄文？

当然

噢，我一定早早就到，选个好位置

——节自韩秀写的"东欧人篇"

客人们提进门的都是酒

男士豪迈地手拎半打啤酒

女士用彩纸或花布细心裹起

扎上丝带，葡萄酒，香槟

他们的衬衫都很洁净，熨平

炎炎夏日，女人还斜披一条围巾

男的长袖衬衫，系一个领结

笑容满面，在门前的地毯上擦鞋底

擦了又擦，这才进门，双脚并拢

站在光可鉴人的橡木地板上

他们是来自东欧的新移民，很新

读莎士比亚书，人性，人性，真有人性这样的东西。

原来莎士比亚所想的，与我所想的一样。

原来我所知道的，莎士比亚也知道，都知道。

奇怪的是莎士比亚写人性，总比别人写人性来得深刻巧妙，而且敏捷。

在我没有到西方时，以为欧罗巴满街路的贝多芬、莎士比亚，随时可以拉一个天才过来握手言欢。

别人都在说话，以致我也不免说些话，这些话放之四海皆不准——因为这世界从来也没准过。我准，四海无从准，所以，放之，皆不准，就这样。

艺术家之为艺术家，全靠其艺术品及品德风格，第一要着就是"不媚俗"。请看那些轻狂叫跳的媚者，最终会被"俗"所鄙视唾弃。

作为"文化古镇"，尤其要注重品质格调。

请置一保险柜，以存有关我的重要资料，防火防盗。因此类原始件皆系海内海外孤本，不可复得。事关至要，万勿疏忽。

一位学生在我家宿夜，翌日早餐时，他说："我感觉你随意哼出来的勃拉姆斯有华格纳的味道。"——从此，我自觉止制这一倾向，几年之久，我全然脱却华格纳而如释重负。当然，我还是喜欢看到别人受华格纳的影响和控制，我有熟稔之感，我逃过了一劫。

尼采之于我，天然地要师从，天然地要藕断丝连，又天然地要无畏地决绝。但自有人会看到尼采说的和我说的是一样的意思，但要害在于说法两样，多半是在说法见高低，分精粗。一位毕生研究尼采的大学者说："尼采到底是哲学家，而你毕竟是艺术家了。"他这两句话其实是三句，包括了尼采说的一句："艺术家最伟大。"可奈我听了不觉得舒服。因为尼采年轻，历练和阅历终究有限，我是遍体鳞伤、僵而不死，我能说得比尼采中肯是活该的。

尼采病废后，我要代他活下、思想下去。我从来不思超越这位可怜的朋友，每当我说了一句切中要害的话，后面都有一句潜台词："是吧，我为你说了，你进餐，散散步，休息，我们会帮你说下去的。""轮回"是悲伤，而轮回岂不也是一种环形的永恒。人是希望一进向的无限，但无限只能是圆，不能是直。我们没有真理，我们只能有美学。剑是直的，权杖是直的，而桂冠是圆的，指环是圆的，所以直的超人不如圆的诗人。诗人戴着桂冠、指环参加酒神狂欢节，你知道，那种节日是说在就在，说来就来的，取个名称吧，《静静的狂欢节》。

并非浪子不回，是无家可归。风雪夜，只身投故乡，吃饭店，住旅馆，没有一个人认识我。

　　眼前是曲折的路，心中是笔直的悲伤。

我知道我的艺术的前途是在未来。当我还是一个少年（青年）的时候，也就是只有几首诗几张画的时候，我已经对现世的荣誉全然觖望。所以后来的数十年的无名无实，我不焦不急，不怨愤，不痛苦，就因为一开始走上艺术的路就不抱成名成家的希望，理由简明：1.这不是一个产生伟大艺术的时代（包括东方西方）；2.我所生存的国家是不要艺术的，要毁灭艺术的。这样，空间是不许艺术产生，时间是正处于艺术的大断层。我是一个靠工资而生活的极普通的技术人员，我写文、绘画都只能暗地里经营，是故从二十世纪的五十年代到七十年代，没有人知道我会画画，会写文。中国的美术家协会、作家协会，在我看来既像天堂之门，又像是地狱之门，反正我是一辈子也进不了，也不愿进的。我不是边缘人、畸零人，我有得空间就写、画。"未来"像一个脸色和善的人，伸着手，接受我的文和画。我好像没有想到自己的作品之不可能存在，更何况流传后世（我没有子女，没有可信托的年轻朋友），这种处境与世上别的艺术家的遭遇是多么不同呀。任何艺术家都有一份明智以安排他的后事，我，没有。只有一点点愿望，即找到可信托的人（活人、善人），我把作品无偿地付予他，他呢，还得找一个比他年轻的人，再传下去。就是说等时代变得要我的作品了，中国允许这些作品发表了出版了——我真是这样想的啦，这是多么糊涂的"明智"啊。举例说，《彼得堡复名》一诗，大部分是在1976年光景写的，到198（　）[1]年加以修饰补充，才配合上时代的

1　编者注：作者付之阙如。

风貌，看起来不是很时髦吗？煞有介事地发了
一番感慨和议论，人们怎能知道我是在扫街道、
推车运建筑材料的空歇间，四顾无熟人，掏出
破烂的小本子，瑟瑟写几行，见有人来就装个
动作，趁势藏起本子——绝对绝对想不到这首
诗会收入诗集《巴珑》，在台湾出版，流入大陆，
成为年轻一代精英的心爱读物。奇怪吧，而我
也感到奇怪的是：这是一首好诗，十分精彩，
在我最困苦的备受凌辱的年月中，能写得如此
豪迈倜傥，神光灿烂。诗中的第一人称是谁呀，
这绝对不可能是我而绝对就是我，我深深爱他
呢。他那种脾气、口吻、邋里邋遢、风情万种
的样子，就是我，而写作的当时的我是在上海
的石门二路上，蓬头垢面，持着竹丝大帚扫地。

　　侮辱，必得要你感到被侮辱，那侮辱你的
人的目的才达到了。人侮辱你，你没感觉，那

侮辱你的人的目的就落空。我就这样抵抗侮辱，达十二年之久，而且在这段时间中写诗、文、剧本，后来还画画，写情书，恋爱，性交……我一贯是穷的，而在知识上，我莫名其妙地富有，因为处处过目不忘，要忘忘不了。我对旧俄罗斯特别熟悉（特别爱），所以写《彼得堡复名》，左右逢源，笔到诗成，比写中国家里的事还要过瘾。其实俄罗斯恐怕还没有像在我诗里的那样好。艺术是活该胜于现实的呀，否则要艺术干什么。我们在谈什么，别糊涂了，我们是在谈"命运"。从我少年立志作艺术家的那一念起，到现在（2002），大约六十年才慢慢慢慢显出我不是一个被现世彻底埋没的人。一旦成名，你也休想默默无闻了。你以为我有所快乐慰安了吧？不，我还是从前的那份心情，无所谓快乐不快乐。现实的，我看得很轻，淡漠，心里怀着的仍是"未来"。眼前的一切总与我不合式不合拍，但我也并不痴心于未来的理想世界。那将要来的时代可能比现在还坏，还要无视我，鄙薄我。所谓"一线希望"岂不是在说其他的线都断光了吗？我在假设，在反省，如果我现在的景况落在我少年时期，是否会好受一点呢。会好些，但我的虚荣心很小，很容易满足，再多就厌恶了。当小小的虚荣满足之后，我又会无视现实。对于"大事业""大学问""大任""奋斗""猛士""国宝""民族魂"这些概念，我都由它们去，我不相干。一代宗师你去师，独领风骚你去骚。吃食清淡而鲜美，衣着优雅而朴素，朋友忠心，情人驯良，性嗜酒，量小不能多饮。现在我所能自觉的处境是很狼狈的，未来是永远会来而永远立刻要化为现在的，现在是永远够不着未来，因为定性为未，还没有来的都已失去了"未"性。说无名则已有名，要留传可以留传了，但我实在不喜欢电脑世界，这么多的资讯，蓦然回首，不在网路拥挤处。有没有"成名后的慵懒"这样一回事呢？艺术纯乎是直观、直觉，解释和评述实在是莫须有的。我非常看重那顿·珂伦的孩子气的话，他不过是把一时的感觉说了出来，而倒是我如获至宝地捉住了这几句话，爱不释手了。看吧，将来有没有人还会说这样的话，我想，即使还有，也难以说得那样的直白简练吧。而且这种话（这种感觉）是男人才会有的，为什么一定是男人呢？男人的感觉是用在紧要关头的（女人的感觉较分散，耗在无关紧要之处太多了），所以，消防队救火，地震救灾，出动的都是男人。女人是临危要尖叫，男人一声不吭竭力思索应变对策。就是这个男性的特点使珂伦发现我的画中发散着快乐的力量,而且是强烈的。说到此,我已经将珂伦观念化了,不是单独的某一个人了,他代表着"人性"(古老的、遗传的、潜藏的人性之一因素)。我问过别的西方人(专业评论家、教授),"你最初看到我的画的反应是什么?"他说:"悲伤,悲伤的气氛布满展览场。"他没有再多解释了。当然是一直悲伤下去,他没有看到"快乐"。又有人认为我画这些画时,行动受限,衣食不济,全然是奴隶的处境,所以画面如此惨澹阴郁——这样的见解是太天真了,这叫"反映论",反映论的极致是画家吃什么,他就画什么。如果我当时生活在法国、意大利,优雅豪奢不可一世,我的画一样的黯色的、凝重的,乃至是悲怆的。艺术的个人性可不是私人性,艺术不容许人拿它来宣泄喜怒哀乐,如强而为之，报应立见：即作品不是艺术，递解出艺术之境。历史上多的是在乐境中画苦画、在苦境中作乐画的事例。我是从来不以一己的心情去左右我的艺术的。对于我，艺术是神，而我是个小鬼，小鬼能牵着神走么。

展览会的航程还在继续，我感到疲倦，犹如夏季将尽，秋风阵阵——这不过是一次测试，愚蠢的肉麻的说辞是："人类会不会爱我的艺术？"但我不讳言，事情是一开始我就信心十足，深知我的画必将会被东西方人士所赞赏。最初，这当然是空想、幻想、妄想。1982年春，我去北京，看见美术馆正展出英国皇家的藏品画展，我进去看了，装潢极为华丽精致，没有一张能使我喜欢，但不由得不想到自己的画的命运前途。

初到美国纽约，看到釉光的苹果，心想，我这辈子是买不起的。

当年看到"西方自由世界"这六个字，真觉得是人间天堂，怎么就没有"东方自由世界"的呢。

深入浅出是深者的不得已而为之的手段，目的是要浅者由此而深起来、深下去，但人们都弄错了，停留在浅处，把深者浅化，与浅者一色。

厚积薄发，如果厚发，人们受不了，只好以薄来迎合诱导之，渐渐加厚，达到厚发的目的。一时下的薄发者，根本无厚可言，装作厚积状，薄发片刻，没了。

如果安徒生对我当面说故事，我会害怕的。

杭州西湖，从二月初到四月底，是一部自然之美的巨著。

住在西湖边的山上，一至两个情人相伴，什么事也不做，衣食丰美，自信前途无限光明——这种青春，我过来了。

个人，个人主义，不以个人主义为然的个人。

八月中

连日蝉声聒噪

今天上午只有鸟声

昨夜大雷雨

那么蝉的时代结束了

美脸容易有骄色，美足却是一味谦卑。

女间谍说："上帝赋予我智慧和美色，我当善加利用。"那么上帝赋予我愚蠢和丑陋，我也当善加利用。

要说美，那是男人做工的时候最美。

每一时代都有时尚，不过没像现下的时尚那样为害之烈。

1. 倒影之倒影

2. 牙买加随想录

3. 即兴判断

4. 温莎墓园日记

5. 巴珑

6. 我纷纷的情欲

7. 西班牙三棵树

8. 诗经演

9. 伪所罗门书

10. 亚徕芬多

11. 雪句

12. 是希腊不是罗马

13. 伊卡洛斯手记

14. 巴比伦语言学

素履之往

同情中断录

鱼丽之宴

马拉格计划

伊卡洛斯遗事

瓷国回忆录

花旗回忆录

新的诗集

亚徕芬多

题词

以人名作书名，是最好不过的了，虽然我已用地名作书名，还是克制不住想用一用人名——作者是演员，诗中的"我"是角色，他叫"亚徕芬多"。

冯川（不必开履历，列著作）

修既治滁之明年　夏始饮滁水而甘　（欧阳修：丰乐亭记）

许敦乐

殷海光

刘大任

卫仲乐

稿本 10

四十多年前的時代徵象，確是有難於取代的美感．尤其是現在大都會地域的鄉鎮上，物質文明的農度極有限．輪船是其就不堪的無力十维，叫做輪船是抬舉他們的．而大車、汽車，更也沒有見過，促從畫片上為性己經眼熟能詳．現代對於大車生有一種崇敬的心意．象徵時代，小時課本上流出"時代的巨輪滾向前" 把什么運動，覺得時代是像大車的那種了的．或者大車就是時代"．汽車呢，遠遠的經公里外望見過，到八哪了嘁兩三声，郤眼親了，摩空掉了．這程心賬的神性的創意情個．現代人郤程想像133忘記133─則現在（二十一世纪初）我還是認為二十世纪三十年代為最好程度呢是社会人郤生活的．人情物理，还大有餘地．说到革命越要退到一本主義，有寿生1年留学，寫就小本兒童，即是辞过摧扩下食物摧也呈引活才氣橫遵，乾降生趣．

恒山属邑天慵生语

春夏楼居不惟免剥啄之烦

云雾宛宿檐端竹巅木杪晨昏与时鸟共语

扫室焚香读书之乐，室可勤扫，香可不焚

盖芸檀之属气味原自重浊何况加之以烟

茶药味美用以相代亦亲贤远佞之意乎

余性爱山而所居无山以云巘代之

夕阳雨后信步原野游目横空会心独得

桃花一种村落篱墙畦圃处为多

探之者必策蹇郊行始得其趣

笠翁之论妙矣

惜不知桃红柳绿正在远望处得意也

无论自然、人生，面对面我是画不了写不了的，因为很不好意思呵。

苟相忘，无富贵。

泛滥情致，停蓄故实。

街尾没有生意的小店铺，倒像一行诗。

并非希望成功，只是十分十分不甘心失败。

阅了那么多的"别人"，也该阅阅自己。若有精彩处，岂非对镜惊艳，回眸一笑。

要之，我无匹夫之勇，亦无妇人之仁耳。

他自有那么一种淡淡的伟大，暗暗的辉煌。

要么没事，有事必是坏事——我曾在这样的绝境中生活过三十多年。

美人未必有美足，故美足尤贵。

人们爱说某某有争议性，某某是有争议性的人物。希腊的雕像（其杰出者），我看一点争议也没有。

主流，一定是浊流。前卫，势必快要落后。争议性，总归因为彼此脑子糊涂。

文学是一个字一个字地救出自己。书法更险，是一笔一笔地救出自己。

他平平淡淡地学问好得要死。

一个被艺术爱上了的人。

感恩上帝，让塞尚知道自己是伟大的。

嬉，笑，怒，不骂。

凭身体思想，凭工具思想，凭修辞思想（吃饭，坐在菩提树下，可不是用自己的性命思想么。概念、观念、总念……可不是用逻辑来思想么。）

一个人老而精明到惯于用修辞来思想，当然是独持秘诀的，幽窅不传的。

对那些为我所看不起的人物，我总是会多看几眼。

遇到灾难，自身立即分而为二，其一应对现实，另一冷眼旁观。

上帝塑完亚当的下肢，说，可以穿牛仔裤。

我亦无非是挥金似土一钱如命地过了这辈子。

埋没时期，成名时期，成名后的埋没时期，进入无为的永恒。

我喜欢冷冷清清地好一番热闹。

尔将在我不绝的赞美声中成长、成熟、成功。

行步当有舞意而贵在含蓄。

世有天才而鲜识天才者。

仆之幸，或较吕望早得志十年许。

木心，米兰人，写过，画过，好像也爱过。

诸葛孔明的《出师表》，感动无数的读者，就是没能感动阿斗。

中年妇女的那种深深吸烟的神态，足见世道艰难。

天热，风凉凉地，独自上街慢步走走，一派人生滋味。

心情好，街上行人都可以看看。

心情恶劣时，就不注意路人的脸。

如果你在注意路人的脸，大概你的心情还不错。

都是一塌糊涂的东西，居然评出一等奖二等奖。

寻根，往希腊，是祭根。

伤痕，铭心刻骨，一篇篇都是甲骨文。

朦胧，无底的清澈，才形成朦胧。

你是一个会把灵魂全露在脸上的人，刹那间，使我深感荣幸而付出了痛心的爱。

幽默属于灵感范畴，不属于思维范畴。

在一生的情人谱中，那个有点点猥琐，有点点下流，比狗还忠心的人，最为相思牵挂，如梦似真。

于我而言，不以成败论情人。

编者惯说：来稿甚佳，奈读者看不懂，谨退奉。

艺术，有伟大的创作家，也必须有伟大的欣赏家。

艺术评论家的万言长论，不及孩子的一声惊叫。

静静地想你

微微地笑

其实我所知道的

你也早已知道

漂亮的农家子

第一是叶赛宁

第二是你

他从泥土来

不知有拜伦

挟一身拜伦脾气

到了那夜

夜尽，醒来

名声像草叶上清甜的露水

油画的浓郁，水彩的轻灵，版画的沉郁，水墨的飘逸，摄影的精致——恣肆汪洋地浑合在一起，故实是一丝不苟，情致是疏放荡漾。

你后天再来
"好，好"
那么轻，那么柔
那么致命的死定
　　　　　　——后天

"你放心
我会好起来的"
这不再是语言
这是音乐
丝弦上慢慢拉出来的
　　　　　　——音乐

真不景气，评论家总说我是当代最重要的作家之一、最重要的画家之一。"之一"，就是许许多多的之一，就是不重要——这也是"政治上的准确"。

在哲学上，或说在学术研究上，我不能将兵，只能将将。

我不耐烦博览群书，是从有学问者那里得来的一点知识精萃，已经够我用了。这样，看起来好像比大学者懂得更多，而我也确凿感谢别人替我读了许多书，省了我不少的精力。

我才气难尽，屡仆屡起，越战越勇，至死不颓，所以大限之日，愈加使悲惋。此者，予之负咎于世人也。

印度人晴不起来的脸，一辈子密云欲雨。

你好像是刚刚从大陆来的，不过大陆已没有你这种人了。

老是遇到这样的事：我是希望他为我争气给众人看，结果呢，倒是要由我争气给他看。

索居的单身汉的厨房往往是个隐私。作为客人，不要走进去。

找路，聪明的过客不如愚蠢的本地人。

仕途一帆风顺的时候，着实想好退路，甚至隐姓埋名，干脆人影儿也不见了。范蠡果高超，但他不是艺术家，基本上还是一个精明的俗人。

"我爱你"是情话，就怕后来变成笑话，甚至脏话。

贝多芬的音乐，有好些是难听的，后来我谅解了（不是理解，确是谅解）。那是他的哲思、哲理，他是差一步就改道为哲学家的人（所幸如此，是我等之福）。他难免要发作其智力的推理运作，于是写下这些听起来不悦耳不贴心的篇章。萧邦就没有这种顾虑牵挂，所以全部好听，所以萧邦是诗人。贝多芬的某些作品是论文，我知道了，也就接受了。

看起来充满希望的东西，多半是要失望的，因为希望是最脆弱渺茫的。一个东西，一件事，充满了脆弱渺茫，就注定是不可能实现的了。

回忆童年的时代征象，确是有难于取代的美感。尤其是住在大都会边域的乡镇上，物质文明的广度极有限。轮船是其貌不扬的火力小艇，叫它轮船是惭愧的。而火车、汽车，见也没有见过，但从画片上当然已经眼熟能详，所以对于火车是有一种崇敬的心意，象征时代。小学课本上读到"时代的巨轮滚滚向前"，十分感动，觉得时代是像火车那样子的，或者火车就是时代。汽车呢，远远的从公路那边驶过，喇叭嘟嘟两三声，舒服极了，摩登极了。这种心旷神怡的生活情调，现代人哪里想象得了感应得了——到现在（二十一世纪初），我还是认为二十世纪三十年代的物质文明程度，是适合于我生活的，人情物理，还大有余地。进则革命起义，退则设馆授徒。有志出洋留学，无能小本生意。即是街边摆个食物摊，也显得才气横溢，顾盼生辉。

波赫士只会说些怪话，规模小小，遍及其所有的话。他大概不知道，真是机智的话，是直白的，松爽的。

波赫士没有归真返朴的原因，是他不知道真，不知道朴。他不是中国人。

现代的思想家，几乎都是说话别扭的，他们以为通顺就是浅薄。

波赫士声言曼哈顿使他失明。我不是鹰，但纽约是我所爱，我能直视它。

宇宙无所谓力，力是指生命而言。以生命

的强弱作为判断，宇宙不是生命，故无以言力。

美国人自己喜欢张扬，所以不觉得波赫士喜欢张扬。

次等的机智是扭曲的，头等的机智是直白的。

四两拨千斤，就这样直直一拨，千斤没了。

如果扭扭曲曲，千斤才不动哩。

四两拨千斤是趁千斤不备时，突然一拨而成事的。

你给我的爱都要是真的

给不了时，就给我与真一样好的假的

假得比真的还要好的，我也要

其实我分不清真假，只要是从你来的爱

　　　　　　　　——奴隶的四行

吻是诗的，肌肤熨帖是诗的。

絮语是诗的，抚弄是诗的，其他都不过是散文了。

而交媾，交媾是论文，交媾与论文一样无不以失败告终。

当你一吻再吻强吻吞吻吸吻吮吻，使我喘不过气来时，我的疑虑一层层消散，开始信任你了。

情报送到敌人那里去，也是常有的。

"春天，我走过一片粉红的草地"，学生的作文这样开头，我叫她来，是怎么回事，她说：都开着花呀。

相信你会回来，所以你想回来时，尽管心安理得。

平素我不原谅人，如果你加倍恩惠我，我会不计前咎。

往往是，还未真正开始爱，爱已过去了。

乡下人，农民意识，决定进入不了高尚的精神世界，他们要"回归"。

爱情的萌芽是不含性欲的，然后朦胧地带着性欲徐徐上升，到顶峰时，性欲几乎全熄。这纯粹的爱可以保持很久，终于清明得受不了了，爱情不计成败地化为性欲，其势磅礴，淹盖一切，扬一阵，抑一阵。

人有天使的和魔鬼的两面，到了晚年，魔鬼的一面消磨殆尽，天使的一面就显得很孤单似的。

脾气坏而且大，很好，要发就发到全世界去，例如勃拉姆斯第一交响乐的开始那样。

受人理解，是艺术家之福。
受人理解而赞美，是艺术家之至福。

很奇妙的，一个现代人，要写好文章（诗、小说、散文），似乎必要经历以前的古典、浪漫、写实、象征。

譬如"酒量"，逾量就受不了，"爱"亦有大小，爱量小的，你以为他变心，其实是到头了，他只有这么点点爱。

机智，是思维之外的说事儿。

早年听人说韩波，

凭中文的移译，

怎可能领悟韩波呢。

后来倥偬一览，

啊，韩波是什么，了然于心。

　　没有真才实学的人，说起话来总是滔滔不
绝的。

重又来了，那种宽衣解带脱去手表的夜晚。

他是从四福音书中走出来的，所以还没有读过四福音书。

文学上有闲处着笔，人事上有小中见大，情爱上有博归于精，艺术上有死而后生。

道可道，不足道，名可名，不欲名。

普希金的《秘密日记》，大有益于风教也。盖昭示后人没有灵的肉欲，不足以语爱情。

只有你为我整理的墓穴，我才能永远安眠。

杜甫能写到"盗贼本王臣"也真是够高了。

他常常聪明得很不好意思。

他是一个含泪而不落泪的男孩。

我精于宠人，他贪于被宠。

我有隐私，无秘密。

迷惑上帝的人，是亚当。

奇哉，为什么纯乎私人性的作品就不是艺术。

写实主义者尤其应该知道任何东西都不可能写实的，释迦牟尼也这样说。

不会思想的人的思想是可怕的，最具杀伤力的。

情人弃我去后，睡神亦弃我而去，转辗翻侧，一夜如榨。

你的吻的风格，是我所意想不到的。

浪对海说："我要离开你了。"海说："去哪里呢？"浪说："上陆地呀。"海："那你很快就蒸发掉了。"

你是浪，我是海，你离我而登陆，很快就蒸发掉了。

原是说好你秋天来的

今年秋天你在这里住下了

而你又说不想来了

秋天还将如期而至

毕竟我等待的是你，不是秋天

你给予我的悲伤，我只当快乐，黑色快乐。

还应说是虎师无犬徒吧。

罗曼蒂克有大小，小的罗曼蒂克适宜人性，大的罗曼蒂克要死人的。

人的魅力也像生物形态，会衰朽消亡的。人的魅力大概是世界上最妙不可言的现象，可是至今不见有"魅力论"。因为该"论"必要写得魅力四射，难度实在太高了。

总统遭暗杀，第一夫人首先想到的是穿什么别致的丧服。

你的眼睛率领着你的脸，你的脸率领着你的身。

负心是真的，这不奇，奇的是负心之前的真心。

十八、十九世纪的人好像个个都是爱情至
上主义者。

"有人说你冰雪聪明。"

"什么叫冰雪聪明?"他问。

冰清玉洁的爱的绝望者每每流于纵欲
无度。

韩波写好了的句子固好，写坏了的句子亦葱茏可爱——这就叫韩波。

晚年，方才一一读懂普希金、莱蒙托夫、叶赛宁他们的诗，因为我付出的是慈爱，我能体谅年轻人的心了。

当时就有人说，莱蒙托夫才高普希金。

希腊、罗马人的文章，真是别有风调，与其建筑雕像极为和谐。

我的诗文之所以涵融希腊罗马风调，是不自觉的。从不明显到明显，我自己也失笑了，倒反而要引为禁忌，否则要被指责为恣意摹仿。

看来我非得回故乡一次（何日由纽约飞抵雅典）。

银铃般的草啊

叶赛宁

银铃般的草啊
是你在歌唱吗抑是我心怔忡
圣像前淡红的灯光
映在我金黄的睫毛上

像鸽子用翅膀嬉水的
那个少年不是我
我的梦欢快又柔和
梦深处有彼岸的绿树林

我不要坟墓的哀叹
也不想领悟经典的奥义
只是请教会我怎样才能
永远永远不再苏醒

早安

晨星昏澹欲睡

镜河迤逦颤抖

曦色映照着岸沿

染红了渔网如的天穹

小白桦含笑，睡意惺忪

梳拢着丝般的发辫

绿色的瞿麦窸窣有声

露珠的银光一闪，一闪

篱笆旁的荨麻长高了

用珠母贝妆扮自己

它爱娇地点头说

早安呀，早安

殡葬

白的雪原
白的月亮
白的殓衾覆盖家乡

白桦在林中哭泣
这儿有谁死了呢
莫不是要把我殡葬

都二十一世纪了

还是这种样子

希望是没有脸说的

也不必直说绝望

智者也糊涂

怎么当时能弄出个"文艺复兴"

我说：那时元气犹存

后现代丧尽良心

大灾中烧伤面积大者无救

我们被烧了一百年有余了哉

——可入《对话》

论性感，是思想最性感。

相敬如冰，或相敬如兵，兵马俑的兵。

虚伪者一旦失风落魄，他的觉悟是自责虚伪的伎俩不够精明。

归来不见浙江潮

花开花落江湖行　　洁净只在不洁身
一部佛经半离骚　　情人终是无情人

江湖落魄未失魂　　洁身只在不洁身
一部佛经半离骚　　情人正是无情人

顺治丁酉巡按筐江上，欲以布衣荐，遂改僧服。《僧装诗》第一首中一联云：

　　"问腊应高灵隐坐，谈诗又喜浙江潮。"

　　用骆宾王事。第二首中云：

　　"佛汗几回增涕泣，经声一半是离骚。"

　　洛阳平等寺佛汗雨，兆尔朱之祸。

后悔不能赎前心，所以我说幸福是一笔一笔的。

西方，凡情人，可牵手，友人牵手则妄，这算开明还是愚昧呢？不知道，只觉得头脑很简单。

亲爱的，遇见了你，我才大悟为什么佛祖要倡言慈悲。

不要脸的人，其脸特多，丢了一张又一张，越丢越不要脸。

《全晋文》王羲之杂帖：

吾顷无一日佳，衰老之弊日至，夏不得有所噉，而犹有劳务，甚劣劣。

吾顷无一日佳

衰老之弊日至

夏不得有所噉

而犹有劳务

甚劣劣

不审复何如

永日多少看未

九日当采菊不

至日欲共行

但不知当晴不耳

诗人安徒生

1

五颗豆在一个荚里

它们是绿的

荚也是绿的

它们以为世间的一切都是绿的

这正是如此

荚长起来

豆也长起来

它们随时自己安顿

一排坐着

也好说是卧着

豆荚里的五颗豆

2

人家必定会想

池塘里出了什么事了

其实没事

那些静睡在水上的鸭

或将头插入水中的鸭

（它们能够这样倒立）

忽然都游上岸去了

湿泥地便留下许多脚印

叫声响遍近近远远

刚才清明如镜的水面

现在已全然扰乱了

一茶旅日记

二十七日　阴，买锅

二十九日　雨，买酱

七日　晴，投水男女二人浮出吾妻桥下

九日　晴，南风，妓女花井火刑

二十四日　晴，夜，庵前板桥被人窃去

二十五日　雨，所余板桥被窃[1]

集而列之，未易一字，觉得这样
地形式起来，颇有意趣，忍不住
就动手做了。

1　编者注：此抄自小林一茶的旅行日记。

从小就想欧洲，向往整个欧罗巴南北东西。几十年来，真是想过头了。现在再到那里去，感觉是代人旅行，自己没有兴会了。代谁呢，代小时候的那个我啦。

不解，也寻常。不解而骂，也还是粗鄙而已。不解而阴损，居心叵测。

快乐最好，平静其次，悲哀总是不得已。

精神的痛苦，肉体的痛苦，有时是相同的，有时是不相同的。

对于文学家，重在阅世阅人，执笔如执罗盘。

宇宙是无目的之意志，意志而无目的，也就不成其为意志。

意志是有对立性的，无此性，即无意志可言。

无目的，无对立性，就无所谓意志。

溽暑当令，任何清凉思（　　　）[1]

1　编者注：作者付之阙如。

我的西班牙

诺特博姆说西班牙是混乱的，粗野的，自我中心的，残酷的……

一盘碎番茄中，放入百里香，迷迭香，然后和拌蜥蜴而食之——这才算懂得西班牙啦。

弟子固渴求师尊垂注欣赏，为师者或尤冀弟子礼赞弦歌。

好为人师亦可怜，他渴盼学子赞美他。

成汤王在位十三年，死后，伊尹继辅第二代外丙为王三年，第三代仲壬四年，到第四代太甲继位。始太甲犹能遵伊尹之教而施政，后贪图享受，征敛加重。伊尹一再规劝，弗听。乃以老臣身份，放太甲于成汤墓地。后悔改自新，伊尹见其诚，率文武大臣迎还都城而归政于太甲。

"以正治国，以奇用兵，以无事取天下。"

——伊尹

资料

黑胶唱片— LP

LP 与 CD 的最大差异在于音质。CD 是数位式，LP 是类比式，呈现出浑厚温暖的声音，乐器特色能发挥得淋漓尽致。